名家小说集

黑夜 长于 白天

季栋梁 著

作家出版社

目录

黑夜长于白天

1

老埂坪的三月，依然是多风的季节，刮起来就像个打着酒呼噜的人在山野里撒野，搅得天昏地暗的。然而初八这天，天气却出奇的好。尽管被大红绸子蒙着头，但我能感到阳光有多明媚，大地有多清爽，鸟儿飞过，抛撒下嘹亮的啼唱，花儿绽放，散发出爽润的香气。驮着我的黑叫驴（公驴）也心情大好，不时地仰脖“昂昂昂”地叫着，声传四野。两个吹手（唢呐手）每人早晨吃了六碗臊子饸饹面，两个油饼，喝了三缸子酽茶，肚饱肺润，蓄足了底气，直吹得热火朝天。

曲子就在枝枝杈杈的沟谷间亢奋地游走，《万丈高楼平地起》《东方红》《大海航行靠舵手》轮流交替。其实他们会吹《打碗碗花》《闹洞房》《大花轿》，可那年头只能吹革命歌曲，那些都是四旧。我的嫁妆很壮观，两个画着富贵牡丹的大红箱子装满了成衣、布料、鞋袜，一口袋麦子，一口袋糜子，一麻包洋芋，一大坛腌猪肉，五只鸡和一只羊。不要说这是灾荒年过后青黄不接的春日，就是在富裕年景，这样的嫁妆也是厚重与气派的。但是，谁都看出这支五六十人浩浩荡荡的送亲队伍就像从战场上溃败下来的残兵败将，无精打采，哑声悄气。是啊，我要嫁给一个傻子，谁愿意送这样一门亲呢？

但我没有流泪，没有叹息，胸膛里只燃烧着熊熊仇恨的烈火。

这门亲事是前天晌午我才知道的。早上，我和她去碾米，庄里磨家家有，可碾子只有一台，安在麦场看场的小院里。一口袋糜子碾成米，已是晌午，米和糠装好后，她坐在碾台上说坐坐吧，人老了骨就寒了，这日头好的，能逼出骨里的阴寒。我说眼看晌午，该做饭了。她说晚会儿饿不死他们，陪奶奶坐坐。紫岩石的碾盘吸了阳光比冬炕还热。我就用簸箕撮了点糠撂到小青驴嘴下，挨着她坐下去。她神情忧郁，两只手卷着衣襟，我说你心里泼烦？她不说话，眯着眼睛望着老疙瘩峰。许久后，她幽幽吐出一口气来，说你嫁给韦家大傻吧。我惊愣了一下，又嘻嘻一笑，扳着她的肩头摇摇说好啊，逢年过节，我们就拉一头头上被烫光了毛的老驴驮着磨扇来给你追节拜年。我说的是一个傻女婿的故事：丈母娘过寿，媳妇对傻女婿说我先过去帮忙，你明天再来，把驴头洗得净净的，礼物拿得重重的。这驴头媳妇是指傻女婿的头。第二日，傻女婿背着磨扇拉着驴来了，驴头上的毛被烫了个精光。

我以为她说笑话，不是笑话又是啥？韦家大傻是个傻子，而且家里一窝傻子，就在山那面韦庄住着，常来老埂坪讨饭，我们捉弄过多少次。可她盯着老疙瘩峰，看都不看我一眼，面色肃穆凝重，这让我感到害怕。已是正午，人的影子都没有了。她说过人没影子的时候最弱，孤魂野鬼最易附身，莫不是她给孤魂野鬼撄住了才说出这样的鬼话来？我没把这当回事，咋会呢？老埂坪谁不说我是她心尖尖上的肉，而我又不傻不痴，不缺胳膊少腿，况且我一直念完初中，是村里女娃中念书最多的。她老跟我说要让皇上碰见你是要当娘娘的，可惜咱这儿太穷，山大沟深的，皇帝不来嘛。然而到了下午，三村五寨的亲戚陆续来了，家里忙活起来，待客的阵势已摆出来，我才明白是真的了。每回手伸过来给的是糖果，这回却是狠狠一巴掌，不要说我被扇蒙了，老埂坪人都蒙了。

要说我从十二开始就处对象了，都是殷实仁厚的家庭，她都推了，说嘴上汗毛都没褪尽，能看出个瞎好来？人就说双喜长得俊俏，又念了那么多书，不知要寻个啥样人家。也有人撇着嘴讥讽说可千万别“箩里挑瓜，挑个眼花”。难道真应了这句话？可眼花也不该眼花到这个程度，就是老瞎子也知道韦家除了一窝傻子，什么都没有。

整个下午我撵在她屁股后面，就像一只鸡撵着一个攥了一把米的人。我说你摆开来说么，只要把我说服帖了也行。我想她既然拿定了主意，也定然准备好了说法，可她沉默如石。我把她堵在窑里，盛了一碗清水，拿了三根筷子，剪了七个小人七串纸钱，说躺下吧，你让孤魂野鬼掇住了，魔怔了，我给你送送。她真就上了炕，像一根木头桩子挺在炕上，目光呆痴，表情木愣。我将水碗放在她头顶，把三根筷子插入水中，念叨说：“送头头上散，送身身上散，送散了，不见了，病不再犯了。”三根筷子在水碗中立住了，我把纸人烧在水碗里，中指蘸水在她额头上划了十字，用刀砍倒了筷子，将水碗端至十字路口泼了，烧了纸钱。我做得认真而虔诚。我们有了病，她就是这样给我们送的，这路数我很熟悉。然而，她躺了一阵，翻身下地又开始编芨芨，神色宁静，甚至慈祥。天大的事都影响不了她编芨芨。我把她正编的背篓夺过来扔到远处，她又编起筐来。

晚上，来帮忙的人都歇息了，我用最恶毒的话诅咒她：

“别人都叫你善人，叫你菩萨，你的心比蛇蝎都恶毒。”

“把我嫁给傻子，你就是把我打进地狱，也成不了菩萨。”

回应我的只有欻拉欻拉编芨芨的声音。这个我生命中宠我纵我任我撒娇的人，完全一副铁石心肠。她要做的事说出来就是铁板上钉钉，她不想说的话就会让它死在心里。她就是这么硬。

在我家她有着绝对的权威，谁也翻不出她的手心。因为在我家她有着一个母亲的资本和一个父亲的功劳。那一年，老鹰嘴修水库，放炮开山炸埋了我爹。爹死后娘整日以泪洗面，眼睛都快哭瞎了。一天晌午，娘做饭打掉了一个瓦盆，一个砂锅。她骂了娘，结果晚上，娘就上了吊。对于娘的死，她没抹一滴眼泪，没表现出丝毫的内疚和悔恨，而是两手卡腰盯着已经白纸蒙脸的娘吼骂开了：“死有啥难？谁不晓得到那世躲清闲，就你们晓得？一个个撒手走了，把你些娘老子（儿女）扔到这世上给谁扔？你走了就干爽了？到了那一世阎王爷都不收容你，就是个孤魂野鬼，不得超生。”现在想来，或许娘真是给那巨大的苦难压趴下了。娘生得稠，我们兄弟姐妹八个，五男三女，那时大哥才十三岁，我只有三个月，还吊在娘的奶头上。娘是个懦弱的人，她实在撑不起这个家。

抬埋了娘，大伯说他们弟兄姊妹八个，分散到我们弟兄六个家里也不是个啥事。四爹立刻接了话茬说那腊梅我就抓养了，她和我投缘，从小就跟我黏糊，比亲生的还亲。四爹这话对她做出决断起了决定性作用。谁不知道女娃比男娃好抓，女娃大了，还能收彩礼，换亲也能换回个儿媳妇，儿子可是债，抓大了还要给拾掇庄院娶媳妇，何况腊梅是大姐，十一了，已能做家务，过两年就能挣工分。她说我过去吧，搅和到一起你们过不好，他们也长不好。就这样，她从碎爹家搬到我家来。而这一年她刚给碎爹娶了女人，才从自己的苦难中解放出来。

也就是从那时起，她死活见不得四爹，在村巷里碰了面也像个陌路人，逢年过节四爹叫她吃饭她不去，来看她她一句话不说，一点表情没有，一直到四爹去世前再没踏进过四爹家门。四爹四十刚过因心脏病忽然去世，她哭得晕死过去，醒来说都是我害了我娃，我要是对我娃好点，我娃心上咋会得病？她把脸都抠烂了。我说心脏病都是先天的。她说你几个老子都好好的，病偏就生在他身上？是我在娃心里绾了个疙瘩，把一块石头压在我娃心上，你说一个人他娘都不待见他，他心里咋能没病？很长一段日子她就像哑巴了一样一句话不说。

后来她跟我说：

“喜，人的难，在心里。”

2

新婚的夜晚，我是自己揭去了红盖头。正常情况下这个夜晚会有让人脸红心跳的耍房，可我的新房孤寂得针掉到地上都听得见，是啊，谁会来耍一个傻子的房呢？傻子会耍么？过程走完，我听到门穗子响了，然后是挂锁的声音。猪！猪！一窝猪！我心里吼骂着。我要逃，能锁得住？前后窗是柳木棒子栅着，朽得掉虫絮絮，掰掉一根就能爬出去。我要逃，还要等到嫁过来？

我怀里揣着一把剪刀，谁要靠近我，我就会拼命地扎向谁。大傻缩在炕旮旯，惊恐地看着我，我冲他一扬剪刀，他跳下炕去，想逃，可门给锁了，靠墙旮旯“哇哇呀呀”叫着抖成一团。陶碗里两根盘了一尺长灯捻的长命灯把新房照得很亮，这灯是要亮三天三夜的，灭了不吉利，我一口就吹灭了。夜里起风了，风把窗纸吹得噗踏噗踏，狗有一声没一声地叫着。我就那么枯坐了一夜。窗户纸发白，门扣“哗啦啦”地响过，进来一个女人，我想这该是我的婆婆了。她把墙旮旯蜷缩了一个晚上的大傻像轰猪一样轰出门去，忽然“扑通”跪在地下，“咚咚咚”地磕头，口里“活菩萨”“活菩萨”地叫着。我可受不了这样的头，跳下炕去拉她起来，可她不起来，大放悲声号哭。我吼了一声：“你给我起来，起来！滚出去——”她给我的吼声吓着了，哆哆嗦嗦站起来，出去了，我将门从里面闩上了。

新贴的窗纸就像鸟啄出许多小洞。从里面看出去，韦家的亲戚打着招呼陆续走了，就剩下我家亲戚还守着，聚在窗跟前嘈嘈杂杂地让我把门打开，我不理会他们。他们从门缝插进镰刃想把门闩挑开，我用绳子将门闩捆死，趴到窗子上吼：“你们回吧，把坑打好，等着抬埋我。”

他们还是不了解我呀，死还不容易？一剪刀挑开血管，或扎进太阳穴，再不像娘一样把裤带解下来往门框上一拴。要死我会等嫁到傻子家来？我可以像三哥一样走得杳无音信，死活不知。可是，我想的是我要是死了走了，就是便宜了饶过了“老家伙”，就是输给她了。“老家伙”，我在心里第一次把这个词丑恶地用在她身上。我要活在这世上，就像一粒沙磨在她眼睛里，像一根刺扎在她指缝里，像一颗钉钉在她心尖上。我要让她看到任何一个傻子，心就被揪一把。她给了我这样一条路，我为啥要轻易饶过她？我一定要向她讨一个说法，如果连个说法都没讨到就不明不白地死了走了，那多冤枉，多窝囊，死不瞑目，做鬼心都不安。我要活下去，而且要活得好好的给她看。事实上，在后来的岁月里我才明白，她决定了这门亲事正是把住了我这样的个性，她了解我就像了解她自己一样。

窗外传来她的声音：

“回吧，没事的，这个坎儿喜已经过了。”

还是她了解我啊。她就是这么硬，这么狠啊，把一切都看得这么透啊。

第四天，我才从屋里走了出来。三月的早晨还是寒凉的，傻子们像学校里的学生在向阳的墙根靠成一排，你挤过来我挤过去地挤暖暖。看见我就像学生见了老师，立刻惊慌了肃然了。看着齐刷刷整爽爽的一排傻子，我就像走进了地狱，头皮麻酥酥的。虎头山老君庙里有一个殿塑的就是十八层地狱，傻子们和那些奇形怪状的鬼怪没啥两样。可我竟然笑了。

我打量着这个家，三间房子腰弯背驼，两孔箍窑顶上长满荒草，院落没有街门大敞着，院墙倒了好几堵，到处走风露气，栅了墙豁豁用狗牙刺活了，绿蒙蒙的，这反倒使院落更加荒芜。看不到锹、犁、耱、耧、套绳这些日常用具，听不到鸡鸣狗吠，牛歌羊唱。这哪里是个家，分明是多年不住人的孤院，他们只是寄宿的讨吃。

然而，当揭开四口大缸，我心里一下踏实了。虽然米缸里黄米、小米、荞珍子、豆瓣子、高粱珍子杂掺；面缸里麦面、豆面、荞面、高粱面混合，但四口大缸盛得满满当当。窑掌里堆着一堆洋芋，竟还有半口袋扁豆。在灾荒年过后青黄不接的三月，有这么多口粮的人家委实不多。

这天，我拦下了要出门讨饭的傻子们。我精心描画穿戴，把自己打扮得云白水亮，带着傻子直奔老埂坪。老埂坪和韦庄仅一山之隔，我掐好了时间，在老埂坪人蹴在村巷捧着老碗“呼噜呼噜”地喝糊汤的正午，带着傻子们浩浩荡荡地穿过村巷，风风光光地回娘家来了。

三四月，野菜过。红根、灰条、辣辣、艾蒿、蛐蛐菜、马齿菜、苦苦菜有巴掌大小了，槐树、榆树的叶子、嫩枝也能吃了。不要说去年灾荒，就是好年景，三四月蒸菜馒头，烙菜饼，掺点米面麸皮熬糊汤，就是老埂坪人日日的主食了。不喝汤，没裤裆。对于十年九旱的老埂坪来说，粮食永远没有多余的。

一入村巷，人们把目光抻过来，跟我打着招呼。我一点都不脸红，还有比嫁给一个傻子更揭脸皮的事吗，我没脸了。在村巷碰上大爹、四爹拦了我，但他们咋能拦得住呢。我家大门闭着，她从来不许我们端着饭碗蹴在村巷里吃，她说只有讨吃才捧着碗蹴在街巷里吃，越吃越穷。

“哐，哐，哐”，我卖力踢着街门，响声震动街巷。人都捧着碗跟随过来，把街门围得水泄不通。我就要这样的效果。我知道他们是来看笑摊的。她把日子过得太扎实了，太严捂了，谁不想看看她的笑摊呢？说实话不能不佩服她的本事。爷爷去世的时候，丢下七男两女，大爹才十四岁，碎爹才四个月大，到了我家，五男三女，大哥十三岁，而我只有三个月。她一个个抓大，都拉扯得成双成对，没一个挂单的，没有换亲，婶娘嫂嫂都是明媒正娶的。到现在我家还没另家（即分家），没生是非，男孝女贤的。两个早早失去了男人的家，她比一个男人打理得还红火光亮，这为她赢得了极高的声誉，也为她挣足了脸面，在村里她是人前头说话上岗子吃席的人，这也让她格外好强要面子。嗯，你不是好强要面子么，我就要揭你的面子。

是她开的门。她一点儿不惊怵慌乱，就像知道我们要来。院里摆着长桌，中间放着柴灰色大瓦盆，盛着金黄的玉米饼，另两个更大的褐色釉盆盛着绿森森的糊汤。哥哥嫂嫂侄儿侄女都围着长桌。他们停下筷子抬起头来，目光一片恐慌。

傻子们见到玉米饼就像狼见到了肉，毫无顾忌，一哄而上，扑到桌前。侄儿侄女们吓得惊叫着四散逃开，哥嫂们也都闪在了一边。他们不是害怕，而是恶心，一群蓬头垢面、衣衫褴褛的傻子谁不恶心呢？长桌被傻子们占领了。大傻两手抓了热腾腾的玉米饼往嘴里塞，二傻被玉米饼噎着，两眼翻成了鱼肚儿白，两只手乱抓乱拍，三傻把糊汤喝得满腔子都是，傻妞抱着几个玉米饼又蹦又跳“吱哩哇啦”地欢叫着，真是出尽了洋相。我感到脸上就像给人泼了汽油，又“嗤——”一根火柴点着了。但我没离开，而是双手抒腰站在一边，冷眼看着傻子们狼吞虎咽、风卷残云。

她显得那么平静，命嫂子们不停地给傻子们盛糊汤。大嫂拿着玉米饼端碗糊汤走过来说，喜，你也吃点吧。我掉头走了。我怕流下泪来，我咋能在她面前流泪呢？出了大门，我还是泄气了。直到这时我才发现我还是有脸的，要脸的。按我最初的想法，我是要带着傻子把老埂坪每家每户都讨要一遍的。然而，我逃离了老埂坪。

第二日一大早，大哥送来一口袋麦子。我清楚这一口袋麦子是家里眼下一半的粮食了。我叹口气对大哥说过正常日子，傻子不如你们，可要说讨饭度灾荒，你们不如傻子。我拽着大哥看那四口大缸说，哥，你把麦子驮回去，我给家里再装些，侄儿侄女都正长身体哩。大哥说你不收下，我回去能交代下去，她你还不了解？我只能把麦子留下。大哥走后，我就借了头驴驮着一口袋麦子、半口袋米往娘家来了。我没忘给家里装上两升扁豆，豆芽拌韭菜，这季节只有这菜了，也是她最爱吃的菜。我心里恶恶地说我让你吃着想着。我把麦子、米和扁豆搁在她的窑门前，头都没回走了。回来的路上，我坐梁顶上嗷嗷大哭。

3

大傻家每天是这样开始的。生产队上工的钟声还没敲响，傻子们就都起来了，在院里“哇哇呀呀”地大呼小叫。起初我不明白他们咋就能起这么早？哥哥姐姐起床，哪个不是她提着柳条扯掉被子才起来的。后来我才明白他们是饿醒的。晚上婆婆从不给他们准备饭食，只有早晨才每人给一个黑馍，一个煮的洋芋。接到馍和洋芋，他们就快活起来，黑乎乎的布褡裢往肩头一搭，啃着馍，你推我搡笑闹着出村去了。

傻子走后，婆婆会端来一碗鸡蛋汤和两个白面馒头，晌午，端来米饭和韭菜炒肉片或韭菜炒鸡蛋，晚上，端来小揪面和腌菜。我吃过后，她过来收走碗碟。而她和傻蛋子顿顿吃的是糊汤泡馍。因为野菜掺得太多，米面太少，那糊汤绿得瘆人。对于这个家来说，讨饭是唯一的生活来源，这种没根没底的日子她不得不时刻为断顿挨饿着想。我不明白家里没养鸡，哪里来的鸡蛋给我吃，后来发现是她拿了米面专门给我换来的。

每天婆婆和傻蛋子背着背篓上午出去两趟，下午出去两趟。他们是去剜野菜。野菜剜回来拣净，留下当日烧糊汤的，再焯一部分窝成酸菜，剩下的就全阴下了，阴干的野菜到了冬日当菜也当粮。母子俩蹴在屋里拣野菜，像两只鸽子头对头叽叽咕咕的，声音很小，偶尔传出低弱的笑声。听傻蛋子和婆婆对话，完全像个正常的娃娃。从进大傻家门，我没仔细端详过傻蛋子。傻蛋子身子瘦小，脖子很细，头却很大，都快撴不住头了，总是一副乏沓沓茶呆呆的痴傻样。没跟我说过一句话，看见我老远就闪了，却会躲在某个角落扑朔着一双大眼睛偷偷窥我，我能感受到他投过来的目光。

这一天，我叫了一声："傻蛋子。"他应了声跑出来，却不看我而看着脚背，我说："为啥不叫我嫂子？"傻蛋子低着头叫了声"嫂子"，我说："把背斗拿来。"傻蛋子拿来背斗，我说："你去把铲子拿来。"傻蛋子拿来了铲子，我说："我们去剜野菜。"

到了田野里，我边剜野菜边问傻蛋子一些话，确定他是个正常娃娃，这让我兴奋啊。我明白因为哥哥姐姐都是傻子，人们也把他当傻子待，叫他傻蛋子，遭大人戏耍，受娃娃歧视，见了人就躲起来，把自己封闭起来，就像钻进一间黑屋子，少言寡语，孤独自卑，结果谁见了都觉得他也是个痴傻。

至少还有一个正常的，这让我像在漆黑的夜里看到一丝天光。

这天中午，我将婆婆端来的韭菜炒鸡蛋端回去墩在她面前，说："娶我进门就是要把我像菩萨一样供起来？你为啥不请个菩萨供上？不吃不喝上一炷香多省事。"

我开始做饭，和正常人家一样，一日三餐，饭做好了，和他们一起吃。家里连桌子板凳都没有，就头对头趴在案板上吃。连我自己也觉得奇怪，我都快给这桩莫名其妙的婚事气疯了，可每到吃饭我竟会想起傻子，他们这阵吃过了么？讨到啥样的吃喝？这年头都捂着露底的日子过得紧巴巴的，剩菜剩饭也只是偶尔碰上，多数就是干馍、冷水，讨不上吃的就只能生吞米面。我见过傻子生吃米面、玉米、洋芋、葫芦、鸡蛋。尽管我心里有天大的委屈，可一想傻子们也眼泪淹心，说到底他们都是这世上的茶胀人。我开始给他们早晚做饭。婆婆慢声细语地说不能给他们饭吃，吃饱了缠家，出门不往远里走，早早就溜回来了，饿着他们才能要到东西。我气咻咻地说他们一个个是你身上掉下来的肉疙瘩，不给他们吃不心疼？不怕把他们饿死了。婆婆说早死早把孽脱了，省得活在世上受罪。我大绷着眼睛说不出话来了。

婆婆自言自语地说："唉，一个个罪孽大得老天爷都不收么。"

果然从婆婆的话上来了，他们早早就回来了，讨到的东西自然也少了。但这给了我希望，说明他们还没有傻透。

4

既然没有别的路可走，既然还要活下去，我只能振作起来打理这个家。首先，我要知道傻子傻到啥程度。那时候我们这一带傻子多，谁家出了傻子，都觉得是上辈子做了亏心事的报应。这几年才明白是近亲结婚造成的。老埂坪一带结亲时讲究亲上加亲，回头亲多，尤其是表兄妹结亲的多，傻子就多。傻子傻的程度各不相同，有的傻透了，羞丑不顾，屎饭不分；有的是半傻子，懂得羞丑，知道饭香屁臭；有些就是反应迟钝，举止笨拙，言语有障碍。

观察了一段时间，我发现他们会害怕，知道害羞，会看脸色，讨回来米面都知道米倒进米缸面倒进面缸，到了手里的东西再从他们手里拿走那是不可能的。他们也知道我是大傻的媳妇，我坐在屋里，他们合伙傻笑着把大傻往屋里推，大傻脸红彤彤“哇呀呀”叫着往外扑。

这天，我把他们留在家里。我捞了两方肉，切了臊子，打了鸡蛋，和洋芋疙瘩一起炒了，做了臊子揪面。冒着热气的大瓦盆一放到案板上，他们立刻哄叫着扑向瓦盆，你推我搡，把碗直接擩进盆里去舀，案板上洒满了面片和汤水。我心凉了半截，掉头出来了。

晌午，我蒸了米饭，猪肉炖粉条。盛饭的瓦盆刚摆到案板上，他们又一哄而上，我抡起酸枣刺条抽在他们的胳膊上，脊背上，屁股上。他们哇呀大叫着散开了，两眼惊恐地看着我。我放下手中的酸枣刺条盯着他们。可只过了一会儿他们又扑向瓦盆，我又抡起酸枣刺条抽向他们，他们又“哇呀哇呀”大叫着散开了。我下手重，我想知道他们知不知道疼，有没有记性。打不疼，记不亲，人要是没记性就没指望了。这是她的话。哥哥姐姐谁要闯下了祸，她会扒下衣裤用柳条抽，一点看不出她作为一个奶奶的慈祥和母亲的仁爱，倒像个后娘一样冷酷。她说不打不成才，打烂的肉会长好，闯下的祸补不好。事实证明，她是成功的，在以后的日子里哥哥姐姐懂得自重，识得大体，过得有模有样，活得有模有样。

傻子们盯着婆婆嗷嗷叫着，却再不敢扑向瓦盆。婆婆走过来嗫嚅了许久，说让他们吃吧，都是傻子。我瞪了婆婆一眼说就是你这样才把他们怂恿得越来越傻了。婆婆低眉顺眼地不敢说话了。

好一会儿了，他们再不敢靠近瓦盆，只是远远看着。我长吁一口气，一碗一碗盛好，他们也不敢过来。傻蛋子过来要端给他们，我说让他们自己来端。傻蛋子拽一个过来指指碗，拽一个过来指指碗，他们一个个端了碗。

第二日锥子雨下了一天，到夜里才停了。第三日，我早早起来到园里刨开看看，落了一拃深的墒。我没叫傻子出门讨饭。我要把塌了的院墙园墙补起来，把园子收拾出来。院子、园子就是一个家的门脸。别家的园子都拾掇得整爽，葱成行，菜成方，绿茵茵翠生生的。大傻家园墙到处是豁豁，一亩多的园子倒成了庄子上羊猪牲口撒欢打滚、蹭痒追咬的乐园。几畦韭菜和葱蒙了土尘灰塌塌的，不死不活。几棵老树被啃蹭得皮都没了，光裸着身子。当然，我想借打院墙、收拾园子看看傻子能不能干活儿。

我借来打墙的椽子和绳索，去代销店买回来四把锹两个筢。他们干起活来虽然笨拙，但比正常人卖力认真，打过一堵墙他们就会打了。晌午了，我没让他们歇活，我在等社员散工，我要让他们看到傻子能干活。这个家要过和正常人一样的生活，他们就必须上工挣工分。不然，靠讨饭过日子谁也觉得没指望。要挣工分就要得到大家的认可。社员散工了，都趴在园墙上看，有笑的，有赞的，有叹的。

院墙、园墙补新，我又带着他们把园子翻一遍。为了试探他们，翻园子时我给他们分开各干各的。他们知道比着干，干得就更欢了。这场雨还不算晚，种菜点豆来得及，白菜、菠菜、芫荽、黄萝卜、青萝卜，各种了点，壅了韭菜、红葱，钩了几垄黄花和梅豆，还点了几垄玉米。这时点玉米是迟了，等不到饱熟就让霜煞了。我没想着要打玉米籽，就是想啃玉米棒，嫩一点正好。

园子几棵少皮没毛的树我也放了。等树干了，我就请木匠来做一副大门，把大门楼子搬起来。聚财不聚财的先不说，真正的家户咋也得有个大门楼子。再做一张大桌，几个板凳。

他们能干活，那就要上工。大傻、二傻，包括婆婆都要上工。其实婆婆也才四十出头，没啥病，在自留地里干活利索着哩，就是心乏了。是啊，给这么个家挼磨了多年，谁还能有精神？婆婆说队长不让上工，说是混工分。我说你不要管。她长长叹了一口气，我说你不要老是这么叹气，会越叹越没精神的。

佛靠金装，人靠衣装。想让他们上工挣工分，就得把他们收拾出来。我从嫁妆里拿出布来，给婆婆、大傻、二傻和傻蛋子各做了一身新衣裳。大傻结婚时穿的新衣裳是借来的，已还给了人家。当他们穿上新衣裳后，跳着笑着，扯起衣襟给人夸。几个没穿上新衣裳的就蔫巴了。其实陪嫁的布料给他们每人做一身也够，可他们还要讨饭，穿得新了就不好讨了，我想等过年再给他们做。婆婆给大傻、二傻又铰了头发，刮了胡子，他们一下子精神了。

我带着大傻、二傻、婆婆去上工。人们都围着大傻、二傻看着说，猴戴帽子，有了人样了。队长说傻不叽叽的，混工分呀。我说你就当积德行善。队长嘻嘻一笑说，可你不在我跟前积德行善。队长对我没安好心，半夜来敲我的门好几次了。按辈分他大傻子一辈，还没出五服，我说你不怕给雷劈了？他说我不怕雷劈，牛鬼蛇神都让人给镇压了。我说你不怕雷劈我还怕哩。

我说那你把活给我们分开，我们干给你看。队长说，嗬，你想单干，小心捆了你。这时间，白老汉说话了，瞎麻雀还有个天照顾哩，你就照顾照顾那一家子吧，积德行善的事都不做还能做啥？三几年这里过红军，白老汉给红军带过路，干部来村里都要去看他。白老汉这么一说，队长就说不出话来了。晚上，我提了十个鸡蛋去看了白老汉。白老汉死活不要，说娃你也不容易，你奶奶真是救苦救难的观世音菩萨转世。

如果说这个家给闷在水底，傻蛋子就是个透气孔，就该念书。虽然这学期已经过半了，但我还是带着他去了学校，我想先让他跟着混，下学期正式上学。孙校长说按年龄他都该上三四年级了，迟了吧？我说你看大傻一家就这么一个精灵的，让念点书吧。孙校长说那下学期让来吧，这阵子课本没有不说，你看他瘦得头都快撖不住头了，给娃一推就倒了，你把身体好好给补补。回来我每天给傻蛋子煮三个鸡蛋，早、中、晚各一个，一坛腌猪肉还有大半坛，都给傻蛋子留着。我把念过的书拿出来闲下来教傻蛋子识字，算题。我爱书，每学期发下来新书，我都包了皮儿。皮儿烂了，我再包一次。因此念过的书都新新的。

我十岁那年老埂坪有了学校。那时候谁也不把女娃念书当回事，都说女儿是脸朝外的人，书念得再好，撑的也是别人家的门面，识得个洋码号（数字）就行了。还说书念得多心眼就开了，惹是生非的拾揽不住了。“拾揽不住”的意思是抗上不听话或者不守妇道。尽管毛主席说“男女平等”、“妇女能顶半边天”，上面也大会动员女娃上学，可女娃念书的还是少。她带着我和五哥去学校报名，五哥已经十二了，个头又高，校长说都是个大小伙子了，都该念中学了，不收，把我收下了。念完小学，她问我还想念吗？我说想念。她在我脸上“啵”地亲一口说那咱就念，念一个女秀才出来让他们瞧瞧。念完初中本来还要到县城去念高中，可县上学校停课闹革命，她叹了口气说学生不念书闹啥革命嚜，才多大的人，知道个饭香屁臭。我说我也想闹革命，她说革命就是杀头，那是男人们争天下的事。

傻蛋子没官名，我提了十个鸡蛋去学校请先生取名儿，半路上又踅了回来，我也是识文断字的，为啥要求人？我翻着字典给傻蛋子取名志远，志向远大的意思。秋季开学，我给傻蛋子买了新书包和文具盒，把傻蛋子送进了学校。傻蛋子比别人上学整整晚了三岁。学生娃叫他傻子，他不想念了，我拉着他去找班主任大眼睛，希望他能管管，大眼睛说就当外号让叫去吧，越制止越叫得凶，他们哪个没外号，松井、狗腿子，他们还把我叫胡汉三哩，你说我除了姓胡，哪里长得像胡汉三？都瘦成一根棍了，倒像胡汉三脑满肠肥也罢了。傻蛋子很聪明，念书又憋着一股子劲，怀着深仇大恨似的，一闲就抱着书在念。上完一年级大眼睛给我说志远学习好得很，可以跳级，能撵一撵。我说那就让跳，赶紧跳。于是傻蛋子上完一年级就上三年级，上完三年级就上了五年级。小学五年只上了三年，把落下的撵了回来。

5

陪嫁过来的鸡里有一只公鸡，而有了公鸡，母鸡下的蛋才能孵出小鸡。我明白她这是要我抱鸡娃。鸡是最易养的，只要在冬日里有一把瘪粮食就行了。其余季节有草芽、草籽、虫子，就能活得很好。鸡蛋、鸡肉可以解馋，换个针线烟火钱，也可以还人情，走亲戚看病人吃满月席，提十个鸡蛋或抱只鸡就是厚礼了。一只母鸡下了一个月蛋闹窝了，我抱了一窝鸡娃。

陪嫁过来的母羊下了一只母羔子，只要操心得好，三五年内大傻家就可以达到人均一只羊了。那年头羊不让多养，一口人只能养一只，养多了就是资本主义尾巴，要被割掉的。嫂嫂们没娶进家门以前，我家九口人，可喂九只羊。羊毛可以壮棉衣、打毛线织毛衣、毛袜，还能卖羊羔。羊羔一出月就卖了，别人说不出啥来。生产队羊群里有骚胡。到了羊走羔（发情）的时候，她晚上把母羊赶到生产队羊群里，当然会给放羊的老万提去十来个鸡蛋或者给个背篓、土筐，吃肉的时候端碗肉。

“富不离书，穷不离猪。”从我记事起，家里长年养着三头肉猪两头母猪。母猪三年下五窝，操心的好每窝能下十一二个猪娃，猪娃满月了就捉到集上去卖。肉猪喂到小年前后赶到集上去卖掉两头，留一头宰了腌上，细水长流解一年馋。半大小子，吃死老子。我正想着要赶个集捉两个猪娃子喂上，五哥背着两只猪娃进门了，一公一母。公的已经劁了，喂到年关就能宰了。母猪到年底就能怀猪娃了。

她到我家正是我们能吃不能挣的年龄，可养猪养羊的活儿都能做了。她将猪羊分配在我们每个人名下，砍草放牧，各操心各的。我们家的日子就是这么过下来的。她把日子给我规划好了。照着她的规划走，日子就打不住，尽管我胸腔塞满了对她的仇恨，但这一点我很清楚。

四月风，透骨熔，一个月时间，树就干得差不多了，李木匠做了一副大门，把大门楼子撴了起来，又做了一张桌子，几把凳子，大傻家的气象就不一样了。

一日，三傻抱回一只狗娃来，婆婆推着三傻说：“你个傻子，把你先人抱回来不吃不喝啊，哪儿抱的扔哪儿去。”

我说：“养着吧，家里该有个张声的了。”

6

第二年，我把婆婆嫁了。

婆婆、大傻、二傻都上工挣工分，三傻、傻妮、四傻要饭，日子也能过得去。可一家傻子搅在一起，谋划得再好，谁也看不到希望。这就像毛毛虫，如果只一条，娃娃都敢去捉，可要是几十条缠搅成一疙瘩，大人也觉得害怕。傻子聚成一堆，谁也看不到希望。我要把这个家分解了。

我盯上了黄湾的老狗。老狗常来家里，看得出他对婆婆的意思。老狗比婆婆大两岁，女人死好几年了。老狗有一个女儿，叫欢丫，小时候打针打哑巴了，瘸了一条腿。人倒精灵，操心家没问题，针线活也好。我跟老狗谈，婆婆嫁过去，二傻入赘。老狗却只同意娶婆婆，不同意二傻入赘。我说你觉得世上有这么便宜的事？老狗说二傻是个傻子。我说就欢丫的条件，能找个啥样的？老狗不说话了。我说二傻不算真傻，就是不精灵，他要是傻，队上能让他挣工分？二傻干活你也是见过的，有人带着他啥干不了？过了两天，老狗想通了。

跟婆婆一提说，婆婆挤巴着眼睛看着我。我说挤在一堆谁也没精神，这么过下去几时是个头儿？欢丫我端详过了，人精明着哩，她爹和你年龄都不大，能挣工分，二傻也能挣工分，又再没啥拖累，日子不难过。婆婆头点得鸡啄米般说，娃我听你的。我知道让一群傻子挼磨得她也想把日子改换改换。我说你和二傻过去，家里你别操心，我能嫁到这个家就会操心好。

亲事说定，来来回回走动一段日子，婆婆嗫嚅了半天提出一个要求，说想把傻蛋子领过去。她的声音很弱，两只手不停地拧着衣襟。我想这话她不知攒了多少天的气力才说出来的。我知道这是老狗的主意。男人家没儿子，寡妇带去的儿子都要跟男人姓的。韦家就这一个精灵娃，一带走就全剩下傻子了。我说傻蛋子放在我跟前你不放心？婆婆使劲摇头说傻蛋子跟着你比跟着我好。我说你把韦家唯一的精灵娃带走，不怕人戳脊梁骨？婆婆只抹泪不说话。我又去跟老狗说二傻招了女婿，你老了也有了托靠，不花一分钱还娶了老婆，你还贪啥？老狗不说话。我说二傻跟你姓，别打傻蛋子主意。老狗带着哭腔说我不要一个傻子跟我姓。我说二傻和欢丫有了儿子，你不就有孙子了，你黄家不就有开门立户的了？老狗说谁能保证生下不是个傻子？我说谁又能保证生下就是个傻子？

一年后，二傻就有了儿子，跟二傻就是一个模子里倒出来的。老狗唉声叹气的，一锅子一锅子吃烟。我也头皮发麻，担心娃和二傻一样，就给取名灵灵。婆婆低眉下眼地说做个满月吧？我说到百天再说。婆婆腾了半晌，又说是个头首子，又是个儿子，都要做满月的。我忽然来气，吼着说一个傻子和一个哑巴瘸子生的娃满月里能看出来正常？做满月做个毬！这是我第一次对婆婆发火，婆婆吓得衣襟都在颤抖。

快到百天了，灵灵一双眼睛亮咕噜噜地转，一招惹笑得咯咯有声。我心宽了些，操办着给灵灵过百天。百天那天，我家亲戚来了几十个，她也来了。我知道是她组织的，是来给我长脸扎势来了。按说，又不是我的儿子，况且二傻算是入赘黄家了，这事跟我娘家没关系，可以不来人。她抱着灵灵亲着逗着，她说怀里没有糊屎的，坟里没有烧纸的。我知道她是在提醒我。

灵灵不到一岁就出言语了，更是招人疼爱，村里人都说爹是个傻二，却生了个人精。大傻抱着灵灵又是亲又是惯的，不让别人抱，不让别人亲。我心里就酸酸的。婆婆捻着衣襟低眉顺眼地说你看灵灵多精灵，你和大傻也要一个吧。虽然灵灵是个正常娃，可生娃这事谁也说不上，再生一个大傻，那我就掉进苦海里了。

灵灵满一岁，简直像个小土匪，追得鸡飞狗跳的，把一个院子都整活了。我需要这么个让我快乐的小东西来填充这孤寡寂寞的日子，我想赌一把，钻进了大傻的被窝。大傻显然知道这事，疯狂起来，横冲直撞，嗷嗷大叫着。我很紧张，想制止可哪里制止得了，他欢实地大叫着，我只能用枕头捂住他的嘴。瞎子吃蜜摸着了，大傻贪得要命。我也贪啊，厚重漫长的夜，我需要这活把这种日子压进我五脏六腑的沉重释放出来，然后沉沉睡去。这活是厚重夜晚的一隙光芒，是一种什么都不想的彻底松弛。

大傻把一种恐惧种进了我的体内，我无比兴奋，又深深恐惧，这恐惧就像一块厚重的棉布缠裹住我，连一丝透气的缝隙都没有。从害口开始，她就隔三岔五送我爱吃的东西来。

当从地里劳作回来发现窗台上有一袋青辣椒、茄子、西红柿，一把子芹菜、水萝卜，我就知道她来过了。这都是靠着黄河的水田里的菜，我们这里种不了，只能到集市买。不是跌了年成，这些东西集市上一有，家里就能吃上。她说人生在世，就活的一张嘴么。当然也只是吃个稀罕，她又说嘴是好忍的，石头是难啃的，有嘴吃倒江山哩。一天傍晚散工回来，李奶奶在街巷里叫鸡回窝，说奶奶又给你送啥吃的来了？她对你可真好，吃个啥都惦着你。我说她啥时走的？李奶奶说走了不大一会儿。我追出村口，她已经爬到了老疙瘩山半腰，佝偻的背影吊在山坡上，就像吊着的一个褐皮葫芦，瘠薄的夕阳在她的身上洒下了一层浅浅的光亮。泪水再也控制不住落了下来，我坐在地上，任泪水流淌在风里……

六个月的时候，她把二嫂派过来服侍我。我说嫂子，你回去操持家里吧，我有婆婆。二嫂说你那婆婆让几个瓜子掇磨得也快成瓜子了，能伺候个啥？奶奶说你心气高，又好强，又是头首子，怕有个闪失。我赌气地说她巴不得我出事哩。二嫂说，喜，千万不敢说这欺天的话，她疼你那是疼到骨头缝里了，她要来服侍你的，怕你见了她着气，怀着娃心情一定要好，生下的娃才好。我说她当她不见我，就从我心里把自己抽走了，她就是我心上一颗钉，锈都锈到里面了，想撬都撬不出来了。二嫂落泪了，说她心里也苦哩，你嫁走了，她夜夜都在哭。我说她会哭么，她有眼泪么？我知道她哭过，我的眼泪也淹心了，但我不会让它流出来，就让它在心里流着。

我出嫁以后，她就一个人住在那窑洞里，又深又大的一个窑洞，空荡荡冷森森的。要说她完全可以领个孙子重孙子陪她，几十个孙子重孙，只要她愿意，哪个不喜欢跟奶奶太太住呢？她这里可是聚宝盆，总能搜腾出好吃的东西。

我说她还一个人住？二嫂说那么多的重孙子，一个都不要么，那么惯二妮，我打发二妮去给她做个伴儿，她又使回来了。你哥歪她，她说人活过七十就是纸糊的了，哪天突然死在炕上，把娃娃吓着了。

人生人，吓死人。我生了一天一夜，她陪了一天一夜。端盆换水，烧香磕头，口里念念有词。五更时分，我生了，是个儿子。头首子就是儿子，心里喜啊，出怀了人都说是个女儿，酸儿辣女，我爱吃辣的，自己也觉着是个女儿。可是，当我看到耳朵上和大傻一样有一个拴马桩，一下子就晕死了过去。

三天后她回去了，留下大嫂伺候着我。我心里多么想让她留下来，大嫂说她怕我看着她着气，糟下月子病那就是一辈子的病了。

七天上下汤，婶婶、姑姑、嫂嫂和姐姐们都来了，说起做满月的事，我知道是她让她们探我的口气。我说不做。倒不是要拗着她，对这个小东西我的心悬着，一个月娃子能看出个啥？二傻的儿子正常，不能说明我的儿子也正常，我得等到百天再说。给儿子起名按村里人的习惯，名贱人贵，起个贱名儿好养，可我不想给儿子起个贱名，村里叫狗旦、狗剩、牛娃、三余、四存的多了，没见一个因名贱而贵的。我给儿子取名景琦，这是我翻了几天的字典拼出来的。小名就叫了琦琦。琦有三个解释：1. 美玉；2. 珍奇，美好；3. 不平凡的。

随着满月的来临，小家伙一双小眼睛黑豆一样滚动，小嘴巴动作可多了，小手也不停地抓抠，这给了我很大的安慰。刚一满月，我就不顾大嫂的阻拦下了炕，风风火火地甩着两只饱满肥硕的大奶子忙活起来了。看到出路的日子就是这样让人心急难耐。

大嫂回去，她就来了。一进月屋，她两眼直直盯着琦琦看，我知道她想抱。琦琦刚到她怀里，就“哇”地一声嚎哭起来。我一把夺过来，看到琦琦的屁股蛋上有被掐过红印。我瞪着她许久，抱着琦琦转身就走了。

等到我有了孙子毛毛才明白，她是在试探琦琦的反应是不是正常，会不会和他爹一样，也是个傻瓜蛋子。毛毛我第一次抱在怀里也这么迫不及待地掐过一把，我怕隔代传。琦琦媳妇怀上后，我的心就一直悬着，那种担心并不比我怀琦琦时轻。我才明白我怀孕后更害怕受折磨的是她，她把我嫁给傻子，害怕我的苦难延长。

每天她踮着一双小脚出出进进的，盘儿上桌儿下的给我调着方子吃喝。我四平八稳地赖在炕上啥都不干，吃着她给我准备的瓜子、枣子、核桃、柿饼、果干，享受着她的服侍。这连少言寡语的婆婆都看不过去，她说你该对奶奶好一点，她瘦了，比上次我见时瘦多了。我绷了婆婆一眼，婆婆再不敢作声。

快到百天，我看到了一个正常的琦琦，会看人脸色，给个笑脸就咯咯地笑，一吊脸子就哇哇地哭，一拍手就舞着两手往你怀里扑。百天当然要过了。大傻家就是一潭深不见底的水，我被摁进潭底，快要憋死了，太需要从水底凫上来透一口气，我一定要高高扬起头，大口大口地喘，大声大声地喘。家里已有六只羊了，刚好有只羊羔满月，宰了，又宰了五只鸡，腌下的猪肉有大半缸，席准备得不比婚宴薄。娘家的女人提前几天就来忙活了，我倒成了闲人。

百日那天，不但是我娘家人，连她娘家人都来了。车载驴驮轰轰烈烈地来了。这当然是她发号施令的，事关面子的事，她总会做得很足。在以后的日子里，我才明白并不全是为争面子，还有另一层深意，她是借此来示威扎势。她怕我受人欺负，她要韦庄人知道我娘家的势力有多重。这在以后的岁月里显现出来，谁与大傻家起了矛盾，顾忌的不是大傻一家，而是我的娘家。娘家就是女人的势。

她红光满面，抱着琦琦像展示一件宝贝一样展示给人看。村里人都围了上来抢着看娃，说看这滴溜溜乱转的小眼睛，看这一嘬一嘬的小嘴巴，韦家的风水总算是转过来了啊。

宴席散了，送娘家人出了村子，到村口，她把我拽到一边，给我手里塞了一样红布包裹着东西。我打开红布，是一块大洋。她嫁给爷爷时箱底压了两块大洋，一块我结婚时压了我的箱底，一块给了我的儿子，五个哥哥两个姐姐她都没给。黄昏像水淹过来，寒风卷起的沙粒打在脸上就像针扎一般。我多希望扑进她怀里好好哭上一场，多想留她住上几日，在她怀里挤一挤；我知道她也多想多住上些时日，可我张了几次口，舌头又把话卷了回去。我宁可站在没有一个人的梁上，看着她消失在山弯背后，任泪水流出来再让风吹干。尽管她为我争足了脸面，但这与嫁给一个傻子揭去我的脸面是无法相比的，事还在我心里。这时我猛然发现我很像她，都是这么地硬。两个一样硬的人遇到一起，就是个熬。

直到景琦叫出第一声娘来，我悬着的心才放到腔子里了。

人活的就是个心劲。景琦出生的第二年，从开春到秋上，雨哗哗地下，风都湿漉漉的，抓一把都能拧出水来，那就是下收成呀。一年卖了三窝猪娃子，五只羊羔子，年关跟前，我把三头肉猪全卖了，从镇上打回二十斤猪肉过了个年。翻年开春，我把房子重新翻盖了，四角墙柱用了砖，熏黑的虫噬的大梁、椽子重新刨推刮打，院墙全部推倒重新打起，大门楼子还挂了瓦。几个傻子只要有人指点着，干活有的是力气。我又从水底凫上来大大地喘了一口气！

景琦两岁，我又怀上了，又开始了担惊受怕的日子。景琦没问题，不一定这一个没问题。生下来是个儿子，我给取了名景玮。小名就叫了玮玮。景玮和景琦一样健康。我多希望有个女儿，可我怕那深潜着的恐惧。那时间没有避孕手段，我只能在大傻嗷嗷大叫浑身颤抖时将他从我的身体里推了出来，赶紧下炕去尿，去洗。

7

怀里抱上小的，才能想起老的。老辈子人真是把话说绝了。两个儿子吃喝拉撒，大傻笨手笨脚一点忙都帮不上，这个拉下糊了，那个哭得没气了，晚上这个哭了把那个吵醒了，有时候我坐在那里和两个娃一起哭。我才知道抓养娃娃的艰辛。想及我和五哥正和景琦、景玮一般大年纪，她一个人带着我们，还要操心一家人的生活，我的泪水流了出来，但我不当着她的面流泪。

她从家里搬过来帮我带孩子。她带来一架子车芨芨，景琦、景玮睡着了，她就坐在那里编芨芨，嘴里不停地念叨着关键地方的编法，还说："这活儿看上去简单，不掌握窍道，编出来的背篓放到地上站不稳坐不住，背上硌人脊梁，用不上几天，不是脱底，就是散边。"

又说，"家有千两黄金，不如一技在身，这比上工挣工分强。"

我知道她是要传我这门手艺，要支撑起大傻这个家，是需要这门手艺的，但我不失时机地堵了她一句："你不是说我以后不靠这过日子吗。"

爷爷去世后，为了养活九个儿女，她一双小脚干不了地里的活计，就从娘家学会了手艺，编篓、筐、篮，织草鞋、草帽、草席，扎笤帚、扫帚。这些是家家必备的日常用具，不愁销路。她就是凭着这门手艺，把两个早早没了男人的家支撑起来。每年白露一过，芨芨飞白，芨芨谷一片银浪翻卷。她赶着驴车载着我去拔芨芨。怕晒着我，她先拔几把芨芨给我盖个草房子，用芨芨杆三两下给我编一个蚂蚱、蛐蛐或者马、羊、板凳、鞋、帽子啥的，让我坐在草房子里学着编。她说可不敢出来，秋老虎带着锈哩，别把你的白脸脸晒成个焦洋芋，以后就当不了娘娘了。拔出一截，将我的草房子往跟前挪挪。有一次我给两只狐狸箍住了。她扑过来，可狐狸欺她就是不走。狐狸没狼凶狠，但比狼难缠。她跪在那里又磕头又作揖的，说你们要喂儿女就把我捉去吧，我孙女儿还小，没多少肉，她才活人哩，我活够了，肉也多，骨头有嚼头。后来，两只狐狸走了。她说狐狸能听懂人话，要不咋能成狐狸精。芨芨拔回来，在院子里垛成垛，她就坐在院子里欻拉欻拉地剥皮，剥了皮晒潮干了就开始编了。一秋拔下的芨芨足够编一年。

每逢草鞋镇集日，她带着几个哥哥背着筦、篓、筐去赶集，卖钱，也换口粮，换油盐酱醋，也换猪娃、羊羔，回村再跟人倒腾。后来运动紧了，有一回她在草鞋镇换猪娃时给抓了，罪名是投机倒把。她急了说红军穿过我草鞋哩。那些人不知深浅，就来村里调查，村里人说红军真穿过她编的草鞋哩，这才放了她。后来，我问红军真穿过你的草鞋？她说没有，他们说要几百多双，价钱都说好了，三天交货，人家给了两块大洋的定金。一家人赶了两天一夜，赶出来送到集上，红军已经走了。

我说："你打算收他们钱？"

她说："收么，没觉悟噻，日子都紧成啥样子了，吃了上顿找下顿的，你几个老子正一个比一个能吃。"

又说："千万不敢说出去，说出去就把天戳了个窟窿。"

又说："唉，白使唤了人家两块大洋。可顶了大事，你大娘就是那两块大洋娶回来的。"

哥哥姐姐们都得学着编，她却不要我学。她悄悄跟我说："这活费手，打磨上老茧就除不了根，你以后不靠这过日子，你有你的命。"谁也看不清前面的路，再能谋算的人也一样，现在她知道我需要这门手艺支撑这个家了。

一车芨芨打了四个背斗，两个抓粪，编了五个筐，扎了两把扫帚，织了两张席子，还有缸盖、锅盖，这些都是我家正需要的东西。尽管我表现得没兴趣，可那些窍道一个不露地记在心里了。

以后的日子里，傻蛋子上了高中，景琦、景玮也都入了学，开销大起来，家里的劳力就剩下我和大傻，而大傻再努力也只能挣半个工，日子对编芨芨这门手艺越来越依赖了。尤其是傻蛋子功夫没白下，考上了大学，这门手艺可真是帮了大忙。芨芨编成东西，到集上一卖，钱就到手了。

在编芨芨这活上，大傻还是不灵光，只能做些拔芨芨、欻芨芨、整芨芨的活；他也熬不住，一到晚上就瞌睡得东倒西歪。想想可怜，下地干活不会躲尖溜滑，更不会偷巧，别人出五分的力他就得出十分的力。让他到炕上去睡。他一上炕就呼儿呼儿地睡了。我也瞌睡啊，可一想到处是窟窿的日子，编一个背篓、土筐，集上就能卖钱换粮了，几个书生的开销就有了着落，立刻就精神了。其实瞌睡就是一阵儿的事，抗过那一阵儿就能再编上一阵。

坐在夜晚编着芨芨，她在我眼前就浮现出来。每个夜晚，就在我们睡的窑里，她像一只织网的蜘蛛，在芨芨堆里一圈一圈编织着。窑洞大，地也大，炕也大。天热了坐在地上编，天冷了坐在炕上编。有月光她坐在月光下，没月光点一盏清油灯。怕费油，灯捻捻得很细，灯光幽暗，只能照一坨。我念书那几年，她会让我在灯下念书给她听，她边听边编，还会提问。我念着念着睡着了，半夜被月光晃醒，或尿憋醒狗吠醒，她还在编。有时会看到这样一幅画面：她两只手握在一起，指头曲曲伸伸耍手影儿，一会兔，一会鸡，一会马，一会牛，一会男人，一会女人，还配着音，就是现在的手技。耍上一会儿，她长叹一声，又埋头编起来。夜晚就这样从她手缝间流走了。

那年我卖了一窝猪娃子，供销社正好有卖收音机的，就给她买了一个，让她听样板戏、秦腔、歌曲解闷。沉沉长夜，有个声儿总能解解孤寂。可我每次去家里，她都没听着。大哥说刚开始只要一来人，就把半导体拿出来放，满面红光地说喜给我买的。这话都说了一百遍了。后来人只要一闲就涌到她窑里来。两截电池听完她就不听了，电池买回来她也不听了。我问她为啥不听，她说这东西好是好，可耽误人干不少活哩。我说你边干边听。她说一听着唱都来了，半夜半夜坐着不走，我还担心把这手艺偷去了，东西多了就不值钱。我说你声音放小一点，自己听到就行了。她说这东西是个泼烦，费电池不说，一个要多少个背篼钱，不开呢想听，开了呢怕听坏了心疼。

“让他们知道我享了这福就行了。”她说。

随着我们兄弟姐妹一个个成家，日子都过得去，用不着那么辛苦地编芨芨贴补家用，都阻止过她编芨芨，可她照旧编着。有一回我把所有的芨芨从窑里清理出来，“不编能死啊。”我擦着火柴要把芨芨烧了，她说：“就是个苦命么，闲不住噻。”我说：“闲不住就好好睡觉，一觉一觉地睡，把耽误了的瞌睡补回来。”

她长叹一口气说：“你爷爷不在了，你些老子都小，没吃没穿的，愁得啊恨不能像千手观音生出满身的手来，偏偏瞌睡多得不行，不能睡啊，睡了日子咋过么，用凉水激激脸，再接着编。那时候就想着他们大了，日子能借上力了，美美地睡上一月两月一年两年，把误了的瞌睡补回来，可他们大了，不要说睡，连口长气还没出，你家的难又来了。就想着把你们一个一个抓大了，日子不靠这能过了，一定把误了的瞌睡补回来，你说又没瞌睡了，躺在炕上眼睛明钻钻的，人啊，错过的东西就没了。干活干活，干着活着，日子就是一个过程，不编干啥呢，日子长拖拖的啊。”

我的手抖了。是啊，真不让她编，长拖拖的日子她咋打发呢？云白水亮的芨芨对她就是一种慰藉。

她八十寿那年，都提说在县城过。三爹的儿子文智在县上已是个科长了。大哥的小儿子广武也在城里工作。二哥的广孝在县城开了一家公司，生意也做得不错。在他们的帮衬下，兄弟姐妹带进县城做生意揽活的不少。寿宴上，二哥的老大广礼说太太，你不该是八十岁。她说我老得连自己的岁儿都记不住了？广礼说有人说人不能增加生命的长度，但能拓展生命的厚度，太太的生命是有厚度的生命，折算一下至少超一百二十岁。是啊，她每夜才睡几个小时，一百二十岁都少算了。

后来她不再编了，因为腰不允许她一直坐着。但每天她还会编上一阵，两三天能编个筐，一周能编个背篓。有一回说到了死，她说喜，你记着，奶奶死了，给棺材底铺一层芨芨，芨芨对我们这一家人有恩哩。

8

大哥娶儿媳妇，我不能不回去。嫁到韦家六年了，我只回过两次娘家，而且都没安好心。第一次带着一帮傻子回去我是揭她的老脸撒气去了。第二次回去是看笑摊去了。我出嫁的第三年，四嫂闹腾过一次分家，出言出语跟她干上了。她给气得睡炕了。她是那么坚硬，那么有能耐，没有她过不去的沟沟坎坎，咋会气得睡炕呢？我想肯定是装下了，这是老辈和小辈斗气时惯用的伎俩，小人犯上么，通过这一着让你处在被大家谴责的地位。我心里说可是遇上了对头。

四嫂娘生了七个儿子才生了这个女儿，一家人都宠着惯着。嫁过来不久就闹过一次分家，那次她没给四嫂留脸面硬拿了，四嫂羞愤难当，耍脾气跑回了娘家。按规矩女儿在婆婆家第一次淘气跑回娘家，娘家不能留，当日至少第二日要送回来。如果不送回来，婆家要不去接，日子越久就越被动了。可四嫂娘家没立即送回来，她便不许家里人去找。四嫂娘家熬不过，四嫂爹带着三个儿把四嫂送了回来。这分明就是示威扎势来了。她没给个好脸子，茶也不让上，饭也不让做，连院门也不让进，说来这么多人，那就不是讲理来了，摆到村巷里说吧。四嫂的爹不愿意了，说你还有理得不行了？她发威了，说你丫头身上有青伤还是红印？就说是要分家，她算是老几？老大老二都在家的苦了多少年，分家有她先说的话？你咋不把你丫头再留上三年五载？你也娶了几个媳妇子了，让她们跟你丫头学么？她们个个跟你这么闹成不成？带上三个儿子给谁示威扎势，七个儿咋没都带来？胡子比头发还长，这么做事?！四嫂爹头再没抬起来，说亲家奶奶，啥也别说了，我把人丢大了，丫头交给你了，你咋管教从今往后我一个字不说。说完带着三个儿灰灰地走了。

我走进窑里，她面朝墙睡着，身子蜷成一张弓，盖着我盖过的被子。大嫂说奶奶，喜来看你了。她转过身来，脸色寡白寡白得吓人，嘴巴四周布满了细碎的核桃纹，嘴唇干翘着一层皮，两个眼窝深陷下去，整个人都脱了相。枕头上一大片洇湿的痕迹。她努力着要坐起来，可没坐起来就趴在那里大哭起来，说她多毒啊，说我寡了这些年，心都寡了，呜呜呜。一股血就冲上我的头顶，我冲进四嫂的窑洞，四嫂坐在炕上，哼着小曲嗑着瓜子。我扑上去一把就薅住头发从炕上扯到地下来了，抡手就给了几个耳刮子，又踹了几脚。大嫂、二嫂抱住我从窑里拽出来，正碰上四哥进来，我两把就把四哥的脸抓了个稀烂，说你吃屎长大的吗？四哥被激怒了，扑进窑洞，就听到四嫂杀猪一样的哭声。我在门上吼，打，往死里打，打死我抵命。打完后，四哥来给她赔不是。她却说人前教子，枕前教妻，麻雀还有瓜子大的脸，给你说过多少遍了，当着这么多人的面，你这是要做啥么，越打越拗。我说你就死要面子活受罪。她说人不能伤了脸噻。从那以后，四嫂虽不敢再闹腾另家，可总是拗着一股劲。后来和她说起四嫂，我说她娘就是个泼匪，名声在外，把个男人拿得住住的，她又是一家人惯下的宝贝疙瘩，这还想不明白？她说捉狗儿子还看狗母子哩，咋能想不到。我说那你怎么还给老四找这么个泼匪，老四本就软弱，还不得受一辈子气。她说老四跟了你娘，生性懦弱，我就想着给找个泼辣一点的，一个家总得有一个打硬的人支撑着，再娶个囊的，两个囊蛋，以后日子能过到人前头去？一辈子长着么，你四嫂就是私心重点儿，脑子好使呢，过日子没麻达。打过就算了，以后别为难她。

大哥给广文娶媳妇，我不能不回去。广文的喜日子定在正月初八，这显然是她做的主。除了我，哥哥姐姐的婚事，都是在正月十五之前举行的。她说刚过年，人吃满腹着哩，肚里有油水，席薄了人们也能担待。其他月份，席就费了，一样的席吃不出个好名声来。她就是这么精明。

我买了礼物把几个老子家都走了。晚上睡觉的时候，我知道我和她睡的窑里她多煨了一洞子炕等着我，可我在二嫂家睡了。二嫂说奶奶把炕都给焐好了。我没理会。可睡到半夜我跑过去了。她端出小笸箩，里面装满了枣子、柿饼、核桃、花生，说女人血亏，枣子补血，一天吃上几颗，你吃个啥又贪，别吃多了，吃多了上火，牙疼。她破例没去编芨芨，我说闲得住？她“咯咯咯”笑了，挤到我的被窝里来了。

婚宴结束，上正月没啥活计，我在家里多住了几天。姊妹嫂姑聚在一起，就是个互相咬，咬过去的事。结果咬着咬着她们都合起来咬我。

二姐说："你是人家跟前的红人，鸡蛋给你煮着吃还嫌不够，还用勺子给你炒着吃，吃得打出嗝都一股鸡粪味，咱们可没那口福，吃个鸡蛋要看人家的脸势。"

大嫂说："喜在奶奶跟前是行下孝的，奶奶整日坐在那里编，脊背胀了喜给踩背哩，胛子酸了喜给捶哩，脊背痒痒了喜给抠哩，你在哪里？"

二姐扭扭嘴说："咱想给人家踩给人家捶，可人家不稀罕么，进人家门人家就像防贼哩。"

我拧她一把说："你可不就是个贼，老翻箱倒柜地搜腾，不防你防谁？"

二姐经常趁我们不在进我们窑里翻箱倒柜偷东西吃，鼻子比猫还尖，奶奶从放蜂的那里换了一罐头瓶蜂蜜，给我润脸，等发现让二姐偷吃掉了一半。

二姐一翻身骑在我身上说："都是孙女，为啥把家里的东西藏起来给你一个人，天天晚上你都有好吃的，像老鼠咔嚓咔嚓的。"

我翻身将二姐压住说："你听我们墙根。"

二姐和我争宠争得最歪，一直争着也要跟她睡，说你那么大的炕，我能占多大点地方，我还能给你倒尿盆呢。她说那谁跟你大姐睡？就是不答应。

二姐说：“连咱这手在人家看来都是狗爪子。”

她总会在园子里种十几株指甲草，把草叶捣碎添加上些明矾给我包指甲。指甲包出来是水红色，很漂亮。要包不好，会把手指头也染了，脏兮兮的几个月洗不掉。二姐也要她包，她瞥一眼说你那狗爪子还包啥。二姐逞能自己包，结果染了手指头不说，矾放多了，把肉都蚀烂了，她“咯咯咯”地笑着说你看，越像狗爪子了。

二嫂跟着说：“还说呢，喜放下屁都是好听的，都是香的。”

她说男娃放屁马背上夸，女娃放屁门背后杀。哥哥们放出屁来，她就笑着。可嫂嫂姐姐不小心没夹住放出个屁来，会遭她严厉地呵斥，甚至是要挨巴掌的。可对于我，一切都是例外的，放屁出来，她笑眯眯地看着我，会摸一下我的头。因此，我会走到哥哥姐姐跟前故意挣一个大屁出来的。她开心地笑着，二姐说她挣着放屁哩，你都不说，她不是女娃？她只是笑，不和她们斗嘴。大姐会说你跟人家比啥，人家是心尖尖上的肉哩。二姐的反抗得不到她的响应，就说你个屁桶，小心以后熏走你男人守寡。

大姐掐了我一把说：“你小时候可是把便宜占扎实了，谁惹了你就是把天戳了个窟窿，你又是个虚皮，动不动嘴咧得像鞋口子告状，一告就赢。后来越学越坏，看见人的啥东西稀罕就要，不给就哭，编谎告状，可没少害人。”

五嫂嫁过来时我已经大了，这些事挺稀罕，只是嘻嘻地笑。四嫂却阴阳怪气地说：“人家有人偏心哩。”

大姐说：“你谁惹得起，别说我们姊妹，他们都惹不起。”

他们指的是男的。

二姐说：“五少爷惹了你，十冬腊月的，你竟等了一个晚上，把一大泡尿尿到五少爷的鞋壳郎里，不打折几根柳条才怪哩。是你吗，人家心尖尖上的肉么，人家把气都笑岔了，还问你咋尿进去的。”

她们没有刻意唤起我对过去的记忆的意思，她也不可能安排。

大姐说：“你是在奶奶奶头上吊大的，你该叫娘，她是我们的奶奶，是你的娘。”

娘走时我才三个月，整日饿得叫唤。那时间的老埂坪听也没听说过奶粉，一天就是刷了面糊糊米糊糊打个鸡蛋灌。村子上谁生了娃，她就抱着我讨奶吃，随手带个背篓或者笸斗，再不就是提抱只鸡。尽管娘死了她是那样诅咒过，但对于娘的死在后来的岁月里她一直是愧疚的，这使得她听不得我一声啼哭。每当我哭得哄不下，她就把空瘪的奶头塞进我的嘴里，任我吮着咂着。我在她的奶头上吊了五六年，直到上了小学。上了学虽然我不再吊奶头了，但从学校回来还要揣一揣过过瘾。

大姐说："也不知道害羞，都多大了，还要摸奶奶的奶头。从学校回来，书包还没放下，就先扑到奶奶怀里，掀起大襟就摸，还要嘴里噙噙，不管有人没人。有一回奶奶去姨家没回来，那个哭呀，要摸我的，把我臊得恨不能找个地缝钻进去。最后没办法，我让你摸大嫂的，那时大嫂才嫁过来，还是个新媳妇，羞得不让摸，你大哥虎着脸逼着让大嫂给你摸。"

二姐说："每年正月初一吃饺子，知道你为啥总能吃出钱来吗？"

二嫂撇嘴一笑，"奶奶下了命令，谁吃出钱来都不许说，自己心里美就行了，趁你不注意，把钱再揣进另一个饺子里，夹到你碗哩，因为你吃不到钱，哭得会把一家人的头吵破。"

二姐拧我一把说："真当你命好？"

我说："就是么，看我的命多好啊，好得都嫁给傻子了。"

本是为了堵她们的嘴，结果自己却号啕大哭。

二姐替我擦着眼泪，自己的眼泪却下来，说：“别哭了，事都过去了，想想她对你的好，她疼你那可是疼到心尖尖上了。”

大嫂说：“就是，就是，你现在过得不是也挺好的嘛，两个儿子多精灵……”

9

“种了一茬子，割了一抱子，装了一筐子，打了一帽子”，老埂坪是个靠天吃饭的地方，灾荒时不时会光顾。广文娶媳妇的隔年大旱，开春没落一星儿雨水，地干透了，啥都种不进去，灾荒年的气象就显出来，野菜才露个尖尖，就连根拔了。榆树、椿树、柳树的枝儿才打了芽苞就被折光了，树皮被剥光了露出寡白寡白的身子。钻天杨的皮又苦又涩，所以还衣帽整齐，看上去反而怪怪的。树皮、野菜、麸糠和在一起，家家户户都荡漾着熬中药的气息，就像一村人都在吃中药。肚里就像空场上跑磙子，咕噜噜轰隆隆，往后圈（茅房）跑都跑不及。讨饭成了人们度灾荒的唯一出路。年成对别人是灾难，对大傻一家来说，只不过是重拾旧业。他们总能讨回些东西，日子倒也不那么慌张。就在这年我把三傻的婚事办了。

一个夜里，狗冲着大门不停地吠叫，我起来到大门边，听到叽叽咕咕的声音，拉开大门看到街门旮旯里蜷缩着两个要饭的。是一对母女，母亲是个瞎子。想及傻子们也这样宿在人家的街门旮旯，我叹了口气，叫她们进来。我烧了一锅糊汤，卧了两个鸡蛋，拿菜饼让她们泡着吃。虽然听得到女子肚子叽里咕噜地叫唤，可她泡馍的过程很文静。她先给娘泡好了一碗，递在娘手里，又泡了一碗坐在那里吃，不紧不慢的。吃过后，我烧了一盆水让她们洗过，将大傻赶到三傻和四傻屋里去睡。女子问我说，姐，那是你男人？我点点头。她看看我欲言又止。我知道她想说啥，就说是个半傻子。她说，姐，你、你真是个好人。晚上睡下，女子说她叫月英，高台人。那瞎子是她婆婆。她男人家成分不好，脾气更不好，跟生产队长起了口舌，失手打死了人家，让公家枪打了。公公本就有伤痨，没抗过那个坎儿，没了。队长那一门人在队上是大户，欺负得她们待不下去，就只能带着婆婆到处要饭，想过嫁，也想过死，可嫁了死了瞎婆婆就活不成了。日子过得这么难，她却没哭。

晚上，我一夜没睡。早晨我炒了鸡蛋、肉片，招待她们吃过，我对月英说你带着婆婆嫁到我家来，到这里没人敢欺负你们。月英没说话，我说不急，你们在家里住上几天，端详端详三傻，不同意也没啥，就当咱俩认个姊妹。三傻的婚事我本已有了打算，傻妮可以换亲，没啥负担，可眼前有个好媳妇，我为啥不争取呢？月英和婆婆在家住了三天，月英说嫂子，我听你的。

才三个月，月英就怀孕了，吓得说咋办噻，我都吓死了。我说你吓啥？月英啜泣着说我怕再生个傻子。其实这也是我担心的，我只能安慰她说就当这是一难，迟早要过，迟到不如早来。我鼓劲她说你看我两个儿子和二傻的两儿一女，都精灵着哩。月英说生娃这事谁能说清楚，我不想要这娃。我说你不要娃年轻时好活，老了咋办？月英抹着眼泪说万一要是个傻子呢？我说赌一把，万一是个傻子，也养得起。

月英的担心提醒了我，我去趟二傻家，欢丫的肚子又鼓起来了，我说欢丫，你不怕？欢丫眼绷绷看我。我说两儿一女够了。欢丫紧紧搂住我，然后又往开挣扎。我明白她是说二傻要做那事她没办法。我说他怕剪刀锥子，拿剪刀剪他，拿锥子扎他。这是婆婆给我过的窍，傻子不听话，她就拿剪子剪，拿锥子扎。欢丫拼命地点着头。我说月经过一个星期后再那啥，做那事他快要那啥的时候，把他推出来，赶紧去尿去洗，别让留在里面。

第二年我带着傻子们在后台子给三傻打了两个窑洞，拾掇出一个庄院，把他们单另安顿了。月英说嫂子，一起过活吧。我说小锅饭比大锅饭容易，搅到一起艰难，对外还是一家人。

第三年的一个集日，我去草鞋镇赶了趟集，回来的路上碰见一个女子，怀里抱着一只鸡走在前面，忽然扑倒在地，口吐白沫，搐成了一疙瘩，不省人事了。我明白她患了羊角风，忙过去掰开她的嘴，掐住人中拼命喊。一会儿，她醒了过来，说谢谢你，姐。我拍拍她身上的土说你这病厉害吗？她说唉，平时几个月犯一次，受了气有时一天犯一回。她的眼泪在眼眶里打旋旋，我捏着她的手说还没嫁人？她说嫁了，离了。我说就因这病？她嗯了一声。我们箍着把鸡捉住，一起往前走，我说你去韦庄？她说我姑在韦庄，病了，爹打发我去看看。我说你姑是谁？她说李上是我姑父。她说我认得你，你是大、大傻的媳妇。送到李上家大门口，我说你叫什么？她说喜鹊。

第二天，我提了十个鸡蛋去看了李上的女人。过几日，李上女人病好了，在街巷里碰见，我把李上女人叫到了家里，给她倒了一缸子糖水，请她去给四傻提亲。李上女人说要说我那侄女除了羊角风没别的。我说婶，这我知道，要不是有羊角风我能张开这口？四傻干活你也看到了，在几个傻子里面，他是最不傻的。李上女人喝光了一缸子糖水，我又加了糖续了一缸子糖水。我说婶，你看二傻、三傻过日子也不差么，再说你侄女嫁个正常人，人家嫌弃，受气受罪，日子也过不舒心，你提提看，一家有女百家求吗，不应也不算丢人。喝光了两缸子糖水，我又续糖水，她捂住缸子说不喝了，尿泡都快胀炸了，把两缸子糖水都喝上了，浪费。

李上女人出出进进把房子窑洞里看了个遍，说嫁个傻子还这么有心劲，把家收拾得这么干爽，要是我死的心都有了。又说你嫁过来，人都觉得你不是带肚子就是有啥毛病，都几年了没见你带着肚子把娃生在傻子家，也没见你有啥毛病，你说你人长得俊样，咋就嫁了个傻子？我只能说都是命呀。

李上女人临出门，我说嫁过来我就把他们另开，小锅小灶，四傻只知道干活，她指派上啥都能干，日子喜鹊说了算。我把十块钱塞进她手里，又给了她一个新打的背斗和二尺鞋面。她眼缝缝都是笑，说明天我就提去，我这个侄女在家里也受多嫌，给男人离了，没处去，回了娘家随着爹娘，跟哥哥一起过，哥嫂多嫌么，惹得我哥我嫂也跟着受气。我说快去提吧，两家得好的事么，嫁过来保证不受气。李上女人说就凭你这个人，我也把媒说成了。

过了三天，李上女人带着她哥来看家。老汉是个通情达理的人，说你奶奶我也晓得，你是她调教出来的我信得过，喜鹊过来受不了罪，只是我得要点彩礼。我说彩礼……老汉打断我的话说你等我把话说完，按说我这个丫头有羊角风，又离了婚，不该提彩礼的事，可不管咋说，她终归比傻子正常，嫁一个傻子，不收彩礼说出去人家笑话，再说我跟老小一起过活，她在家里也两年多了，不收点彩礼儿媳妇那里我也不好说话，你就体谅体谅我。我说叔，你打算要多少彩礼。老汉挠了半天头说我也不说虚话，我两个丫头每个都是一千块的彩礼，这个丫头就因为有羊角风，少要了二百，这次嘛，还就八百吧。我说叔，这次你丫头可是二婚。老汉说可她嫁了个傻子。我说叔，丫头嫁的第一个不是傻子，可她过了个啥日子？老汉说你话说出来，以后丫头过来还得你照料，那就少上二百，你看行不？我说行。给钱的时候，我还是给了八百，跟老汉说你给儿子说彩礼要了六百，这二百你留着吧。吃过饭，我说叔，把日子订一下吧。老汉说还订啥日子，过两天你把喜鹊领过来就行了。我说那不行，不管咋说是一辈子的事哩，得过一下。老汉说你要过也是看得起喜鹊，我那边就不过了，丫头是个寡妇，哪有嫁寡妇待客的，再说女婿也不赢人。老汉哭了。

四傻结婚一年后，我在老台子给四傻拾掇了一个庄院。其实要住在老院子也行，可是住在一起，出出进进傻子跟傻子照面，只会让人丧失心劲。

傻妞我也不让她出去讨饭了，一个女子狗咬不说，傻妞长得漂亮，怕给糟蹋了。何庄的一个傻女子就让人糟蹋怀上了，家里人想尽办法硬把娃弄掉了，结果女子也死了。第二年，老寨子郭家来给傻妞提亲，我去看过他家，儿女多，家里寒苦，男的人倒机灵，就是一块巴掌大的胎记遮掉了半张脸，黑瓦瓦的吓人，别人都叫阴阳脸。

一家傻子分解了，我觉得眼前的路都宽了。一家有一个瓜子，在老埂坪那就成了正常家庭。我深深吸一口气把头高高扬起对着天缓缓吐出来，这是她教我的。我气大，受了欺负就觉得气得要炸了，她就教我这样。这些年我就是这样一口气一口气过来的。

两年后，我又长出了一口气，志远考上了大学，成了方圆百里第一个大学生。志远把通知书拿回来，先到了老埂坪，一进门就给她扑通跪下了，泣不成声地说奶奶呀，不是你我一辈子就是个傻子呀。第二天她来了，赶着家里一头年猪带着嫂嫂和姐姐们风风火火地来了，说得大摆宴席，这是啥事，老时候就是中了皇榜，那是要骑马坐轿夸官亮职的，席一定要厚实。我说十大碗的席。她说不，十三花的席，满颠。我说嗯。十三花的席有八个肉菜，老埂坪人可怜，肉菜都是装一碗菜，上面苫一层肉片。满颠的意思就是全部装肉。她又看我一眼说不能收礼。我说嗯。她说请一场大戏。我说嗯。她说钱你别愁。我说嗯。支书来了，说开天辟地头一回呀，大队给娃二百斤麦一只羊摆宴席，日子就定明儿，庄子上的女人都来帮忙，大队再请一场戏。宰了一头猪、一只羊，一席一只全鸡，席是用肉垫起来的。周围的人都来了。这是我出得最长的一口气呀，比把几个傻子娶的娶嫁的嫁气出得还长。说不收礼，可人们硬是三块五块地给傻蛋子撬钱，说不易啊。她塞给我两卷钱，一卷七百多，那是我娘家所有亲戚给的。一卷三百块多，我知道那是她全部的积蓄了。

10

1981年老埂坪包产到户，分地的时候她去队上给三哥要地。队上人尊她怕她，推给了工作队。工作队可不怕她，说五年以后没音讯的人都不分地，这是政策。她说迟早是要回来的，没地他咋过活。干部人说谁知道活着还是死了，死了的人都要地行不？她一把就抓烂了干部的脸，还扑上去一口唾在人家脸上，说咒我娃死，你还是干部？干部气坏了，推搡她，她把头撬到人家怀里说你打呀，我给红军编草鞋的时候你娘裤裆还没缭严哩。三哥的地还是没分上，因为老埂坪低标准那几年走后没音讯的人不止三哥一个。

我八岁那年，三哥离家出走了。对于三哥的离家出走，谁都认为是她管教太严"打"走的，她自己也是这么看的。三哥小时候就表现得和其他几个哥哥不一样。无论是割草，拔芨芨，收工后三哥常常坐在山顶望外面，回来很晚。在她看来三哥是在躲避家里喂猪喂羊驮水扫粪铡草的杂活儿，是骨头都懒的种。她常常说我看你娃就是个坐飞机的命。再大点三哥就表现得对啥都不满，干啥都有意见，干活更不上心，经常绾着眉头，一脸苦大仇深的样子，挨的柳条就比别人多。那个夏天，麦子即将开镰，三哥赶着猪和羊出去放牧，回来时竟把猪给忘了。四头猪跑进庄稼地，被民兵赶到大队部圈了起来。最后扣了家里五十个工日猪才赶回来。一头母猪给人家连追带打小产，下了十二个死猪娃。她狠狠地抽了三哥。和往常一样，打过后她照例是又打蛋汤又炒肉片给三哥消气，三哥却不见了。一家人找了一个多月，没有找见。相当长一段日子，她一句话不说，每个黄昏，她拉着我的手站在梁顶望着蚰蜒一样盘绕在山梁的小路，撩起衣襟搌着满脸的泪水，每个晚上我睡着后她都在哭，那是一种撕心裂肺的啜泣，常常因控制不住失声而惊醒我。她边编芨芨边啜泣边骂：

“你个没良心的就这么狠心，肝肺都烂透了，我白疼你了。”

“你就是个苕子，冷娃，就你这脑子还闯天下哩，那么大几头猪不会赶到集上卖了？就是背上一摞子背斗到集上也能换几个钱，你当外面银子铺街金子墁地哩。”

“行李卷卷都不背，棉衣棉裤都不带，你当外面都是伏里天，出门人就那么好做？奶奶的气都受不了，还闯世界哩，有你娃受的罪受的气哩。”

“狗日的有本事混个人五人六回来，奶奶等着看你娃的风光，到时候奶奶给背着你娃走州过县的夸哩。”

“嗝儿——嗝儿——”的啜泣声说明她已哭了许久，我不敢惊动她，她不愿我们看到她哭泣。

几年间她沉在三哥离家出走的事里出不来，三哥离家出走把一种隐痛深埋在她心里，那是一种钝痛，全身都是痛，很长时间里她遭受着这痛的折磨。没人敢在她跟前提起三哥。

按叔伯的意思，趁包产到户也把家另了，省得以后另打麻烦。可她不同意。大爹说皇上都怕分家，大集体都单干了，地分到各自家里了，日子由他们过去，放着省心的事不做？道理讲了一箩筐，她就是不同意另家。可地分到家只种了一年，她就提出另家。另家先说她随谁的事。她说我谁也不随，一个人过。都说一个人过不怕人家戳我们脊梁骨？她说等我做不动了，就轮着吃，一家管上十天半月就行了。大哥生气了，说你这是做啥，让人家咋说我们？陷我们于不仁不义，我们在人前还说得起话做得起事？我看你是迂了。说不进去，叔伯说那你就跟我们过，想在谁家就在谁家。她还是坚持自己过。大爹恼了，说娘，你没后了，儿孙成群，你这么不是往我们下巴底下支砖么，我都六十多了，背不起这名声。她就包起头啥也不听。大哥来找我，说她听你的话，你去说说吧，这么下去真是丢人丢大了。我说了半天，她捏着我的手眼泪巴茬地一言不发，到最后她还是谁都不跟。分地的时候，她说均成五份，给我分一份。这时候我们才明白了，她谁也不随就是要给老三占一份家业，给老三置一个窝。多少年了，我们都忘记了老三，可这痛一直折磨着她。

她提出来分成五家，没人敢说啥，可四嫂敢说，她说你要地干啥？不随我们过，就各家各户轮着养你，谁还能少了你一碗饭一件衣，再不商量个数，我们年年给你上粮上钱。她绷了四嫂一眼不说话，四嫂说就是分地给你，你也只能占一个人的地，生产队分地都是按人头分的。她抬手“啪”给了四哥一个嘴巴，说你个没种的货，轮上她添话插言。四嫂说我就说，你打我男人做啥？她说你都把你男人的脸当沟子哩，我扇还扇不得了。又“啪”给了四哥一巴掌，盯着四嫂说你不是我儿的种，我打了人说闲话，他是我儿的种，我想打就打得。四嫂哇哇哭着拉着四哥走了。

家另完后，她对几个哥哥说另家后各过各的日子，但你们是一爹一娘的骨肉，遇事遭难要互相帮衬。从你们的田地里匀出点地给老三，匀出的是兄弟情分，他迟早要回来的。又对四哥说老四，你性格随你娘了，弱，囊，你那婆娘脑子精明，是扒家过光阴的人，心里有你，遇事了多听她的。又对大哥说我那份地你就种着吧，一年的收成你记个数，回来和地一起都给老三，你是长子，这是长子该做的，你女人也明理背重。

晚上吃过饭，大哥说你就跟我过活吧。她说不是怕你负担不起奶奶，跟了你奶奶享福哩，可那样奶奶就成了你一个人的奶奶了，有个病呀灾呀、死了抬埋就全压在你身上了，给他们摊弟兄之间没啥，可先后（妯娌）说不上，女人就看着自家的小日子，识不得大体，老四女人一搅和，怕也跟着起哄，你就难做了，伤不起那脸，丢不起那人。大哥说她们敢，我砸断她们的腿。她说闲气难淘，宁跟牛犊绊蛮，不跟女人淘气，跟弟媳们淘气伤脸面，你划不着，我一个过，花销一人一份，谁也说不了啥，他们都是我抓大的，该尽孝要尽哩，要不做人走不到人前头。

1986年春节，三哥忽然回来了，带着三嫂和两个儿子。大哥把三嫂和儿子让进了屋，却把三哥挡在门外。三哥就跪在大门外，寒风冷飕飕地刮着，旋起的尘沙打在人脸上，针劄锥刺一般。她对大哥说快让进来噻，回来就是认错，都过去了。大哥说可在我心里没过去。三哥跪在那里，她把火盆端了出来，又是端吃端喝的，说你起来蹴着，把膝盖冰坏了。三哥说奶奶，我该跪着，你进去，小心凉着。她说奶奶陪你，你大哥心疼奶奶，就会让你快点起来。她拿出草垫给老三垫上说，跪一阵，跪也对着哩，出门在外瞎瞎好好也不给个音讯。三哥说一路揽活扒车一直到了新疆，就跟着兵团开荒，都是没人烟的戈壁滩，好几年才稳定下来，写了信又都给退了回来，咱们大队不是改成红旗大队了，光咱县上就有十几个红旗大队，不知道往哪里投。她捏着三哥的手说，我娃受罪了，倒也把大世面见了。三哥说奶奶，我离家出走根本不因为你打了我，你就是我们的娘，哪个娘不打儿女，不打成得了才？我早就想走了，家里日子太难了，看着奶奶没明没夜地编芨苃，我心里难受啊。一句话把大家都说哭了。她说哭啥，我娃到了好处了，当工人在老埂坪想都不敢想。大哥给了三哥一拳说进去吧，不是怕奶奶着凉，进家门难着哩，你知道你走了奶奶哭了多少年。三哥哽咽着说知道，我也是哭了一路，出门了才知道家里好。

那个年过得家家摆宴席，直摆过了十五。三哥一家返回的第二天，她就把她名下的地分成了四分，自己随了老五。大哥坚持要奶奶随他过。她说天下老随着小，这是规矩，是规矩就得守着，亲亲的奶奶都不随他，不给他把话把落下了，让人说他不孝顺。

第二年三哥来接她去新疆。去新疆那可不是一天两天的路程，叔伯和我们都反对她去，一是年龄大了，二是除了驴车，她坐啥车都晕，手扶、三轮，连坐自行车都晕。景琦上了初中，班上有个领导的娃跟景琦要好，有一回那娃坐小车送景琦回来，景琦先去看她，非要让她坐个稀罕。谁知上车没走多远，她就晕得吐了半天，说你说这命苦得，这么高级的东西坐上都晕，差点把肠子都吐出来。可她坚决要去新疆。我说几天几夜地走，你不怕晕车了？她悄悄给我说你当我不愁，不去给老三心里放事哩，娃十几岁出门，白手起家，吃了多少苦，多难，咋能不去看看呢？我欠着娃的呢。三哥说不坐火车，坐飞机，奶奶我老记着你说人要像鸟一样能飞多好，这次咱们像鸟一样飞一回？她说地上跑的都晕得五迷三道的，天上飞的还不晕死。三哥说飞机稳当，水杯里水都闪不出来。

她在新疆住了半年。从新疆回来她说那地方真是活人的地方，那地好得，平展展的看不到边边儿，土黑得像油渣，水呀哗哗地流，庄稼长得密匝匝的扔根棍子都落不到地上，老三走了个好地方，我都不想回来了。我说那你回来做啥？她咯咯一笑说这边一窝拉，撂了？让你们撵那么远的地方去看我？狗日的从小就跟人不一样，人啊还是自己得有主见，我给老三说了，有机会把你们都弄过去，人就该在那地方活，活在咱这地方亏啊。

从新疆回来的第二天，窑里就挤满了人，她红光满脸，显得特别精神，拿新疆特产招待大家。

“没晕，真的没晕？”

“晕这晕那的，偏偏就不晕飞机？”

“你就是个坐飞机的命，以后让干孙子领着多坐几回。”

她吐吐舌头说：“可不敢了，这一趟把娃一万多花上了。”

人们吐吐舌头说：“这么费钱呀。”

她说：“可不，飞机坐一回就几千哩。”

老瓜子嘿嘿笑着说："这么说飞机从头顶飞过，我们看一眼就把便宜占了。"

11

志远结婚请的人第一个是她。她看着说我就不去了吧。明显是征询的口气。我说拿做个啥，志远请的第一个人是你，你就给他钉子碰，有你这么做事的？知道她晕车，志远安排其他亲戚坐火车，我陪她和婆婆坐飞机。她说坐火车吧，飞机贵得。我说知道你不晕飞机，你天生啊就是坐飞机的命么。志远走后，我说明明想去，还拿把着一股劲。她拧了我一把，咯咯咯地笑，说我也想去趟北京，毛主席就在北京城里睡着哩，那次定草鞋的就是毛主席的队伍，白使了人家两块大洋，咋也得去上炷香烧张纸。

她说志远过三十了吧。我说三十二了。她说娃不易啊。

志远过三十才结婚，是景琦、景玮两个念书拖累了。志远的书念得很有出息，念到了博士后，进了北京大学，落在了北京，就把景琦、景玮都接到北京去读书。现在景琦已经读研究生，景玮上了大三。他们不比别人聪明，而是他们除了刻苦，得到了更好的教育，景琦的高中是在北京念的，景玮初中、高中都是在北京念的。在北京念书，又回来参加高考，北京教学质量高，家乡录取分数线低，两头子便宜都占上了。

在机场候机的时候，看她脸色苍白，我说你不舒服。她摇摇头。她早晨一嘴东西都没吃，我把志远准备的面包、牛奶、饼干拿出来，她眉头绾成了一疙瘩说不想吃。上了飞机坐好，她把椅子背袋里的纸袋拿出来撕开对我说，你想吐就往这里面吐。飞机一跑起来，她就呕开了。我忙喊服务员说停车，停车。飞机上的人就哗地笑了。她说别这么喊，丢人，我上次也这么喊，人家说飞机一跑起来就不能停。我才知道坐飞机她也晕，早晨不吃是怕吐。她吐得很厉害，整个身子在抽搐，一躬一躬的，我拍着她的背。飞机飞起来后就平稳了，她的呕声才轻微了。服务员过来提走了纸袋，她说吐下的比拉下的都臭，你说咋算个啥人，让人家这么服侍着。服务员送来一杯水，问还有什么需要，她嚅嗫了半天说有那个啥非么。我说咖啡。傻蛋子从北京给我拿回来几桶，我送给她喝，她说好喝，喝了精神，晚上编芨芨一点都不瞌睡。服务员说您稍等。她说给我孙女儿也来一杯。喝了两杯咖啡，她的脸色缓转过来，说坐一趟飞机比死一回都难受，傻蛋子说了我愁得几个晚上没睡着。我说你不是说你不晕飞机么？她说坐这么高级的东西还晕，让人家笑话，总得顾个面子。我说死要面子活受罪，你不是老说呢？她说有些话就是个话。我说晕得这么厉害还来，就不要来了么，受这罪。她说人活一辈子，该受的罪还要受呢，人就活得这么个噻，傻蛋子那么叫哩，不来不给娃心里绾个疙瘩。又说上回从你三哥那里回来，我说这辈子再也不坐飞机了，没想到又坐了回飞机，这也是命。

婚宴上，志远携媳妇给她敬酒，志远说这是奶奶，亲亲的奶奶，我们跪下给奶奶敬酒吧。志远和媳妇齐刷刷跪下去，双手捧酒。她慌了神，说使不得，哪敢让你们跪噻。志远媳妇拉她的手，她慌忙把手在衣衫上搓搓，刺啦刺啦的。志远媳妇拉着奶奶的手看了许久，眼泪嘣嘣掉下来，说奶奶，志远给我讲过您，您太伟大了，真的谢谢您。她从不喝酒，那天拦都拦不住，她喝了两杯，呛得咳嗽半天。

志远安排我们在北京旅游，她说再不敢胡花钱了，就看个毛主席行了。去毛主席纪念堂她说要买点烧纸香表，志远说毛主席纪念堂不允许上香烧纸的。从毛主席纪念堂出来，她说毛主席是神，就是把肉体留下了，魂魂早都要上天了。又说那时间全国人都喊毛主席万岁，毛主席万寿无疆哩，还没活过我么？

志远安排我和她体检，她说不疼不痒的花那冤枉钱做啥，命长得泼烦的还检啥。我说你有啥泼烦的？儿孙不孝顺了？少了你的吃少了你的穿了？你脖子上，手腕上，耳朵戴的值多少钱？

体检结果出来，她脏腑啥病都没有，就是脊椎变形得厉害。大夫说脊椎已经定型了，这么大年龄也没必要矫正。大夫很感慨地说，这么大年纪没见过这么好的脏腑，真让人羡慕，你这样活个百岁没啥问题，活过百岁，一定要给我报告。她说我孙女呢？大夫说健康着哩，不过有些小毛病，按我开的方子吃些药调理调理就行了。

她嗫嚅半晌，问大夫说心脏病是咋得的？大夫说你的心脏没问题。她说我有个有亲戚得了心脏病。大夫说诱发心脏病的情况很复杂，一般说来除了先天性的，平时心情老不好、压抑、郁闷等也会导致心脏病。她“呃”了一声。我知道了她又想起了四爹。

晚上睡下，她啜泣起来，我抚着她弯曲的后背。

她说：“你说我活这么长时间做啥，把我这阳寿给娃匀上二三十年，娃也就活过了七十，也该儿孙满堂了，让娃把这好日子 也享受享受。”

我安慰她说：“你不是说人各有命么？我四爹可能就那么点阳寿。”

她摇着头说：“是我把一块石头压在娃心上的啊。”

回去的路上，她捏着我婆婆的手说傻蛋子得了好处了，媳妇长得乖，就像从画儿走下来的一样，手绵得比缎子滑溜。说着看看我，又看看我婆婆。婆婆不说话。她趴在我的耳朵上说你婆婆这人嘴也太秃了，该说的话还是要说么。我瞥了她一眼，知道她想让我婆婆夸我几句。她又说，她嘴里不说，心里明白哩，她看你的眼神看得出来，几个瓜子那些年拨磨得都快成哑巴了。又自言自语地说她妈可是把人要了，眼皮皮都会说话。我说你们认识？她没有说话。

景琦结婚时请她，我说你不去了吧。她说娃一遍一遍叫呢么，去吧。我说去一回晕得那么厉害……她说晕就晕吧，娃叫呢么。景琦跟我讲，晕车晕机是一种心理作用，只要不停地说话就能缓解。一路上我跟她说话，她竟然没晕。

12

大傻得了胃癌走了，家里就剩下我一个人了，她过来陪我住，说：“你住得惯不？”

她说：“有你在，住得惯，你在哪里哪里就是家。”

我知道她不习惯，从搬到我家她就没离开过那个窑洞。窑洞泥皮掉得不行重新上泥，炕面子烧得久损了换炕面子，她都没搬出来，说住不惯。记不清是哪一年，她把窑洞收拾成了一个佛堂，供上了一尊观音，她整日把窑洞收拾得干净清爽，边编芨芨，边焚祭香火，完全像个僧尼道姑了。我锁了门，搬回去和她一起住。

我们边编芨芨边说话。

“你老奸巨猾。”

“老奸巨猾”这个词从学下到现在这么些年没用上过，我没想到能用到她身上。

她咯咯欢笑着。

“你懂不懂老奸巨猾啥意思，笑得这么欢。”

“你是文肚子么，学问大，骂人都不带个脏字么，肯定是骂人的好话。”

“骂人还有好话?”

“有，咋没有，老不死的不就是骂人的好话。”

在老埂坪，活过了七十，都会骂老不死的，说是越骂活得越旺，添寿哩。

我出嫁的时候发过誓这辈子再不会回娘家去，但在以后的日子里才发现这个誓是经不住推敲的。我说过我要像她眼里的一粒沙，指甲缝里的一根刺，心尖尖上的一颗钉，我不和她照面，岂不是放过了她。我要让她感到这粒沙、这根刺、这颗钉的存在。所以后来只要做一件让我长出一口气的事，我就会往娘家跑，尤其是景琦、景玮越长越精灵，我抱着背着回娘家，逢年过节，我会让几家傻子带着儿女去给她拜节。这是在显摆，卖派，扎势，更是要折磨她刺痛她。

可随着年龄一日日增长，我发现还是着了她的道，我这样回娘家正是她希望的，原本要让她心里抽搐流血，反成了她骄傲自豪的资本。我是在替她显摆，卖派，扎势，是在为她增光添彩，是在减轻她心里的压力，因为我长出一口气，她也跟着长出一口气。当人们夸我的时候，她比我更自豪，更得意。三村五寨的人，在我嫁给大傻后的相当长的日子里，一直在执着地追寻这其中的缘由，可当我把一大家傻子一个个安顿妥当，过上了正常人的日子，人们忘了曾经多么渴望知道的缘由，重点集中在对我的赞美上。正应了她说的那句话：日子没有消磨不光的东西。

“大傻头周年过了你去北京吧。”

“烦我了嫌我了？”

“喜，好好再嫁一回吧。”

她把话喂到我口里了，你也知道我这一回嫁得不好？我为什么嫁得不好？可话在舌头上打转转，我就是问不出口，我才发现到了现在向她要理由开口是那么难。

再冷的石头，坐上三年也会暖。这块石头我坐热多少年了。漫长的日子用一个个细节消融了我对她的怨恨，心里早就宽宥了她，饶恕了她，尤其是景琦有了毛毛，我去城里带过一年娃。景琦媳妇瘦得像个蒿柴杆子还说胖，怀上就不好好吃，要保持身材，怕把身材吃走样了。娃生下来不愿意奶，刚出月就把奶给断了。娃不吃，哭得揪心，我就把空奶头搡进那小嘴里，那小嘴一吮一咂，就像一只手有劲有劲地抓捏，吮咂空瘪的奶头传给我的不是喂奶的舒爽愉悦，而是钻心的疼痛，咂不出奶水会用牙床咬住使劲拽，疼得人能背过气去。我就想起我和这小家伙一样大时咂她的空奶头……我对她已没任何怨恨，可阻止不了我需要那个缘由。尽管这缘由对我来说已没有任何意义，一切都回不到从前了，不管是啥缘由我都会原谅她，只要她说出来，就算我赢了，我就是想赢她一回。两个硬的人，对执起来就是个熬，我在熬一个缘由。这么奇怪的一件事，咋能没有一个缘由呢？我觉得她会给我这个缘由。

“喜，好好再嫁一回吧。”她又说。

我揪了她一下耳朵说：“我也眼看五十了，当十七十八哩，还有几年活头？”

“要活到奶奶这个岁数，你才活了一半，日子长着哩。”

“要活你这么大岁数，那不是一般的造化哩。”

“你一定能活过我，你行下善着哩。”

这话又喂到我口里了，我咋行下的善？可我依然无法问出口。

其实不是问不出口，我在等她说出来。我明白只要她不想说，问也问不出来，在她的心里死了好多东西。

我说：“孙子都有了，两个儿子都在人前头活人哩，我嫁人让儿子脸面往哪里放？也不怕别人说你没管教好。”

她说：“我跟大家都提说过这事，他们都赞成哩，去北京能嫁个好人哩。”

我说：“我嫁了你咋办？我可是你男人哩，把你撂了？”

她咯咯咯地笑着。

我会写字的时候，她说我的名字是哪几个字，叫了一辈子还不认得。我写了“章夏花”。她看了半天说这就是我，原来是这个样子。她趴在那里吭哧吭哧写了几笔就不写了，说这么费劲，这写字也是个力气活儿。她让我写我的名儿，我写了“方水香”。她说你是这么个样子啊，还是你好。我说好在哪里？她说笔画少，秀气，苗条，意思也好，水就是有香味儿哩。我又写了我的小名儿：双喜，说这也是我，小名儿。我问她为啥你给我起了个双喜？大姐叫腊梅，二姐叫冬梅，该在梅字上取名。她说没文化吗，哪有那么多的词儿。我说喜梅、巧梅、闰梅、红梅、月梅，前山后洼庄里庄外叫梅的名字少了，要啥文化。她说你爹你妈叫你碎女子，我想这日子苦焦得，给你叫了双喜，就想着能把日子叫得改换改换。我问她小名叫啥，她说就叫夏花。她说她姊妹四个，春花，夏花，秋花，冬花，她的名字最不好，夏天的花还不给晒死了。我说秋花还让霜煞了，冬花还没开就冻蔫了。我说我爷老“夏花”“花花”地叫你吧。她抿嘴一笑说哪能呢，见过庄子上哪个男人叫女人叫名字？哎、嘿、喂的就像叫猪唤狗，有了娃就是娃他妈。顿了一下又说有时候叫一下，我说是晚上叫吧，她拧了我一把。我问爷名叫什么？她没回答，把话岔开了。

有一天我和她坐在街门洞里剥苃苃，街巷里过来个女人，端详了半天说是双喜家的吧？她眯着眼睛半晌说你是改子？啥风把你刮来了。她们拉着手进了门。宰了只鸡，招待了改子，改子临走还送了二尺鞋面，一个背篓。送出大门，瞭着改子走远了自言自语说看来日子过得恓惶着呢。我说我爷叫双喜？她迟疑了一下，说改子和我一起耍大，我们很要好，我换亲那年改子也要换亲，改子出主意说来个货郎你跟着跑了，我再等一个货郎也跟着跑了，货郎都是一坨坨的，咱们就又到一起了，那时间啊日子苦焦得都守不住，女子动不动就跟货郎子跑了。改子说货郎担子里啥没有，家里光阴肯定好着哩。我心想谁知道，光阴好还走货郎？风吹日晒挨冻受饿的，再说货郎也不定就是一坨坨的。后来，我换了亲，改子跟着货郎跑了，因为她换亲的那男的是个罗锅，比你爷还不赢人哩。我又说我爷叫双喜？许久她点点头说小名叫双喜，没大名么。我说对了，你叫我双喜就是一叫我就像叫你男人。她脸红了又要拧我，我躲开了说晚上你一定叫你男人双喜，不，叫喜，就像你现在叫我一样，你男人叫你夏花，花花。她“咯咯咯”地笑了，拧我一把说你个猴精。我说弄了半天我一直是你男人，那你可得好好伺候我。她说可不敢给人说，臊死人了。

她十六岁嫁给了爷爷，那是一门换头亲。她有一个哥哥，小时候娃娃们用芨芨和针做了弓箭玩射箭，结果让人射进眼睛里，瞎了一只眼睛。

“你爷其实没啥毛病，就是个头太小，只搭在我耳门上，一双罗圈腿，站下都并不拢，能钻过去狗，抬头纹又大，一脸褶子，人又太老实，一句话都没有，你说啥都嘿嘿一笑，给人的感觉就像个痴傻……

“你大爷、二爷、三爷都长得人高马大有模有样的哩，我抱怨过你太太，一个好好的娃，咋就抓成那样了。你太太说有了三个儿想要个女子，以后日子松宽点，谁知又是个儿子，本没打算让他活下来，可他命硬活了下来。日子紧得双手紧刨慢刨嘴都挂到墙上了，哪有工夫顾他，从生下到出月就没咋抱过，下地干活，一根绳子在炕上一拴一天，吃不上喝不上，娃没劲动弹，下地的时候咋坐着，回来还咋坐着，腿就那么坐罗圈了，见的人少，也就木讷了……

“唉，嫁过来死活见不得么，往我跟前一走，我浑身起鸡皮疙瘩，睡觉将裤带系成死疙瘩，有一回自己都解不开，尿了裤裆。一年多他没碰到过我的身子。回娘家人家都是成双成对的，我从来不让他陪送，觉得走到一起丢人，提个包袱独往独来的。唉，你说男人么，丑能丑到哪儿……

“有一回回娘家的路上，我被两只狼一前一后箍在狼嵝岘。那时间山里树多草深，绿茫茫的，野东西也多，狼、狐狸、獾、野狗子、野猪、黄羊、豹子啥的都有。狼最多了，羊和娃娃被狼吃了是经常的事。被两只狼一前一后夹住，我觉得命绝了，倒也不怕，女人活的就是个嫁人，人嫁得不好这世上还有啥留恋的，嫁的时候就有死的心，让狼吃了也好。哪料想他一下子冒出来了，提着一把劈柴的板斧和两只狼大斗起来。别看他个头小，有劲，灵巧，上蹿下跳跟猴子一样。劈死了一只狼，另一只狼被砍伤逃走了，他也被狼抓得满身伤痕，半边脸皮都给狼一爪子揭去了，骨头白森森的……

“我问他狼嵝岘离村子远着哩，你去那里做啥?”他才告诉我，我每次回娘家，他都暗中尾随着把我护送进庄子里，再悄悄转回来了，以后便每天在狼嵝岘打柴割草放羊放牛候着我，暗中把我迎回家。那以后，认命了……

“嘻嘻，裤带一解开，就再也系不住了，年轻么，都贪么，拔麦多大的苦，三伏天两头不见太阳的活，夜里还不饶过，别看个头小，浑身都是劲，肉瓷实得像石头，折腾得人骨头都瘫了。有一回，我念叨了个床，他就记下了，把一棵榆树放了，自己逞能打了一张床，睡了一个晚上就让他摇散架了……”

我拧了她一把说：“没羞，看把你说得正经的，你就没摇?”

“摇么，咋能不摇么……那可是一截大把大把的好日子哩。”

她咯咯咯地笑了，脸红扑扑地拧我一把。

“生得稠噻，扑腾扑腾下饺子一样，有一年还生了双胞胎，你们方家人脉旺命硬啊，七男二女，生一个活一个，没一个得月里亡四六风啥的……

“别看人丑，心可细了，会疼人，不让我干这不让我干那。

月子里给我和娃洗这洗那，连我身子底下的都洗，咱这庄子上哪个男人这么干？日子紧巴，粮食没多少，可肉没少吃，他每隔几天就能打个兔子，抓个呱呱鸡，套麻雀、鸽子，野猪、黄羊都能打住……

“人啊，福不能享过头了。生你碎爹大出血，身子虚脱得很，他每天就去老鹰嘴打野东西给我补身子。有一天，一只兔子被老鹰啄伤，从他跟前跑过，他追那只兔子，老鹰也在追那只兔子，他先抓到了，老鹰为抢兔子，把他抓了带上半空，又把他扔了下来，架在了树上，腰断成了两截。人抬回来怀里还死抱着兔子，给我说我陪不了你了，只能把你和娃撇在这个世上了。说完头一歪就走了。

“唉，我亏过他了，他也没放过我，两手一摊就走了，把儿女扔给我，挼磨我，男人啊再丑也是女人的天，没了男人你的日子就只剩下黑夜了。我就想啊把儿女一个个给他抓大，单的拉扯成双的，各开门另搭灶，我的天就亮了，心里鼓着一股劲儿。好容易给你碎爹娶了女人，还没来得及舒上一口气，你们家的难就来了。唉，就这么个命啊……”

我心里算算碎爹还不到一岁，她不到三十就守寡了，说：“咋没再嫁?”

她说：“九个娃七个儿，按拉过壮丁的老瓜头说一个班哩，谁敢把头往这胶锅里搡？嫁过去前方儿后方女的，日子能过得顺溜？再说这世亏了他，让他下辈子身边没个埋的？”

我说：“就…就没个相好的，你长得漂亮着哩。”

她脸红了，手抖了一下，拧我一把说：“越来越没大小了，嘴淡得没味了。”

那年，景琦带着一帮同学来这里写生，学生要给她画像。她说人都搐成个蔫洋芋了有啥画的，我照下的像多着哩，就不画了。又问人不在了能画吗？景琦说能画，只要把模样说清晰就行。她描述着，学生娃画。这么多年过去了，她竟然还记得那么清晰，脸上有几颗黡子都记得清楚。六个学生娃都画了，就像一个人画的，村里的老人来看过都说像得很。

我说我爷挺英俊的。她咯咯地笑着，我说你把我爷描述英俊了。她说就是个像么，捏着我的手又说谢谢你。我说谢我啥，他是你男人，也是我爷。她说要不是琦琦，这世上哪还能留下他的像。

她又拽我的衣襟说你爷儿孙四十多个，我想给你们一家一张留个念想，你给说说，咱给他们钱。我说你咋不说？她说你是琦琦的娘么，面子大。我说不是你把我嫁给一个傻子，能有他？你比我面子还大，没看他把你尊得像毛主席。她撇撇嘴说嫁了别人不定有这么好的儿子，两个大学生，这方圆有吗？我跟景琦说了，又让他们画了一张两个人的合影。一共画了四十多张，景琦装好相框。她把那张合影摆在菩萨旁边。

爹娘都没照过相，学生画的时候，她说老三其实跟你爹最像，你大姐和你娘最像。我找了三哥的相片，又把大姐叫了来。

她要给学生娃钱，学生娃不收。她说这咋行，过去呀画张像得五个大洋，只有财主才请得起人画老像，咱们哪里请得起哩。景琦说太太，你可不是一般人，九十多的模特多么难得，不收他们的钱他们感激还来不及哩。

13

2013 年，她走到了生命尽头。她睡炕后，我侍候在她身边。常年编芨芨，她的腰严重弯曲，身子佝偻成了一个括弧，很早以前她就不能平躺了，只能侧身而卧。我就像抱个月娃子将她放在我怀里，她弓着的背就像一个罗锅正好安放在我两腿之间。她稀疏的头发归拢起来只有指头胖的一股儿，全白了，找不出一根黑的。眼睛、嘴巴、脸蛋、脖子，到处是核桃皮般的皱纹；那双手骨节粗大，鼓凸得像一个个木结；十根手指没一根能伸得直，酷似踏过霜雪的鸡爪，抽搐成了环状；因老掐剥芨芨皮，指甲缝里老茧有一铜钱厚，手掌的老茧就像鱼鳞，粗粝而坚硬，像砂纸一样，抚过布料发出“刺啦刺啦”的响声；两只胳膊只有锹把一般粗细，仅剩下一层皮了，捏住轻轻一提能提一拃高。血管清晰地露出来，乌青乌青的。

我抚着她的脸说：“你哪儿疼，吃点镇痛药吧。”

大爹去世的时候，喊着要吃老鼠药，敌敌畏，她说胡说啥哩，给儿孙下巴上支砖呀。大爹说娘，疼得受不了。她把镇痛药喂到大爹嘴里说咬牙也得忍着，别给儿孙们放为难，自己的罪自己受着，谁死的时候不疼，疼你是脱你的罪哩。

她说：“哪儿都不疼，就是浑身懒，哪儿都懒得不想动。”

她真像是懒了，一动不动地躺在我的怀里，那么宁静那么安详。

她说：“人懒就是浑身没劲儿了，人到世上就是来受苦的，老天爷给你的劲儿你使唤光了，就该死了，不死还等啥。”

我说：“你咋也得多活一年，添个整数。”

她嘻嘻一笑说："添不了了。"

我说："好好努力努力，活过这个年，添个整数，百岁老人，好听好记。"

她说："九十九也好听好记着哩，大数么。"

四嫂做了她最爱吃的雀舌头面端上来，她摇头说："别再做这做那的了，糟蹋了就是造孽，糟蹋了的粮食到那世会变成蛆，让我一个一个拣着吃上。"

我说："几天水米没有打牙，你得挣扎着吃点，就是上天吃饱了也有个劲儿。"

我想她定然会上天堂，如果连她都上不了天堂，那只能说明没有天堂。

她说："你瓜（傻）呀，我骂过你的话你忘了，想上天屎还坠着哩，有些人上不了天，就是屎坠住了。"

说完她笑了，嘎嘎嘎的，像个月娃娃的笑声。

我知道她不吃不喝是怕失禁拉屎在炕上，脏着我们。活到这把年龄，看望和送走的老人多了，许多老人大小便糊得到处都是，整个屋里腥臭难闻，可她这屋里香气缭绕。

我在菩萨前上香作揖祈祷，她说："别再麻烦菩萨了，我求过菩萨了，菩萨应承咱们下辈子当姊妹。你看香燃尽了香灰一点不落地，还像一炷香，那是菩萨应承了。"

我说：“我不要转姊妹，我要转夫妻。”

她说：“那我就给你做媳妇，服侍你。”

我说：“你要给我铺炕暖被，端盘子递碗，我还要捶你楔你扁你不睬你。”

她说：“那是应该的。”

几天来，窑洞里聚满了人，老三、志远、景琦、景玮……工作的打工的，凡在外地的都赶回来了，按说法只有没罪的人辞世时才会等齐这世上所有的亲人。

去世这天，她说：“你们都去准备吧，让喜一个人陪陪我吧。”

所有人都出去了，她对我说：“喜，去上炷香吧。”

我上了三炷香。

她说：“把香插直了，香插歪了后辈儿孙不走正路。”

我又把香一一扶正。

她长长叹口气，说：“喜……”

我想她要给我说法了，我紧张起来，说：“奶奶，咱们不说过去的事了。”

把最心疼的一个孙女嫁给一个傻子，真正受折磨的是她，在做出这个决定时，她流过了多少眼泪，蓄积了多久气力，经历了多少手足无措，才把事情拍板了。多少年她没有告诉我那个缘由，那一定是非常难以启齿的，现在她躺在我的怀里，呈现出油尽灯枯的平静，有比从一个浑身都懒得不想动的老人口里逼出隐藏了几十年的一个缘由更残忍的事么？什么样的缘由能让她平静地离开更重要呢？我彻底不想知道那个说法了，这辈子、下辈子都不想知道了。原本想着她只要把那缘由说出来我就赢了，现在想来，就是赢了又有什么意思呢。我认了，这就是我的命。

她积攒了半天，长长“唉”了一声说：“谢谢你，喜，奶奶就是你的难，我死了你的难就过了。”

我抹着眼泪说：“难道我不是你的难么？”

她说：“我走了我的天亮了，你的天也就亮了。”

又说：“奶奶走了，你就撵儿子去，找个知冷知热的人好好嫁一回，好好活上一回，城里女人六七十了还嫁人哩。”

又说：“听奶奶的话，一个人的日子难熬。”

我用脸贴着她的脸说：“谢谢奶奶。”

她在身体一点点绵软下来，我感觉她正把她从我的生命中一缕一缕抽走。我捧着她，就像捧着一盏油灯，尽力屏着气息，单怕不小心一口气吹灭了。

香燃到一半，她说：“去拿老衣来我穿上吧，这炷香烧完我就该去了，你爷、你爹、你大爹、四爹，他们都来接我来了。”

我啜泣着说：“你不会不死?”

她说：“瓜子，人哪有不死的，毛主席人人都喊万岁哩，多能的个人儿，不也没了，我比毛主席活得日子久长。”

我恐怖地盯着那炷香，她一件一件穿老衣，说：“喜，扶我坐起来。”

我把她扶着坐了起来，她说：“去把他们都叫进来吧。”

当所有人在屋里走过一圈，那香燃尽，她坐着去了，就像圆寂一样，表情安详。

孝子贤孙有一百二十二个，全挂了长孝，跪了一院子。

按她的愿望，我给老房子底铺了一层雪白的芨芨。

入殓按规矩人要平躺，可她背弓得厉害放不平，阴阳使劲往平整按，我说就让侧睡着吧，这么睡了好些年了，习惯了，平躺着硌得疼。

她留下话说她死了，和爷爷合葬。她说怕是一根骨头都没了。爷爷的坟打开，骨头还有，吹去浮土，骨头雪白雪白，我没想到人的骨头会这样雪白。

村里人的墓碑多是水泥制成，奶奶的墓碑是从省城拉回来的汉白玉墓碑，碑上写着：

14

老埂坪送亡人要送七，就是七天为一七，一七比一七送得远一点，好像一站一站地送一个人上路，最后一七送到坟上。到了第五七，烧过纸，大家都陆续回了，我去了坟上。这是犯忌的，只有七七后才能到坟上。可我想去。我采了一大把的野花，到了坟前，她的坟头竟有一株山丹花，开得那么艳丽，像是人插上去的，仔细看看，不是插上去的，而是长出来的。

七七纸烧完，大哥进来了。我知道他有话和我说。我上了香，大哥长叹一声说，奶奶决定把你嫁给韦家大傻时我跟她吵了一个晚上。她的脾性你是知道，她决定了的事没人能拗过来。我说我是长子，你总得给我个说法吧。她没给我说法。你嫁过去后我又问过好几回，她闭口不言，直到前不久她觉得自己要走了，我陪她说了一晚上话，我说你啥都不说就这么走了，不怕喜心里堵，记恨你？她一直想知道为啥。等了好一会儿，她说喜啊不会恨我，就是恨我也是没罪的，你给她说过去的就过去了，就当是刮了一场风。我说喜记恨你，心里能宽么？不折她的寿？她的好日子才来。这句话刺痛了她，她这才告诉了我。

大哥点了一根烟，继续说爷爷去世碎爹还不到一岁，这个家奶奶哪能担得起，是大傻的爷爷一肩挑两家，几十年没明没夜的，就像个长工一辈子为咱家把苦下了。后来吧，父亲他们一个个都大了，日子能借上力了，她就想跟韦家老汉断了。有天晚上，老汉来了，她跟老汉说了半晚上话，老汉就回去了，谁知路上就让狼吃了，她肠子都悔青了，要让老汉过上一夜，也就不会有这事了。老汉就一个儿子，谁知娶了媳妇后一生一个傻子，你公公是个懦弱的人，看不到出路就离家出走了……恩重如山啊，有恩得报，奶奶开始想过你二姐，可觉得她担不起那一家子的苦难，觉得只有你才担得起，可她心里难得很啊。

初冬的一个黄昏，一只鸡被冻僵在街门洞里，她去捉鸡。来到街门洞前，她听到街门外有欻啦欻啦的声音，拉开街门一看，几个傻子哆嗦成一团。她认出是韦庄韦家的几个傻子，她把傻子们叫进家里，做了一顿热面，又让傻子住了一晚上，第二日装了些米面和干粮。傻子走后，她拿出一个麻钱，丢了整整一天，才决定这门亲事……开始没给你说，是怕你嫁过去过得不好，想走却又给这份恩情纠缠住，后来没给你说，是她不想说了，她很难……她给我说你给喜说的时候，替我给她道个谢，看韦家现在旺得火焰一样，我也对得起韦家老汉了。到了那世见了他颜面也有光了，如果有下辈子我为她当牛做马。

奶奶留下一句话：让喜好好再嫁一回！

老　解

老　解

前两天在南京的朋友打电话告诉我，老解死了。我坐在窗前握着电话，许久没有说话。随后我打开电脑。他虽然跟我无亲无故，但是他毕竟在我们家院子的那个拐窑子里生活了六年，和我们的家人一样出出进进，就是我家的狗也把他当家里人一样，舔他的脚手。尤其是过了四十岁，我忽然觉得能在一个院子里生活六年时间，那确实需要一种缘分的。有道是“百年修得同船渡，千年修得共枕眠”，且不说这共枕眠，单就说这同船一渡，尚需百年，那么六年相处，大约也需数百年的修炼吧？

老解是个右派，被下放到我们队上的。从进村的那一刻到最后的离开，与他有关的许多事情让我现在觉得亲近，正如他走进我的生活时候让我觉得新鲜一样。我想我有必要把这篇文章写出来。

改　口

老解刚刚到了村子里，就和人们有一番激烈的争论，因为人们把他叫老解（jiě），他说他姓解（xiè），村子里人就嗤笑他。虽然他们从小没进过学堂的门，可是现在已经在夜校里识得几个字。朱全最爱卖弄，于是他就在地上歪歪扭扭地写了“解放”两个字，说你来读这两个字。老解就读了“解放”。朱全说难道它们不是一个字？这明明是解放的解，解放军的解，这个字谁不认识？连刚上学的娃娃都识得的，你哄谁哩？

他们正这么争论着，我们放学回来了，朱全就喊他的儿子：“宝子，过来。”我们就都跑了过去，朱全写了“解”字让我们认，我们就说是解放军的解字。老解说这个字做姓的时候就读（xiè）。朱全又写了个“谢”字说：“那你说这个字读啥?”老解说：“姓里面有这个谢，也有这个解。”朱全就说：“不和你弄这事了，费劲死了。”有几个人就说你们城里人真日赖，我们从来都没见过一个字还读几个字的，我们就知道它是解放的解。老解却皱着眉头说，这不是日赖不日赖的问题，人的姓是不能随便改的。

老解是个认真的人，可是却也没办法。然而，这却成了老解的一个心病，当有人喊他老解（jiě）的时候，他总是要给人家讲解半天。别人当面说知道了，可到了喊他的时候，还是喊老解（jiě）。就是到了开会的时候，大队支书在台上喊他，也喊老解（jiě）。老解希望大队支书能在全大队的社员大会上纠正一下，那是最好的纠正。可是大队支书说你这人咋这样，叫你老解（jiě）把你叫得少下了？又说你姓啥不好，偏偏姓这个字，百家姓里怕都没有。

后来，老解终于发现了一个纠正的办法，他要从象棋入手。村里人有一半会下象棋，每逢天阴下雨，出不了工，村里人就聚集在一起下棋。这在那个时候是村里唯一消闲的方式。象棋里的“车”就不读（chē），而读（jū）。这让老解有些激动。有一天下雨，人们在大队部扎了一堆下棋。老解挤在人堆里，看了几盘棋后，队长和朱全就因为悔棋而争得面红耳赤，最后把棋盘也抖了。老解觉得时机已经成熟了，于是他写了个“车”字问：“谁认识这个字?”几个人把嘴一憋说：“听说你学问大得吓人哩，拿这个字考人，看来你水平也不咋样。”老解却盯着赶大车的刘大炮说：“你说它是个啥字?”刘大炮依然一脸的不屑一顾，说：“这是大车的车，我天天赶马车，你拿个别的字，或许可能考得住我。夜校里咱还识下几个字的。”有人就跟着说：“就是啊，你拿这个字考人，说明你根本就看不起我们，你这思想有问题哩。”老解就从棋堆里拿出一个“车”来，说：“那这是个啥呢?”刘大炮说：“这是车（jū）。”老解就说：“这明明是个车（chē）吗?”人们这才明白老解的用意。朱喜已经把棋盘铺好，摆上了棋准备下哩，却被老解纠缠住，就说：“这车（chē）和车（jū）我们经常用惯了，就像双胞胎，天天见就能分清了，可是你那解（jiě）和解（xiè），我们又不熟悉，慢慢地就会熟了。熟了之后，就能改过口来。”老解无奈地说：“那我就等着你们改口。”可是人们一见他，还是叫老解（jiě）。老解再认真的时候，他们就对老解说改不过口，一见那个字我们就想到解放，就想到解放军，我们就识得那么几个字，你不要为难我们好不好，我们没有坏心思。老解听得这话，就再也不认真了，人们一喊他老解（jiě），他就回答得很爽快。

老解在我们那里待了六年，直到他要离开的时候，他已经非常习惯人们给他的这个姓了。有一次上面派下来个工作组，一个干部叫他老解（xiè），他竟然没有答应，呆愣了一阵方才想起是叫他哩。老解后来回去了，回到了北京，大概是退休以后回了老家南京。他在北京的时候，还和我们村子上保持着一些联系，他资助过几个学生。他说过只要我们这个村子里考上一个大学生，他就资助一个大学生。可是这些年，村子上考了就那么三四个人。

我在北京见过他一次，他对我说：“一个人改变一群人是很难的，一群人改变一个人很容易。”

捉虱子

我们家的院子很大，是因为和生产队的麦场连着。在我们家的斜对面，有一个拐窑，以前是喂牲口的。后来牲口集体喂养的时候，盘着一个小炕，那窑就成了守场的场窑。粮食上场以后，怕人偷盗，就会让男人们轮流守夜。老解被领回来后，队长想来想去就把他安排住到这个小窑里。

老解来的时候，正是深秋初冬季节。老解在城里是搞学问的，像个夜猫子，白天萎靡不振，夜晚却来精神，一到晚上总是睡不着，想看书，可是书烧的烧了，偷偷藏了些，却也不敢带到乡下来，因此一入夜就闲得无聊，想睡却又睡不着。老解就觉得山里的夜比城里长得多。但一入冬，粮食上场了，老解也就不孤独了。那岁月冬日三样活：打场、守夜、开大会。因为粮食一上场，就得有人守场。说是怕阶级敌人来破坏，其实就是怕村子里的人偷。因此天天晚上，这个拐窑子就有两个守场的来陪他。场窑是最热火的，因为生产队的柴火都堆放在场上，拉一两个柴火捆子往炕洞里一塞，那炕就像烙馍馍的锅一样，巡逻的民兵也耐不住寒冷往这里钻，男人跟女人淘了气，也往这里钻，这里就很热闹了。老解长得面善，人也没有啥怪脾气，谁来了都一脸的喜气，就像这里是他的家一样。我们这些娃娃也爱往这里钻。冬夜是寒冷而漫长的。

来守场的人老的也有，少的也有。但老解发现他们都有一个共同的特点，就是坐到炕上，手插进被子里或毡下焐热之后，开始不停地在身上摸来摸去，而更多的时候是在裤裆里摸来摸去。这个现象让老解想到白天的情景，不论是开会还是干活歇缓的时候，只要一闲，他就看到男人都把手抻到裤裆里摸，女人则把手伸进胳肢窝里去摸。摸一阵抽出手来，两大拇指指甲盖一对，老解就听到“叭叽”一声。老解不明白这是干什么，想问，却又有点不好意思。有一天，他问我和灵娃，我们都笑他。灵娃和我一人从裤裆里摸出一只虱子来放在掌心里展在他面前。老解就明白了。晚上，人都回去后，老解看那些守场的人不时摸出一个虱子来，两个大拇指一对，“叭叽”一声，便再去摸，之后又是“叭叽”一声。有些虱子太胖，那血就大有喷溅之势。有一次，一点子血竟然溅到老解的脸上。老解有点生气，可人家照样专心致志地捉虱子。老解就有些羡慕，摸虱子掐虱子一定能解闷，可他摸不出来。

等到睡的时候，他们便脱个精光，把里面的衣服翻出来捉虱子，一捉好长时间，掐完虱子再掐虮子。老解看那衣服缝上雪白的卵状的小东西排了一绺。这一捉又是好长时间。虮子比虱子多，一掐也能掐出响声来，响声要脆许多。虽然掐出的响声没有虱子大，但在这宁静的山村之夜，老解照样听得十分响亮。捉完之后，这些汉子就呼噜噜地酣睡去了。老解怀疑这捉虱子能催眠。看到他们睡得那样香甜，老解就很无奈很寂寞。

轮到老解守场，老解发现老张捉到虱子竟然扔到嘴里去吃了，就问你怎么吃它？老张就说它吃我的血，我就吃它的血，公平着哩。老解看得恶心，老张又说那是你的血，你还嫌自己的血脏吗？平时手让刺扎了，你不也把指头伸进嘴里吮咂吗？那血不照样到了嘴里？老解虽然觉得他说得有道理，但还是觉得恶心。因此，轮到老张守场，老解就在场上走来走去，直到老张捉完虱子呼呼大睡之后才上炕。老解看到人家在那捉虱子，捉得津津有味，就也渴望能捉虱子，弄出“叭叽叭叽”的响声来。但他身上没有虱子，想要替人家捉虱子，却又不好意思，于是便看着人家捉虱子。有时候，两个人会把各自的虱子抓出来，各挑一两个大的，将衫子扯平放在上面，让它们互相撕咬。果然那两个虱子就撕咬起来，很是很凶残。老解不明白虱子为什么会咬仗呢？他们说一个还不到一岁的娃，为啥别人抱他的时候他就哭？可他娘抱他的时候他就不哭了，因为它闻气味。虱子也一样，一闻气味不对，就觉得是敌人了。他们玩得津津有味，老解看得也很开心。

有一次，轮到老刘守场。干活时他跟老刘搭活儿。老刘总是多干点，老解不好意思，可老刘却说你们城里人再干啥行，就是干活不行。又说这算啥？力气是个尿泡，越挣越大，人有饿死的，没有挣死的，能跟你搭伙也算是几世修来的缘分。晚上老刘和别的汉子一样也是捉虱子。老解就在旁边看，看着看着就说来，我也帮你捉。老刘说你不能捉，虱子这东西你一捉就给你惹上了，惹上了你就赶不走了。老解说惹上就惹了。老刘说惹上了很麻烦的，你后悔都来不及。老解还是替老刘捉了，他心里说迷信。老刘又说人一换水土就生虱子，过不了多久你就会生虱子的，等你自己给自己捉虱子的时候，你就会觉得这真是一件麻烦的事。

捉虱子的时候，老刘边捉边告诉他掐虱子不掐头，活来才报仇，这狗日的命大哩，你听着把它掐爆了，把身子掐得像一张纸了，只要你没把它的头掐死，它一挨到你的肉上就又活了。老解觉得捉虱子挺好玩的，也确实觉得捉虱子能催眠，他给老刘捉完虱子就觉得瞌睡了。

确实应了老刘的话，不久他身上就有了虱子，而且逐渐多了起来，以至于到了和大家一模一样的地步，干活的时候，总要不时地这里抓抓那里挠挠的，而当劳动休息的时候，他就迫不及待地把手伸到裤裆里去摸，也能摸出来虱子来了，也能弄出“叭叽”的一声来。他搞不清楚，这虱子咋就那么爱吃那东西。老黄给老解说，有一天晚上，男人的虱子和女人的虱子走到一块儿，互相扯磨，说起人身上哪点的肉好吃，男人身上的虱子说男人那东西尖尖上的肉最细最嫩最好吃，女人身上的虱子却说是女人那东西心心子上的肉最细最嫩最好吃。老解就笑了，说可女人咋不在裤裆里摸，总摸胳肢窝。

老黄就笑了，说你看书都看成啥样子了，女人摸那地方能当着你的面摸?

老解身上的虱子越来越多了，他才觉得这真是麻烦，可是他不后悔，天天趴在灯下捉虱子也算是个活儿啊。有时候虱子还没捉完他就呼呼地睡着了。后来老解想是因为缺水，人们不经常洗澡，就是衣服也一个月两个月洗一次的缘故吧。

老解在这个守场房里住了六年，捉虱子竟然治好了他在城里吃药都治不好的失眠症。

有一天开会，老解坐到大队长身边来，大队长也摸，老解也摸，两个人都“叭叽”。大队长就乐了，说老解，你改造得很彻底，连这事你也学会了。

烧　烤

老解的女儿在二十年后参加一次野营，硬是把老解拉到郊外去吃大自然风味的烧烤。老解去吃，怎么觉得还是现代城市风味，就说这是什么大自然烧烤，啥都是从餐馆里弄好了带出来，只不过是吃的地方从餐厅改到了野外罢了。

这是二〇〇〇年十月我去南京参加第六届中国艺术节，在老解家里老解给我讲的。

老解来的第二年雨水广，天老是阴沉沉，这是山里人企求的天气。那年秋天，满山坡的粮食长得疯狂，铺天盖地的。收秋时，学校都放了假，能收的收，不会收的拣拾掉在地里的庄稼。因为雨多，收粮食就不容易，刚刚收上一阵，天就下雨，人们就往附近的老庄子里奔。老庄子是被废弃的庄子，可能是家里遭遇了什么样的变故或出了什么怪事，就搬走了。古窑很孤，孤了就有传说，比如前庄背后的那个老庄子，大家都说每天中午，如果进到那个古窑里，都会看见一个穿红衫绿裤、梳着长辫子的女人在那里推碾子碾小米。人人都这样说，谁也不敢在正中午到那老庄子的古窑里去证实。正中午人的魂魄最弱，而鬼气最强。一个窑洞住一百年二百年的没啥问题，村子里哪个窑洞都过百年了，可要是不住人，过不了几年就塌成塌窑了，所以说人是窑洞的楦子，就像鞋没楦子撑着，放久了鞋帮子就会倒在鞋底上一样。事实证明还真是这样。窑洞虽然塌落了，但避雨还是没问题的。由于长久没人来，塌窑里就住满了麻雀、乌鸦、呱呱鸡、野鸡、马燕，最多的是鸽子，还有鹰、隼，还有野兔、黄鼠、老鼠、蛇之类。世间有许多事很怪，本来许多东西天性里就是敌人，可是它们只要住在了一起就能和平相处。

一进窑洞，男人们就开始把窗子和门全堵上，然后在地上点上一堆火，这时鸽子、麻雀、野鸡等就往火跟前扑。人们就一个个捉，捉住后把头一扭，就死了，喊自家的婆姨拿了。雨停了，人人都手里拿几个鸽子、野鸡什么的回家去了。那是真正的野味啊。

有一次，刘进财他们在窑洞的墙壁上的小洞里摸，摸着了一只大鸟，扯出来带到火光下一看，就吓呆了。那是一只猫头鹰，我们叫瓷怪子，是不祥之物。一听到这家伙在谁家门前叫，谁家肯定要遭灾，不是死人就是要破财。因此捉到后，大家都吓得往后撤。这东西只要捉住，就放不得。这东西是神虫，你已经惊动了它，捉了再放必然带来灾祸，就只能弄死了，于是就掐死了。

老解就说这东西不能吃？有人说这东西敢吃？老黄说掐都掐死了，吃了怕啥？于是拔了毛，扒了肠肚。可怎么吃呢？老黄却想了一个办法，他和了一堆泥，把猫头鹰用泥包了，架在火堆上烧烤。不一会儿，那泥就黄了，忽然，“訇”的一下，那泥包都着了火。人们吓了一大跳，往后就退，都以为是这神虫显灵作怪。老解没跑，说没事的，是这家伙太肥了，油把泥渗透了，当然着火了。可人们还是远远地看着，不敢近前来。当那泥包自身的火熄了之后，老解将泥包摔烂，一股香味就飘出来，真是香气扑鼻。刘进财抹了头上的汗水说我还当它飞走了呢。老解说都烧成这样子了，它还能飞走？那香味让我们的口水都流下来了。老解扯下一条腿子来说谁吃？他把那腿子递到谁跟前谁就往后撤几步。老解说你们都不吃，我可就吃了。说着就撕下一块来放进嘴里，说好香，好香。老黄咽下一口唾沫说天上飞的都自带调料哩，是不是老解？老解说就是，他把一个大腿递到老黄面前，老黄忙说不，我吃得饱饱的。

老解吃得香极了，窑洞里就听到人们吞咽口水的声音极夸张。老解撕下几块来再让，还是没人接，都往后退去，老解就饱吃了一顿。

我们就看着老解就一个把这只猫头鹰吃上了。

晚上，娘对爹说他怕是要招祸哩。

我说我看他好好的。

娘说有些报应不是一天两天的事，你可别在外面糊弄，猫头鹰是神虫，你见老解远着点。于是我们就远远地避开他，仿佛他带着什么邪气。

第二天，人们就看老解眼光不同了，有人问他你没事吧？老解说你看我这不是好好的。收庄稼的时候，队长也问你没事吧？他笑了说我要是有事，今天还能参加改造？队长就说，你以后再别吃那东西。

又过了几天，人们见他还好好的，老黄就问你真没事？老解摇摇头说，你看我有没有事?！之后老解又对老黄说能不能再弄一只那家伙来吃一下？老黄说要弄你自己弄去，我可不敢弄那神物。老解说你看我这不是好好的吗，要报复应该早报复我了。老黄说你不是这里人，家不在这里，祖坟也不在这里，当然没事了。老解说这事和祖坟有啥关系？老黄说这东西要让你出事，一般都是从祖坟里出事哩。老解说祖坟里怎么出事？老黄说祖坟出事，先人不宁，后人就有灾祸了，好端端地得个怪病。老刘家知道吗？去年这东西在他们家院墙上天天叫，老刘的小儿子不是民兵吗？背着枪，一枪打过去，平时打啥都打不准，可那天晚上一枪过去竟然就把这家伙打了下来。结果呢，他一个能摔倒咆牛的小伙子走得好好的，却一头倒在地上，就再也没起来。老解说我不信，它不就是个猫头鹰吗？老黄说老年人都这么说，它是神虫，老年人的话都是他们经历过的。

第三天，老黄送给他一只煮熟的鸽子，说以后别再吃那东西了。

挖黄鼠

每年秋末，白露前后，社员的日子里油花子要多一些。

因为这个时间黄鼠胖了，能吃了。黄鼠常常在田边打洞筑巢。山里有俗语云：“黄鼠吃过地隔塄”，比喻把自家的事做到别人家里去了。一到白露跟前，五谷粮食穗满籽饱的，黄鼠就吃得肉嘟嘟的。胖了的黄鼠在天气好的时间常常在坡上站起来，两个前爪高举着，“吱吱吱”地叫。因此一到收糜谷挖山芋的时候，汉子们就开始利用一切休息时间挖黄鼠。

挖黄鼠是个力气活。黄鼠很狡猾，打的洞有两个出口，一个叫钻，一个叫土包。钻一般都在草墩子下边，十分隐蔽，不细心是发现不了的。土包则有一堆土，是打洞打出来的土。挖黄鼠是要讲技巧的，看到一个黄鼠后就追，追进一个洞里去，然后就开始挖，那真是一场较量。有经验的人挖着挖着，常常会站起来往前走四五步，然后再掏个坑下去截，这叫截趟。黄鼠也很狡猾的，你挖着挖着会忽然间没了洞，这时间你就得细心观察，就能找到洞。原来黄鼠在洞里跑着跑着就开始刨些土下来壅到身后，回过头来又用嘴巴把土墩瓷实，几乎和原土质一模一样。挖黄鼠如果把黄鼠从土包里追进去要比从钻里追进去省略得多，因为土包离窝很近。还有一种省力的方式就是灌黄鼠。那得有水，只有下了暴雨之后，山里才会有许多水坑，你只要把黄鼠追进洞里去，只管往水洞里灌，黄鼠给淹得待不住，就会从洞里爬出来，然后你只要把手卡在洞口，等着捉就行了。灌黄鼠当然是把黄鼠从钻里追进去最好，如果从土包里追进去，灌水就直达黄鼠窝，那连土带柴草的就把水路堵住了，黄鼠就会从钻里跑掉。

捉住黄鼠不用宰杀，只需要将上嘴唇与下嘴唇分开使劲一掰，黄鼠就立刻毙命。

把黄鼠用开水烫后，拔去毛，然后开膛破肚，扒去肠肚，就开始做了。吃黄鼠有多种吃法，最常见的有两种，一种是在黄鼠的胸腔里放上葱花、盐、花椒、大香之类的调料，然后和一块面，揉精之后，把黄鼠包进去，仿佛装了死人的棺材一样，放进笼里去蒸。这种吃法叫黄鼠棺材。一种是用碗装上少半碗淘洗好的米，添上刚刚淹住米的水，把整理好的黄鼠放在上面，用一块面盖住蒸。一个黄鼠蒸出来后，面和米全被黄鼠油渗透了。不管是大人娃娃，一个黄鼠到手，连个骨头渣子都剩不下。

老解到了这方土地之后的第二年秋天，就加入到挖黄鼠吃黄鼠的行列中。开始他对大家说这家伙会传染鼠疫，大家都问鼠疫是啥？老解说就是一种瘟疫。队里人还是听不明白，就说我们祖祖辈辈都吃这东西，除了倒霉的挖出太岁死人外，再还没见过吃黄鼠吃死人的事。老解就问你们见过太岁？老黄就说那东西人一见就死了，当然没人见过了。之后又说不过听人说那东西刚挖出来就只有指头蛋子大小的一个肉蛋，没眉没眼的，如果当时有酒盅，当下装进酒盅里去，上面再扣个酒盅，放到笼里去蒸，蒸熟了一口吃下就没事了。如果没有酒盅扣住，那东西就长得疯快，一下子就能长得和人一样大，要是不小心弄烂了，掉一点血就生出一个来。

老解是在看着别人吃过一只黄鼠才吃的，吃得有些龇牙咧嘴的。可当一个黄鼠吃完，老解抹抹嘴巴说这是世上最好吃的肉。人们就说天上的龙肉，地上的黄鼠肉。吃完以后他就开始加入挖黄鼠的行列。只不过老解不得窍，又身单力薄，一天能挖一个黄鼠就不错了。有些汉子一天要挖十几二十个。老解挖出来黄鼠，就会拿到我们家代做。我们从父亲到两个哥哥都是挖黄鼠的好手，不在乎老解有没有黄鼠。毕竟只要我们为老解做了事，老解总会想方设法补给我们。

老解在村里待了六年，年年都挖黄鼠，没有挖出过太岁，也没听人说过挖黄鼠挖出太岁的。不过有一次灌黄鼠把老解吓了个半死，他和老解追了一个黄鼠进洞，老解提水灌，灌了一会儿，他把耳朵贴在洞口听，听到“咕咚咕咚”的声音越来越近了，就觉得该出来了，于是把手卡在洞口。果然出来了，他一下就死死捏在手里，可感觉冰凉，而且光溜溜，一看是一条蛇，他“妈呀”大叫一声，扔了就跑。后来他就提水灌，别人捉。虽然辛苦，却不危险，等待灌够了水，他就远远地看别人把手在卡洞口上。

蒸乌鸡

批斗会忽然就多起来，每次批斗会老解都得在台上站。可老解身体不行，站着站着就发晕，有一次他晕倒在会场上。朱长生又被李家人整了下去，我们队上的陈福林当了大队长。陈福林是个外姓人，是给地主李维邦拉长工落在村子里的。他以前是贫协主席。朱李两家今天你弄我明天我弄你的，结果上面就让陈福林当了大队长。陈福林对民兵说把他押起来。民兵把他提起来，刚一放手他又倒下去。民兵就说他晕过去了。陈福林说没见站还能把人给站晕，就走下台来，到跟前一看他真是晕过去了，脸白得像蜡一样。就掰开他的眼睛看了看说他真是晕过去了，就让民兵把他带下去休息了。

第二天陈福林问老解说你是不是有啥病？老解说没检查

过。大队长说你这身体太虚了，得好好补一补。老解苦笑了一下。陈福林想想说你明天跟我到山里去抓条蛇。老解一听蛇就浑身发抖说大队长你知道我最怕那东西。陈福林说不让你抓，只让你跟上就行了。陈福林就把我们这些娃娃也叫上了。老解说叫他们干啥？小心把他们伤着。陈福林说娃娃们眼尖，蛇很诡秘的。

老解和我们就跟着陈福林去抓蛇。虽然我们那里蛇不多，但我们很快就发现了一条，陈福林很麻利一下子就抓住了蛇的尾巴提了起来，那蛇的头一下子端直直升起来，像铁丝钢条一样，老解吓得往后就退，我们也没见过蛇会有这么大劲，那么柔软的东西会有这么大的力量，骨头都酥了。但陈福林像抡一根绳子一样抡了几个圈，那蛇就像根面条垂了下去。他看看说不行，这家伙是今年的蛇，也太小，先让再长长。说完顺手一扔，蛇就落进远处的草丛里了。

老解说你怎么知道这条蛇是今年的蛇？陈福林说它没褪过皮，尾巴一捏就知道，小蛇的尾巴比女娃的手还绵软。我们就继续找蛇。老解边走边问大队长你怎么这么熟悉蛇？陈福林就说我曾经身体也很虚，连干那事都不行了，后来，连命都快保不住了，我睡在炕上几天都起不来，人都说我没戏了，家里把死衣都给做了，一张烂席都准备好了。那几天里，我看到村子里和我好的不好的都来看我，我就流泪了。后来，一个一直和我争强好胜的人送来个一罐汤，那是他按一个偏方做的，用一年以上的蛇喂乌鸡，又加了人参、黄七炖。结果喝了这罐汤我就有了些精神，后来我吃了三只用蛇喂过的乌鸡身体就渐渐好起来了。其实应该说我都是死过一次的人了。后来我们又找到了一条，陈福林抓起来一看，还是当年小蛇，又扔了。来到一个沟洼里，陈福林忽然说别动，悄声。我们就站下了。陈福林说你们看，我们就跟着大队长的手指去看，见一只麻雀在离地一丈多高的上空盘旋，却是飞不走。陈福林说麻雀让蛇给吸住了。这里肯定有一条大蛇。他让我们在原地不要动，自己蹑手蹑脚地过去，不一会儿就抓住一条青蛇来。我们看时，这条蛇有锹把那么粗，有一锹把长，样子也凶狠得多，芯子吐出来那么长，头带着整个身子乱摆，我们就觉得浑身凉飕飕的，像是那蛇顺着裤腿往上爬，都往后退。陈福林说这世间万物啥都有用哩，蛇这么毒，用好了照样会是好东西哩。

回到陈福林家里，陈福林就把一只乌公鸡提出来放在院子里，然后拿了把刀和木墩出来，把蛇一截一截剁给鸡吃，一条蛇就这样给鸡吃光了。不一会儿那只公鸡就肿了，第二天，那只鸡死了。陈福林就开剥了鸡，把黄七装进鸡的胸膛里，让女人放进一个砂锅里炖。炖出来后陈福林说啥调料都不能放，连盐都不能蘸。老解三顿吃了一只鸡，但他开会时还是晕，陈福林就又给他吃了一只，他就不晕了。

陈福林说不能再给你鸡吃了，你再要吃会出事的。老解说会出啥事？陈福林笑着说你婆姨不在跟前，你会钻错被窝的。老解就说那你吃了三只鸡一定钻错过被窝吧？陈福林笑笑说我钻错不要紧，你钻错可就麻烦了。

老解说谢谢你了大队长，前些日子我觉得怕是活不了多长时间了。陈福林说你们城里人真脆弱，一有点病就想到死，咋就不想活呢。好死不如赖活着，死了有逑啥意思。我都是死过一次的人了，才会对你这样的！他又说运动是运动，像你们这些人迟早是要回到自己的地方去的。

写对子

年到了，村子里就热闹起来。有钱没钱，剃个光头过年。大人们忙着剃头，娃娃们则忙着买炮。那时间乡下人过年没啥难事，肉自家产，蛋自家产，赶集办年货也只是个形式。

“臭老九”齐翰林走了的秋上，老秀才李全把头一扬也走了。过年有了难处。李全没死的时候，村子里人一见面就说你还没死呀？李全在村子里辈分大，人人都开得玩笑，再说一个过了七十岁的人还不死，是有祝福加寿的意思在里面。刚死，人们还没觉出啥来，死了也就死了，他都活了八十九岁，活到了年纪，只是觉得应该再活一岁，因为再活一岁就能凑个整数。人们总是喜欢凑个整数。可是到了年跟前，人们才发现平日里觉得有他无他都无所谓，可死了后才发现这日子里他还是有用处的。

我去买炮，和往年一样带回一张红纸，爹把红纸都裁好了，方才想起谁写呀？就对我说拿到张村请顾二秀才写。我不愿去，张村有十几里路。爹脱了鞋提在手里要打，娘说大过年的打啥娃娃，不写对子就不过年了，那顾二秀才是随便请的，没一包糖人家不写哩。爹就说不写对子过个啥年？有钱没钱贴个对联过年。正这么说着，队长就敲钟了。那口大钟一响，人们就从各家走出来，互相问着这大过年的，又有啥事？莫不是要备战了？还是要开批斗会？人们来到了大场上，这时间大队长站在碌碡上说对子都没写吧？大家都说没写。大队长说都年三十了，难道等着初一再贴？那不迟了半年？有人就说老秀才死了。大队长说老秀才死了就不过年了？有人就说不写对子难道老天爷还会把咱隔到年那边不让过来不成？大队长说那过个逑，过大年，过小年，剃光头，贴对联。有人说红纸都买回来了，大队长你写？大队长就说那是丈八的椽子踩高跷，你高抬我了，咱们有大秀才哩。人们就说谁呀？这么说着人们就想起老解来，就说都摸摸光头说把他娘的，咋就把这么大的秀才给忘了，有眼不识泰山哩。有人说没见过他写字啊，这毛笔字可不是谁都能写的。大队长说没见过他写字他就不会写字了，不会写字他还当啥右派？人们这才恍然大悟，是啊，哪个右派不会写字呢？村子里前前后后来了几个右派，个个字写得比村子里的老秀才李全好，李全都叫老师哩。

老解就在大队长家里摆开纸开始写对子。人们就爬了一圈看老解写对子，边赞叹到底是城里秀才，比老秀才写得好多了，你看这字写得跟印出来的一样。写了第一副，大队长一看说你怎么写的我念不下来，总不是反革命言论吧。老解就念给他听：新年纳余庆，佳节号长春。并解释说这是中国第一副春联，没有反革命的意思，这字是老体字。大队长说不反革命也是四旧，你写些革命些的对联，上庄有个老革命在省里工作，他年年过年都衣锦还乡，路过看见了会说咱革命意志不坚定哩。老解说可我一时想不出来革命的对子。大队长就说你随便编几个。老解说这对联讲究得很，不是随便编的。大队长就说讲究个啥，咱这里谁懂，顺口就行了，再说你弄得文绉绉的，咱这里谁懂，不懂贴那东西有啥意思？

老解就说这对联还真不好编，一抬头看到陈福林家的墙上贴着《人民日报》，正好有一张上面刊登着几副对联，就照着往下写，第一幅刚刚写出来，围在他身边的人就立刻读了出来："革命形势东风吹，阶级斗争战鼓擂"。老解惊讶地看看大家，这时大队长说这对子好，能到公社、县上参加比赛哩。老解把报纸上刊登的对联写完了，就又顺着这样的对联编了些对联。可一个村的对联一二百幅，他实在编不出来了，大队长就说我有本毛主席语录，后面有毛主席诗词，你照着那写吧。老解说那不是对联。大队长说老秀才就是一直照着那写的。老解就照着毛主席诗词写"四海翻腾云水怒，五洲震荡风雷激"之类的。

村里人对有知识的人总是非常敬重的，虽然老解身份很不好，但这个年老解过得很富有，油饼、糖果、肉好久吃不完，还有酒。大年初一，大队长来一看说老解，你这年比我还过得富裕哩。两个人就喝去了一瓶酒。之后大队长说你教我儿子写字吧，我们家人老几辈子没有个识文断字的人。

抱鸡娃

每年的春天，母鸡们闹窝的时候，娘都要抱一窝两窝的鸡娃子出来。

这窝鸡娃子经过一春一夏，到了秋上的时候，就成了大鸡了。母鸡开始下蛋，公鸡留下一只，其余的就和那些老两年的鸡做还人情的礼了。日子过了一年，怎么也是欠下了些人情债，需要还的。再说那么多的亲戚都要来回走动，就抱一只鸡。我每年都要抱着鸡到外爷家去，到舅舅家去，到叔伯家去，到姑姨家去。每年总有七八只鸡要送出去。有时候，公鸡少，就只好抱母鸡去了。每逢抱着母鸡走亲戚的时候，娘就一脸的痛苦。因为这时候的母鸡正是下蛋的时候。每天一个蛋，要是雨水好的时候，草芽嫩爽，秋虫壮硕，母鸡一天可以下两只蛋的。娘抓住母鸡的时候表情非常痛苦，总是说："这鸡正下蛋哩，明年一定要多抱几只公鸡出来。"语气中仿佛吃了多大的亏似的。我对娘的痛苦颇不以为然，想多抱公鸡，你又会嫌母鸡少了，没有下蛋的。你不更痛苦？就拿这只母鸡来说，它终究是下过一个月的蛋的，要是公鸡，养那么大，到头来一送人什么都没了，不是白养了？

娘抱鸡娃子在村子里很有名气的，都说她手气好。就像捉狗，脾气歪的人捉来的狗歪。她抱鸡娃子不管放多少鸡蛋，到头来只有两个瞎蛋。可有些人一抱就出一半的瞎蛋，最少的也有六七个，那鸡蛋也就糟蹋了。朱长文的女人抱了一窝鸡娃子，结果一个都没出。后来，朱长文的女人只要听见五十子的娘要抱鸡娃子，就用衣襟包兜着几个鸡蛋来让娘代抱了。当然，她要抱十个鸡蛋来，娘最多给她七个鸡娃子。后来我明白，娘会挑鸡蛋，这可不是人人都会的。

老解来的第一个春天，娘开始挑拣鸡蛋的时候，说你看看老解在不？我说在，我刚刚从场窑回来。娘对老解说，老解，你去到别人家买两个鸡蛋来吧。老解抬头看看娘说买两个鸡蛋？娘说买三个也行。老解看着我说干啥？我说我娘要抱鸡娃子，给你代着抱鸡娃子，秋上你就有鸡蛋吃了。老解就高兴地笑着说那我买五个行不？我看看娘说行。老解又说你家不是有鸡蛋吗？卖给我五个就行了，多少钱？说着就掏钱。娘说你不能买我家的。老解说你家的鸡蛋没有卖的吗？娘说有卖的，可是今天你不能买我家的。老解说为什么？娘说要是能卖给你，我就送你几个。老解说为什么？娘说我把鸡蛋卖你给，再给你代着抱鸡娃子，这么做不对。老解说为什么？娘说你是个读书人，能想到的，这让人听了咋都会觉得我是为了把鸡蛋卖给你才代你抱鸡娃子的，可是我要把鸡蛋送给你再代你抱鸡娃子，鸡娃子抱了出来，一天天长大也没啥，可是它到了下蛋的时候，一天给你下一个蛋，我心里就天天有事。老解想了想说你说得对哩，可我到谁家买鸡蛋呢？娘说大刘家。娘对我说你带着老解到大刘家去买鸡蛋。老解就对我说你替我去买吧。我要去大刘家时，却又被娘叫住，说还是我去吧，抱鸡娃子的蛋不是吃的蛋，要选好哩。

娘很快就从大刘家买来了五个鸡蛋，然后把找回来的钱递给老解说，你看，这是你的蛋。老解感激地笑着。娘拿着鸡蛋到了拐窑里，爬上草摞，把正闹窝的母鸡挪开，一个蛋一个往进放，边放边骂我说一个娃娃人家嘴长得很，不说话没人把你当哑巴。我不知道咋了，就说我又咋了，我又咋了？你总是要骂我，好像你是我后娘。娘说你还嘴硬得不行，我说两个三个都行，你倒好，一下子就说五个。我说五个咋了，比两个三个多三个两个，再说是鸡抱蛋又不是你抱蛋。我觉得自己这次绝对抓住了理。我早就想抓住理好好跟娘较量一番的。娘说五个比两个三个多三个两个，你倒是嘴巧会说啊？我就说本来就是嘛。可娘说可你算过吗？五个鸡娃子出来，都在一个院子里，它不和咱们的鸡争食啊，场上洒落的饭、粮食，园子里跑出来的虫虫子，梁顶上长出来的草芽芽子，就多了五张嘴吃哩。我没有想到娘想到了这里，就心里佩服娘，可是我又想到了一条反驳的理由，便说还不是你提出来的，你不提出来给他代抱鸡娃子，不是没有鸡和咱家的鸡抢食了吗？我觉得又咬住了娘。可娘却说你说得好，咱家炒鸡蛋的时候，你说他能闻到闻不到？人有大小，嘴没有大小，人有好坏，嘴没有好坏。咱吃着让他看着？你吃得下？让别人看着了，还说咱们做人不厚道。他在这里又没有个亲戚，既然住到咱这院子里来了，咱们不替他想到这些，谁还会替他想到这些？怎么说他也是个出门人，出门人都是可怜人，都有难处哩。他迟早是要走的人，离开这里，会对人家说咱们做得不够人。我就彻底佩服娘了。娘又说以后敬着他点，咋也是个老人了，别总是跟在后面学人家走路，学人家说话，那要遭罪的。

鸡娃子抱出来之后，老解进来看，那毛茸茸的鸡娃子黄的白的红的在地上乱跑。老解别提多开心了。娘对老解说先让它在我家长着吧，你不会喂。直到鸡娃子的翅膀的羽毛长出来之后，鸡已经有小碗那么大了，娘才把五只鸡娃子给了他。老解感动得要命，拿了十块钱硬要给娘，可娘死活不要，说是鸡抱的，蛋又是你的蛋，我收钱算啥？老解没办法，后来给了我一支英雄钢笔，第二年又从城里给我带回来一双新球鞋。娘对老解说这重了，重了。老解说重啥，鸡蛋我都吃不完。

打　窖

田家四季苦，农人酣睡香。这是老解后来做的一首诗中的两句。开春送肥犁地，夏秋收割，到了冬天还不能闲，得打窖。这里干旱，地下无水，窖就很重要了，夏收雨水，冬贮积雪。年年有塌窖，年年就得打窖，上面提倡抗旱，打窖就成了革命的一部分。

一入冬天，队长就选择土质好的低洼地方，男劳力就开始集合起来打窖。窖是个坛状，先挖一个仅容一个人上下的圆口，下去后就开始往大里旋，一般直径可达丈三，也有丈五的，但那就很少了。深度一般三丈。分旱窖和水窖两部分组成，旱窖丈五，水窖丈五。水窖上每隔五寸掏一斜孔，叫麻眼，便于糊胶泥。胶泥要用水泡醉，揣面一样揣，揣得和面一样精，然后搓成泥橛，塞进孔里去，再用平平的木榔头锤，一遍一遍地锤，直到和原土混为一体。倘若能再寻些废铁花花钉进去，铁就生锈，一生锈泥土就抱成一团了，这样装上水就不露了。

老解打窖时，身体不行，提不动土，也拉不动土筐，大队长就说你帮老周拉边套吧。于是老解就和老周两人往上拉土。

这一组打窨的窨把式是刘四。刘四说他打的窨可以埋几个生产队的人。这次打窨的地方土质好，刘四就说他要打一个过心（直径）丈六的窨，要打个窨王出来。老黄就说这里土质好，但有斜茬哩。但刘四就是要打丈六的直径。打到第四天下午的时候，窨忽然就塌了，把刘四和掏土的张建国捂在了下面。

窨沿上的人给一阵地震般的抖动震呆了，之后就都爬在窨沿上喊，窨下却无声无息。快去喊大队长，老周说。老解就急忙去喊大队长。大队长来后围着窨沿走了两圈，然后脸色阴沉地说谁下去掏？大队长这么一问大家都往后退了一下。这时窨沿上就围了一群人。大队长的目光就在人群中扫来扫去，之后停在老朱身上，说老朱你下去掏。老朱往后退了下，说大队长窨还塌哩。大队长说塌就不掏了？你下去掏了我给你一个人一年的口粮。老朱家里困难，婆姨瘫在炕上几年了，娃娃小，没劳力，因为卖鸡蛋又戴了个四类分子的帽子，日子很不好过。吃了上顿没下顿，年年借着吃粮。老朱还是往后退，说这窨还塌着哩，这里土是压茬土，只要一塌开就没完，直到全部塌下去。大队长又转了几圈说两口人一年的口粮。他又走到老朱跟前说你要是下去掏了，以前借的粮都不要还了。老朱脸上的肌肉就抽动起来，大队长又说你下去掏人，这算是立功哩，我报上去，要是批了，你的帽子就可以抹了，这对你的娃娃将来有好处。老朱眼里就放出光芒来，说大队长你不哄我吧？大队长说我啥时候哄过人。老朱说那我下去掏。老朱就顺着梯绳往下爬，刚踩到梯绳上，十二岁的大女儿就奔过来哭着叫道，爹，你别下去，你别下去，咱要着吃也不要这粮。老朱伸出手来摸摸女儿的脸说没事，爹掏完就上来了。

不一会儿，老朱就掏出来一个，拉上来已经没气了，窨沿上就一阵大哭。老朱又掏出来一个，刚刚拴好绳，窨再一次塌下来，正砸在老朱身上。窨沿上人大喊，就是听不到回声。大队长把拉上来的刘四放在一边，解下绳子，拴到自己的腰里，然后就爬下窨口去，有人说大队长，你不能下。他没言语下去了。老朱给掏上来了，头给砸碎了。三个尸体被抬着往回走，黄昏就水样洇过来，洇漫黄昏的是哭声。

大队长没有跟着回去，坐在那个窨边抽烟，老解便走过去说大队长回吧。大队长说你说这狗日土日怪不，它咋就再不塌了，咋就不连我也砸死在下边？老解看到大队长说这话时眼里盈满了泪水。

第二天大队长在会上说老朱一家全队人养着。

老解找到了大队长说老朱咋没棺材？大队长说他那家还有

棺材？你看连个席子都没有，还是我从家里拿来的。老解说有卖棺材的吗？大队长说有，可队上给他一买，再死了人来要咋办？再说他的成分也不好。老解说我掏钱给他买。大队长说算了吧，人死就死了，有没有棺材对他都没意义了。老解说可人活得就是这么个，规矩就是规矩。大队长想了想说那就把胡子老顾的棺材先买来，他再做去。买的时候，胡子老顾少收了十块钱，老解一定要给，老顾说你一个外乡人都这样，我们都一块儿生活了一辈子了。

老朱就背了一副棺材，人们说老朱还是有福气啊，这些年村里死了多少人，有几个背了棺材走的。人们算算还真就没几个，都是一张席子卷了走了。

埋老朱的时候，全队社员都到了，大队长对老解说你给写个悼词吧。

老解那悼词写得把人都念哭了。

埋了老朱大队长就去了公社，想给老朱家抹帽子，可是公社里的人说从戴帽子开始到现在有几个抹了帽子的？你这觉悟有问题。

鼓　劲

老解的身体总是不行，而且越来越不行。劳动歇息的时候，大队长和他坐在一块儿，说你这身体咋就缓不起来呢？你的活不重呀。后来又说一定是你这熊人做饭胡日鬼哩。老解说我从来就没做过饭。

散工的时候，大队长说老解你今儿个到我那里去吃饭吧。老解就说我还是回去吃吧，在你家吃的次数多了，让上面人知道了把你的大队长拿掉了。大队长说这是个逑事，我都是死过一次的人了，走吧，再看看我儿子那字。到了大队长家，老解就急着看队长儿子的字，一看这娃的字还行，就又给写了个方格。吃饭时大队长说这狗日的能哩，我给他写了“反映”两个字，他硬说我把“映”字写错了，说“映”字不是口字边，是日字边。我说他错了，反映就是要用嘴反映，肯定是口字边。他硬说是我错了，后来我找出报纸一找，还真是我错了，你说再啥字我写不来，这字我可写了不知多少遍，还硬是没看出错来。老解就笑了。

吃过饭，大队长说你这身体得调整调整哩，你干脆到张寡妇家吃饭算了。老解说这咋行？大队长说咋不行，她也得做饭哩，一个人也是做，两个人还是做。老解说这怕不好。大队长说有啥不好的，她也希望有个人陪她说话吃饭哩，女人比男人还慌哩。老解红了一下脸说不行，那不行，人家是个正经女人。大队长说也没说让你做啥。老解就笑笑。大队长说少着是夫妻老了是伴儿，这话有道理哩，男人女人在一起吃饭说话，对身体也有好处的。老解脸还是红着，大队长又说我看这政策啊，你一年半载也是走不了的，像你这身体，再这样下去，怕就一辈子也走不了了，你还想那么多做啥。人活一辈子就得活好一点。

老解就开始在张寡妇家吃饭。但吃了几天就不去吃了，大队长问咋了，是张寡妇嫌弃你？老解说这话不敢说，人家待我可好了，顿顿都认真做的。大队长说这就对了，我看你也是福折得不行了。老解说总是不好？大队长问啥不好？老解说影响人家的名声。大队长说现在活下来就不容易了，还管啥名声，书把你读愚了。老解就说她儿子对我说别把我娘当没人主的人，要是识好歹就早点滚，免得见了面鼻子不是鼻子脸不是脸的。大队长说这狗日的看把他厉害的，明天我叫人捆他几绳子，他狗日就老实了。老解说算了，我还是自己吃。大队长说你甭怕他狗日的，有我哩。老解就说你要真是为我好，就算了。大队长叹息一口气说哎，你当我是真叫你去吃饭呀，我是想你这身体吃得不好是一方面，再一方面就是那事不干也不行哩，身体得调解着来养哩，婆姨汉子只要折掉一个，剩下那一个不再配对，就老得快，死得快，人活在这个世上，男人女人互相鼓着劲哩。

后来大队长问老解你说个实话，你想不想那事？

老解说我又不是神仙。

大队长又说干脆给你们撮合撮合，结个婚算了。

老解摇摇头，说那会连累她一辈子的。

大队长说她也一个老婆子了，还怕啥？

老解说可他的儿子孙子呢？

大队长就默不作声了。

在 东

村子里的婚事大都在正月里操办。一是人闲，闲冬闲冬，地里没活，人自然就闲了。二是正月里人都有肉吃，肚子里有油水，不刮，席就省。因此大年刚过，婚宴就格外多。这年的冬天，张三娃要翻人身（村里把男人娶媳妇叫翻人身），日子订在正月初八。到了初六那天，张三娃来请老解给写副喜联，他给老解提了一斤红粮。老解不要，说我给你写就行了。张三娃把东西硬硬放下，还说明天请你早早过来帮帮忙，在我家吃饭吧！

老解写好喜联，第二天一早就过去了，张家人就端上来油饼、馓子，还有大蒸馍。大队长是大懂（就是安排料理整个婚事过程的人），也叫喊事。吃过后，老解就坐在炕头上，看人家忙来忙去。村子上家家都来人都来帮忙。

第三天正事，大队长就把一个用红纸订好的本子拿过来说老解，你把礼给记上。老解就接过本子。张三娃就搬过来一张小方桌子，放在炕上，给了老解一支毛笔，一瓶墨汁。老解打开墨水瓶，觉得很臭，拿毛笔一蘸，黑汁淡淡的，就说这黑汁不能用。张三娃就过来把黑汁瓶摇摇，又拿毛笔在瓶里搅搅，说这墨汁是自做的，把用光了电的电池打开用里面的黑面面泡的，你边写边搅着点，还能用。老解就把自己的墨汁拿了过来。

来出礼的人，都是先吃过馍，喝过汤，这才来出礼，然后再坐席。席是十大碗，四个肉菜，六个素的。老解就开始记礼，来的人大都出五毛，还有三毛的，也有一块的，但很少。老解就问坐在身边的大队长，这三五毛钱能干个啥？大队长说出礼，又不是下馆子，图个热闹，也是个人情。

收完礼，老解给安排坐席，做完席，老解就自己上了两块钱的礼。交礼钱的时候老解一数差两块就整整一百元。大队长看完礼簿，又给张三娃看了，然后，张三娃又说了几个人名字，老解一一写上，张三娃又说这些人的边上你都写个在东。老解就问这在东是啥意思？大队长就说我们这里帮忙的人都不上礼钱，写个在东，就是说礼出了，在东家。人们一看就知道这些是来帮忙的，帮了忙就等于礼到了，再不用上礼钱了。张三娃就拿出两块钱来说老解，你这礼不能上。老解不解地问咋不能上，嫌我是外地人？张三娃说你帮了这么大的忙，还能让你出钱？老解说这算帮啥忙，再说也是应该的，我两天都在你家吃的。张三娃说哪个帮忙的不在我这吃，是应该的，这是规矩，规矩不可以破的。老解坚持要上，张三娃说你这礼还是不能上，再说你迟早是要走的人，你上了礼我到哪里给你还礼去？老解说还啥礼呀。大队长就说对着哩，有礼啥时候都得还的，说不定哪天上面一个文件，你尻子上土一拍走了，我们哪里找着给你还礼去？以后怕是想见你也见不着了。老解说我就是走到天南海北，也不会忘了这里，这不上礼不合规矩。张三娃说你不上礼才算合规矩哩。大队长最后想想说那你在你名字旁边写个在东吧。老解说这钱？张三娃说这钱咋都不能收的，写个在东，你礼也就上了。

狗日的

每年队上都要种一块子地的西瓜，一般由四个人种。我的外婆、朱宝的奶奶、五十子的爷爷、瓜子朱喜旺。我的外婆、朱宝的奶奶都老了，五十子的爷爷得着痨病，而朱喜旺瓜得扎实，想想都是老弱病残。而些年想来陈福林大队长那时候就关注弱势群体了，他是给这些找个挣工分的活路。种瓜苦不大，就是熬人一些。朱喜旺虽然瓜得扎实，可力气有的是。上粪就是他的活。他一抱子就能抱起一个装满粪的大背斗，然后一个瓜秧跟前倒一锹头的样子，他能抱着这一背斗粪一个瓜秧接一个瓜秧地倒完，连气都不喘。两个老奶奶都是善良人，说瓜子缓缓。他就嘿嘿一笑抱着背斗蹴下去，一会儿又起来继续干活了。

老历的七月初，西瓜就开园了。陈福林就通知每家去一个家长到瓜地里，五十子的爷爷已经挑好了瓜，摆在地头，一人一个，吃完后，瓜就算开园了。

老解到村里西瓜开园的第一年，他实在吃不上那一个大西瓜，吃了一半就撑得不行了，就对靠着自己的老万说这半个你吃了吧，我实在是吃不上了。

老万嘿嘿一笑说，你狗日的连一个西瓜都吃不上，改造可有你好受的。说完就来接西瓜，老解却将西瓜又收回去了，说我好心给你西瓜吃，看你吃得香，你却骂人。老万说我骂你了？老解说你还没骂我？算了，我跟你这种人交往了。老万就来气了说不给就算逑，反革命的西瓜吃了就是糖衣炮弹。老解就气得哆嗦，老万却是个得理不饶人，高喉咙大嗓门地说还不让人说了，不让人说就不要反革命。吃西瓜的人就都抬起头来看着他们俩。老解嘴唇都气得乌青，哆嗦地说不出话来。陈福林就走了过来说咋了？西瓜把精神吃大了？看老解眼里竟然汪着眼泪，就骂老万，你狗日的把老解咋了，也一把年纪的人了，你把他都快气哭了。老万看了一眼老解，说他西瓜吃不上，要送给我吃。我去接的时候，他却不给了，这不是耍人吗？还说我骂他。陈福林就看看憋屈的老解说老万，你狗日的到底骂他了吗？老解是知道分子，绝对不会枉说人的。老万说你问他狗日的看我骂他了吗？我啥话可都没说。这时老解说你听大队长，他还在骂。陈福林就懵懂了，说他又骂了，我咋没听到？老解翻着眼睛说他明明骂我狗日的，你还说没听到？围着的人都哗地一声笑了，陈福林捂着肚子笑了半天说你不懂，狗日的不是骂人话。老解还翻着眼睛，陈福林说你没听到我刚才说老万狗日的了吗？老解点点头，陈福林又说在我们这里狗日的不是骂人话，关系跟你近了好了才用哩，要是关系不咋样，你想让他用他都不用。你没听男男女女叫娃的时候，打情骂俏的时候，哪个不说狗日的？老解就明白了，陈福林说狗日的不是骂人话，驴日的才是骂人话哩。有谁对你说驴日的，你给我说，看我咋收拾他个驴日的。老解就把半个瓜递到老万的怀里说我不知道，你就不要生气了，不知者不罪。老万也笑了半天了，接过瓜来说你狗……他吐了一下舌头。老解就说你狗日的吃吧。他自己也就笑了。回去老解还是觉得过意不去，就买了两包纸烟给了老万，老万说你看你这人，这是干啥，你不懂，又不是你故意的。老解硬硬把烟塞进了他的口袋里。不久，老解就能很熟练地运用“狗日的”这个词了，而且知道对年长于自己的人辈分高于自己的人，这个词是禁用的。而对于和自己年龄相仿、同辈的人，用这个词是越用越亲，而对于比自己年龄小辈分小的人用，简直就是娇惯了。直到最后离开村子，老解已经把这个词用得很是自如，张口就来。

后　记

谁都不会想到，陈福林竟然死在了老解的前面。陈福林在村子里德高望重，不当大队长了，人们还是叫他老队长。有福气的人总是会死在冬天。冬天死的人能等齐所有想见的人，不会发臭，不会生蛆。大队长快死的时候，老解来了，是他的孙女搀他来的。那是个腊月初九。我也回村来了，因为我的外婆病重了。

人们都奇怪，老解咋知道老队长不行了呢？都还当是我通知的。我说我也不知道老队长不行了，回来才知道的。老解说我梦见大队长给我说他要死了，我就来了。老队长挣扎着笑了一下说你狗日的把我梦死了。老解却笑了，说你狗日的不是说梦见谁死了是给谁加阳寿的吗？老队长说谁知道，我七十过了，人活七十古来稀，过了七十就是喜丧。老解眼里就潮乎乎的，抹着大队长已经掉光了头发的头说你狗日的说我是个以后用得着的人，可你一次都没用过我。大队长说儿女不争气，走不出这块土地，咋用你？这一辈子便宜你狗日的了。忽然又说不对，咋没用过你，我儿子虽然没上学，可当兵了，现在是连长了，就是他的毛笔字写得好，人家领导看上了，这才一步一步干了起来。老解说唉，让你的后人用我的后人去吧，我都安顿好了，总得用一次吧，这不女儿我也带来了，你就像对你的儿女，当面给他交代吧。老队长说不说这些了，我都快死了，还管逑那么多，儿孙自有儿孙福，谁与儿孙做马牛。老解说你狗日的还是不想死吧？老队长说人死过一次再死第二次，还是不想死，日他妈明明知道来到这个世界上是受罪来了，偏偏就是不想死。

老队长捏着老解的手说我总觉得你狗日的要死在我的前面，你看看你那时候的身体，风大一点都能吹倒，可偏偏比我活得时间长，看来还是城里的五谷好啊。

老解说我八十有三了，人一活过七十岁，再活就没意思，跟死了差不多。

三天后，老队长死了，老解给老队长买了一副柏木棺材。庄子上人都说老队长有福啊，不是老解，他能背得起一副柏木棺材？他们家人老几辈子都是席子裹着送走的。

以张良为例

1

医学上讲，盲肠炎是阻塞而导致的。据此，我觉得中心大街东段就是这座城市的一截一直在发炎的盲肠，因为它永远是拥塞的纠结的。我刚刚从这截盲肠中钻出来，长长吁了一口气，镇长打来电话，气呼呼地问我在哪里？我看看表说马上就到老张家了。镇上朝九晚五，这才八点四十，再有十分钟就可以赶到张艮家，不能算是迟到。镇长说掉头，掉头，赶快去省信访局，张良已在那里。我说他在那里干什么？话出口了才觉得这是一句让领导极不高兴的废话。镇长果然说废话，上访，告状，去那个破地方还能干啥！我“噢”了一声，镇长又说人家把电话打到区长那里了，让去领人，区长恨不得把我先人从坟里扒出来踹上两脚，让我亲自去领，我是孙猴子有分身术？你赶紧去，不管采取什么办法，把张良给我捉回来。

我明白镇长“把张良捉回来”的意思应该是“把张良领回来”，到那地方，怎么敢说“捉”呢？只要遭遇上访，镇长总是像吃了火药，从不说“把某某某领回来”，而是说“把某某某捉回来”。今日，省、市两级主要领导携几十名企业家来拐子镇视察调研，镇长称之为“黄金团队”，除了规格高，分量足，还带着要签字落实的资金、项目、政策。这么高规格的“黄金团队”来视察调研，在拐子镇的历史上是空前的，全镇干部职工、学生为此忙活了整整三天，镇长忙得焦头烂额，嘴边起了一圈泡，四环素药膏抹得明晃晃的。最让镇长头疼的还在今天，这几年的拆迁征地补偿分配，造就了一批千锤百炼的上访者，这么高规格的“黄金团队”来视察调研，无疑为他们提供了亲近上层的绝佳的机会。为保证不出意外，昨日镇上专门开会进行了布置，对有可能冲击“黄金团队”造成突发事件的人员，采取篮球赛中人盯人战术进行布控，谁盯的人出了问题谁负责，绝对不能失控。张艮自然在其中，并交给了我。镇长能够没有一个脏字跟我交代，算是万幸。

需要说明的是张良即张艮。在名单和名册中我看到的都是张艮，可人们都叫他张良，镇长有一回就咬牙切齿地对张艮说，难怪你的良字少一点，因为你不良么，不是个良民么。连他自己也说他叫张良。我曾问过他名字的事，他说他爹大字不识一个，可记性好，会说戏，农闲时就靠着墙根给人说戏，一村的人都围过来听，不比开会人少，《张良拾履》《杨家将》《穆桂英挂帅》《周仁回府》，戏台上唱的都能说，就给他取了张良这个名儿。上户口的时候，登记户口的那家伙手懒，“良”字少点了一点，直到他领结婚时才发现，那时户口本还是手写的，他自己添上了一点。那年办身份证，身份证拿回来发现“良”字还是少了一点，他也没在意，以为是机子没印上去。后来换新户口本，“良”字依然少了一点，就觉得不对劲儿，去派出所查问，那小姑娘从电脑里调查出来一看说一直就这个字，他说那就是错了，得改过来，小姑娘说她这里改不了，现在都联网了，要改得有这证明那证明到县上才能改，他一听麻烦死了，就这么着了。他想这个字成了他的名，他得认识啊，一问姑娘，姑娘挠挠头说她也不认识。回家让儿子查了字典，才知道这个字的读法与字意，与良一点关系都没有，倒跟八卦有关。他还感慨地跟我说：“我是辜负了我爹的想法啊，汉朝的张良多厉害的一个人，少一点也对着哩，别把那好名字辱没了。”

我掉头又往省信访局而来，才进入中心大街，镇长电话又来了，接听时差点撞在屁股上写着“内置核弹，后果自负”的“马六”上，惊出一身冷汗。镇长说他们肯定要问你是谁，你就像小品里那样“我是镇长——”尾音拉长一点，他们要是盯着你看，冲不过去，你再说“助理”，这两年领人的次数太多了，他们可能盯住我了，去的不是党政一把手他们会说些不重视之类的废话，不让领人。我说明白，明白。镇长说买上两盒软“中华”，扔给他们，别看那是个接屎倒尿擦屁股的部门，人家门楼子高，架子摆得大得，动不动上纲上线的，找起麻烦来个个不是善茬。说起信访局，镇长总是既不屑又无奈。我说明白，明白。镇长又说顺情说好话，舔沟子不挨骂，多陪笑脸多戴高帽子，尽量不要让记录了，上访不按事件记数，而是按次数记数，不管是不是为了一件事，只要上访一次就算一次，到了年底按次数排队，排到红线前面，啥荣誉拿不上还要通报批评，一年的苦就白下了，再把咱们列入黑名单，那就倒大霉了。

在一个烟酒门市部买了两包软“中华”，我赶到省政府。省政府气派的大门给上访者包围了，警察来了几十个，排成人墙如临大敌。上访者高高扯起长长的横幅，上写：“要公正，要公平，要公开，要公道，要公理，惩治官商勾结，打击腐败行为，保家!!! 卫国!!!”横幅还画着一把铁拳，“维权”二字血淋淋的，那是一幅经典漫画，极夸张，极愤怒。每天上班去镇上都要经过省政府大门，这样的情景已是一道常态的风景了。上访者打着伞，提着小马扎，每人手里提着一瓶绿茶，看来是有组织的准备打持久战了。凭我的经验，他们不是农民，该是些工人。农民是不会提板凳马扎打伞的，而是席地而坐，最多屁股下垫个化肥袋子。这就是基本的城乡差别了。粗略估计一下，上访人群应该在两百人左右。

信访局接待室伫立在省政府大门登记室旁边，依附着政府大院像个附属品。建筑风格和政府大楼一致，四方四正，大理石面砖，虽然只有五层高，却是政府二十一层气派大楼的一道屏障。一层面街的窗户一字排开，窗前围满了人，闹嚷嚷的，就像大食堂出饭菜的窗口。

张艮戴着一顶草帽，裤腿绾在半腿杆上，一高一低，泥巴点点，脚上一双水鞋糊成了泥榔头，显然他是从水田上来直接往省政府而来。拐子镇到省城通城际公交，线路从田间地头穿过，很方便，村民经常出了水田就上公交。公交公司一度很有意见，嫌村民太脏，拖泥带水就上车，一趟下来车地板上的泥巴有一寸厚，连座位上都是泥巴。可也只能无可奈何地抗议抗议。张艮斜靠在窗台上，正和窗口伸出的一个大脑袋争吵。

张艮说：“我脸上写上访了，还是头上顶状子、手里举牌子了？我告谁了？不问青红皂白就给人乱扣帽子？有你这么说话不负责任的?!”

大脑袋拍着窗台说：“看看你那样子，办事有穿成你这样的吗?”

张艮说：“你啥作风？啥政策水平？啥社会了还以貌看人?”

大脑袋触及了张艮最敏感的神经，张艮最反感人说他上访、告状，看来两人还没接触到实际问题就吵上了。

大脑袋不耐烦地挥着手说：“不是上访、告状，你跑到我这里做啥？来我这里就是上访、告状，没工夫跟你理论，靠边站，把窗口让开，等着你们镇长来领你，下一个!”

“靠边站？你啥态度，你让我靠边站我就靠边站？这是你家开的？让镇长领我，他领我我就回去？给我通报，我要见领导。”

“给你通报，虮子打喷嚏好大口气，领导是你想见就见的?”

“领导就见不得? 有事找政府，谁说的? 选举我白投他们票了?”

“啧啧啧，投票就了不起，满大街都是公民，都有选举权!”

“门难进，脸难看，话难听，事难办，说谁的? 就说你们这号人的。”张艮拍着窗台。

大脑袋眉头绾成一疙瘩，说：“这么大年纪了一点规矩都不懂?! 大清早叨叨叨叨的，头都快炸了，不要喊了，别影响我们办公好不好?”

张艮继续拍着窗台说：“还不让人说话了? 你给谁办公? 就是给我们办公的! 墙上那信访接待二十条，我看哪一条你都搭不上!”

我走过去拽了张艮一把，张艮看到我，说：“你要进大院? 把我也带上，我的身份证装了这些年，挼成两张皮了，人家硬说是假的，又问找谁，我说不出人名儿来，说找省长，人家不给登记，把我指到这来了。”瞥了一眼大脑袋，“结果啊，还让人家诬蔑成上访、告状的了。”

我说：“你进去做啥?”

张艮撇撇嘴说：“看把你紧张的，我说过我要上访、告状会跟你们喊响叫明的。”

“这里不是解决问题的地方，你的问题回到镇上才能解决。”

“镇上解决不了我的问题，你放心，我谁都不告，就想找个说话顶事的人把想法说一说。”

张艮不好糊弄，我只好实话实说，“我是专门来领你回去的。”

大脑袋绷了我两眼说：“你是……”

“我是拐子镇镇长——”按镇长说的我把后音往长里拖了一下。

大脑袋翻着眼睛打量我，我忙跟了两个字：“助理。”

大脑袋说：“我就说么，大麻子我有印象，一脸麻子坑，黑乎乎胖墩墩往人面前一戳铁塔一样，就像个农民。”

大麻子是镇长的外号，大约是小时候出天花水豆落下一脸麻子坑，就像是雨点打过的沙滩。

张艮听得这话，一拍窗台说：“农民咋了？”

大脑袋也拍着窗台说：“农民就是农民，咋了？”

张艮说：“像你这号人给农民拾鞋都没人要，看不起农民，没农民你吃屎啊？”

“快点把人领走!”大脑袋已经给张艮弄得很烦了，没追究级别够不够的事，挥着手说，“一看就不是个善茬，像这样的人以后管严点，这么到处上访、告状给谁添乱啊?!”

张艮拍着窗台说：“管严一点?咋不说抓了关了判了一枪打了?!”

大脑袋说：“说你还不服气了?一个农民不好好种地上蹿下跳胡搅个啥?”

“天爷呀，我想好好种地，倒是让我们好好种地，地弄光了，现在连宅基地都谋算上了，我们马上无家可归了，你知道不知道?”

大脑袋对我挥着手说：“赶紧领走，领走。”

“没有调查就没有发言权，四体不勤五谷不分，你知道个啥?”张艮又拍窗台。

“四体不勤五谷不分”这词，我想来自张艮对“批林批孔”那个年代的记忆。

大脑袋瞪着我说：“还不领走?!”

我说：“就走，就走。”

“反映个问题都成了上访、告状了，拿大帽子压人，搞文化大革命那一套啊，有本事把我捆了，开我的批斗会，判我的刑，一枪打了，你落个耳清眼净的。”张艮吼起来，“听不进去话，你坐在这里做啥？”

大脑袋不理张艮，吼说：“下一个！下一个！”

我拉着张艮往一边走，张艮甩开胳膊说：“哎呀，你别扯着我，这么扯着我让人家看了还当我要杀人放火搞恐怖，你放心，有武警把门哩，我冲不进去，要能冲进去还受这龌龊气？”

我说：“回去吧，镇长等着你哩。”

张艮说：“他大麻子等着我就得回去，又拍桌子又戳眼窝的，我不回去，我说你们也听不进去，就是听进去也不顶逑事，上面让往东你们敢往西？你把我送进大院，我找个说话顶事的领导好好说说我的想法，我保证谁的状都不告。”停顿一下，“如果大领导批评我觉悟低，目光短浅，农民意识，我张艮二话不说立马就签字。”

我想想说：“大领导你见不上，小领导你说了有用么，进去了还是个不顶逑事。”

张艮愣了一下，点根烟搂着头条蹴在地上抽起来。

我说：“上车，上车。”

张艮翻我一眼说：“总得把这根烟抽完，我蹲在这达把你人丢了？”

“好好，抽完抽完。”我也点了根烟，陪他一起抽。

张艮抽完烟，把烟屁股摔在地上，用脚一搓，又往信访接访室去了，我叫着“老张，老张”撵上去。

张艮到了窗口前，那大脑袋吼着说：“咋又来了，想闹事?”

张艮嘿嘿一笑说：“以前我们农村人夸人说头大有宝，山大有草，头大是官体福相，现在变了，说山大有宝，头大有草，这话适合你，你这脑袋里装的不是宝，是草，不是脑子，是糨糊，不适合这项工作了。”

大脑袋气坏了，把手里捏着的笔砸在桌子，张艮说：“咋?受不了了？再说你脑袋太大，窗口太小，比例不适合么，小心哪天大脑袋抻出来卡住缩不回去，可别像娃娃课本上说的，一头牛把头撊进罐里偷吃，头抹在里面出不来，他们就把牛头割下来，牛头还在罐里，又把罐子打碎，才把牛头取出来。嘿嘿。”

大脑袋气冲冲把头从窗口往出一抻，碰得不锈钢窗框“哐哩哐啷”的，大脑袋龇牙咧嘴还没发出火来，张艮拍着手说：“还接待室哩，锤头大的窗口，连自己的头都碰，分明就不是实心实意解决问题，墙上说开门办事，你们把门闭上做啥？还挂毛主席的‘为人民服务’，你这样的人坐在里面也配?”

大脑袋大脸涨紫了，冲我说：“这、我个人上访一次给你们按三次记。”

我忙说：“别，别……”

张艮说：“我欢迎你十次百次的记。”

大脑袋不理张艮，冲着我说：“再不领走，我就再给你们拐子镇加记三次。”

张艮本已走了，听得这话又返回来，说：“我跟你照一次面记三次是吧？你数好。”掉头走了。

我忙扑过去拉住说：“上车，上车。”

张艮甩开我，走到马路对面，又回来扑到窗口喊，“大脑袋哎，我又来了，再记三次。”

大脑袋说：“你当我跟你说着玩哩。”说着就在登记本上写起来。

我赔着笑脸，趁机把两盒“中华”从窗口扔到桌子说：“对不起，气大伤身，您千万别生那么大的气。”

张艮走到马路对面，再次扑回来到窗口喊：“大脑袋哎，我又来了，再记三次。”

大脑袋“扑哧”地笑了，鼻涕都喷了出来，“多大年龄了，做事跟逑个娃娃一样。”

张艮也笑了，“你看你待人那逑姿势，你家就不遇事了，谁没遇事跑你这里来，吃疯了？”

我拉拉张艮说：“回吧，这里真是闹不出啥结果来。”

张艮说：“我这是闹？你咋说话？”

我忙说：“对不起，口误，口误。”

大脑袋拆开“中华”，给我们一人扔了一支，说：“回去好好协商解决吧，我这儿不是解决问题的地方，只负责上传下达，你想见大领导，大领导比我还忙哩，有时间接待你？！小领导解决得了你也用不着跑到这里来。这样吧，我再给你们区长打个电话，让他把你的事好好重视一下。”

我忙说：“别打，千万别打，我们镇长等着给他解决哩。”

张艮瞪了我一眼，掉头走到车跟前，我拉开车门，张艮说：“你看我这两脚泥，裤子上都是泥点子，不怕把你的车弄脏了。”

我说：“没事，没事。”

张艮一笑说：“为人民服务么，是不？”

我笑了。

2

中心大街车水马龙，车只能像蜗牛往前挪移。张艮坐在后面，拍着我的椅背说：“你说城里都挤成这样了，还把我们乡下人往城里弄，不是给你们填堵?”我说：“多数时候还是不堵的，就是上下班堵一点。”张艮说：“都九点多了，还上下班时间?”我笑笑。“车就像个屎爬牛，还不如走着走，把我放到公交站牌，我自己回去，省得麻烦你，稻子正追肥哩。”我说：“不麻烦，一点都不麻烦。”

城市建设用地没指标可用了，可城市还在磅礴发展，办法总比困难多，没有条件创造条件也要上，这是领导讲话里常出现的句子，事实证明也正是这样，思路决定出路，干工作没有过不去的火焰山。于是就学了一招回来，把农民的宅基地倒腾出来置换成建设用地。具体方法很简单，一户农民有四分到六分宅基地，政府给农民建楼房，把农民变成市民，宅基地交出来作为城市建设用地。核桃村就属于宅基地倒腾范围，而且被列为推进试点村。试点之所以放到核桃村，是因为相比之下推开的难度要小一点。一是核桃村朱姓占百分之八十以上，一枝独大，朱金是书记村长一肩挑，兄弟至亲又多，在户族里有号召力。人类历史自古以来都是少数服从多数的历史嘛。二是核桃村这几年地已经征得差不多了，许多人已经住进了楼房。经过深入细致的思想工作，核桃村大部分人都响应了，只有一小部分人反对，其中就有张艮。“这一部分人肯定又是受了张艮的蛊惑。”镇长如是说。

镇长命我和朱金打前站去给张艮做思想工作。到了张艮家，张艮拿一截苹果枝子正在逗公鸡。这只公鸡很英俊，冠子艳红，浑身紫羽，尾羽墨绿，它围着张艮踱来踱去，趾高气扬，脖子里的一圈毛乍开来像刺猬，它时而跃起，扑啄张艮，在挑衅，在跳着，张艮用那枝子斗公鸡，公鸡并不怯，越斗越勇，猛然跃起，啄了张艮手背。张艮的手背被啄烂一块，立时流出血来。张艮跺跺脚，公鸡蹿上树去了，张艮从地上捻了一撮土按在伤口上，公鸡从树上下来又来挑衅，张艮笑着说："这家伙就好跟我斗，每天都要斗上一斗，不斗就像瘾没过一样。"这是在张艮家看到的平常一景。

朱金的话才开了个头，张艮很决绝地说："二两棉花没弹（谈）头，不要说你们是镇长助理、村长，就是区委书记区长来了也没用。"朱金说："城市要发展，我们要奔小康……"张艮打断朱金的话，说："讲话你到台上讲去，吨粮田上建高楼大厦就是发展了？农民住进楼房就是奔小康了？少打着发展小康的幌子榨我们这些人的油。"说着张艮拿出一个笔记本，翻开，"你们听着。"然后开始给我们念了《中华人民共和国宪法》第十三条规定，又念了《中华人民共和国村民委员会组织法》第十九条规定……朱金说："你不要念了，我们念的比你熟，听我说……"张艮吼了一声："听着!"继续念道：正是因为行政法规和地方性法规无视公民房屋住宅这一宪法性权利，导致了各地大量“依法”侵犯公民住宅权和房屋所有权的现象，导致了自焚等现象发生……由于行政权力的介入，加之有关拆迁补偿和安置都是霸王条款，被拆迁人同意也罢，不同意也罢，都得拆，严重侵害了被拆迁人的利益，丝毫没有体现中央“立党为公，执政为民”的思想……鉴于这种情况，公民可以起诉政府！

张艮念的内容我在网上见过，应该是他下载的，张艮是会上网的。

朱金嘻嘻一笑说：“大卵泡能了，听你的意思是要起诉政府？”

张艮说：“当我不敢？你们这是违犯宪法。”

朱金说：“我给你说宪法也是可以修改的。”

张艮说：“你日能，你把宪法修改修改我看看。”

“宪法那是国家的，市上区上的决策才是我们的。”

“一切都该在宪法的基础上，你们把宪法就没当回事。”

“你咋就看不来势头，这事是大趋势，抗住扛不住的就乱抗。每次都抗，抗议住过几次？不怕丢人？！”

“我不怕丢人，这次抗得住我要抗，扛不住我也要抗！”

张艮把我们两个丢在院子里扛着锹就下田去了。

没有办法，镇长只能出面了。这次镇长特有耐心，专门带了茅台，在“福缘楼”摆了酒宴做张艮的思想工作。摆桌酒席解决问题，这是镇长经常用的手段。我喝酒不行，镇长对我说过，喝酒是重要工作之一，酒就是感情的黏合剂，是工作的催化剂，对上，酒杯一端，政策放宽，对下，酒瓶一提，称兄道弟，重要的是酒喝多了谁的脑袋都会发懵，事就好办了，所以你的酒量要提升。

张艮来是来了，可他一杯酒不喝，一口菜不吃。镇长劝酒可不是一般手段，端了酒杯咂得“滋滋”作响，说：“这么好的酒，你看你嘴撸得像个鸡沟子，痒不痒?”

张艮无动于衷，镇长又说：“事是事，酒是酒，今儿只喝酒不谈事，别把这当成鸿门宴。”

张艮说：“镇长摆鸿门宴，咱赴不够格，这点自知之明咱还是有的。”

“那你怕啥？不吃不喝，脸子掉得秤砣一样，好像咱们是阶级敌人，就凭咱们之间这些年的关系，请你喝顿酒不给面子？一点情意都没了?”镇长端起一杯酒递过去，说，“喝吧，知道你馋这一口，这是市委组织红色旅游去贵州遵义，我专门从茅台镇带回来的，真真的，这么好的酒啊，一杯就几十块，一直没舍得喝，就想和你喝了。”

张艮没接酒杯，镇长又说：“不要想着我们把你灌醉了想咋，要是灌醉了能解决问题，那倒好办了。”

朱金说： “你喝，没放蒙汗药，怕我们把你灌醉了按手印?”

张艮说：“说对了，我还真怕你们把我灌醉了按手印哩，你们现在啥事做不出来。”

镇长说：“你的意思你是杨白劳，我们是黄世仁了，你这是恶毒攻击社会主义，还是不是党员?”

张艮说：“镇长大人，现在这世道不是那世道了，你给我扣大帽子压不住人。”

镇长脸子就掉下来了，把酒杯重重地墩在桌上，说：“你说现在啥世道？不给面子？散场!”说着站起来就走。

张艮抓起酒杯一饮而尽，说：“别因我扫了大家的兴，事是事，酒是酒，镇长说的。”

酒一开喝，一桌子人围着张艮展开车轮战。张艮说：“你们弄错核心了，冷落了镇长让你们吃不了兜着走。”

镇长说：“这话错了，你现在多牛，我这个镇长在你眼里算个逑？你才是全镇的核心。”

“我哪里敢跟你镇长比呀，我张良就是再二，也没二到擞着杵子打月亮，不知道天高地厚。”

张艮说着站起来要走，朱金一把扯住说："别扫大家的兴，喝酒，喝酒。"

又喝了一轮，镇长端起酒在张艮的酒杯上一碰，说："到底想咋样？把你的条件说出来，只要不犯法，我全满足你，不满足你我就是这个。"说着一只手趴在另一只手上，十只指头勾动，做了个王八爬行的样子。

"我没条件。"张艮说。

"你别拿捏，都是男人，别拉蹲下尿尿的架势，有话摆到桌面上来。"

"我没拿捏，就是不想我那院子没了。"

"不就是个钱的事么？说出来，亏不了你。"

张艮"嚯"地站起来，"一说事，就说钱，一说事，就说钱，好像我就是为了钱。"

张艮要走，镇长一把按住说："不为钱为啥？为了跟我搅事？啥时变得像个裆里不吊家当的婆娘？"

"钱钱钱，你要说钱，那咱们就说钱，"张艮抓起一杯酒一饮而尽，"我家那院子一亩地大，盖楼能盖多少平方米？建两套别墅绰绰有余，城边上的地价涨到多少了，噢，你们一套房子就打发了，我就蠢到连这个账都算不出来？！"

“看看，说来讲去还不就是个钱的事?！补偿你放心，不会亏待农民的。”

“不会亏待农民？征一亩地上面给多少，我们拿到手多少，三分之一都不到吧。”

“好，张良，还有啥，把你心里想的全倒出来。”

“你说我那院子咋样?”

镇长沉思了一下说：“不错。”

“你说个实话，要是你，你是住楼房别墅还是住我那院子?”

镇长顿了一下说：“当然是住楼房别墅了。”

张良把酒杯往前一推，说：“说假话脸都不红，这话就说不下去了。”

“我说假话？你问问在座的谁不想住楼房别墅？他们中有多少人不在城里买了楼房搬到城里去了?”

“可你们在农村有房有院的哪个把房子院子卖了？不说别人就说你，你在城里没房子？咋不把老家的房子院子卖了？前年你不还翻盖得像别墅，说退休了要回来住，务劳果园，这话你说过没?”

镇长眉梢挑动了几下说：“跟我抬杠？将我的军?”

“这只是个比方，话赶话赶出来的，不要说楼房，就是别墅，有我那么大的果园？有我那些果树？有我那几窝燕子？几树喜鹊？”张艮盯着镇长说，“有一回你陪一个厅长来村里调研，第二天大厅长来了，坐四个圈的奥迪，比你那车高级，要买我那院落，跟我说你开个口，我不还价。”

镇长拿起铜勺敲着桌子说：“你把事摊开了，咱们就往明里说，宅基地一户只有四分，现在你家宅基地占了一亩多地，超了面积，按规定那是要处罚的，对你我可一直是睁一眼闭一眼的。”

张艮说：“糊弄我？别老拿法律政策来糊弄老百姓，也别对我说睁一眼闭一眼，这情我不领，我家建筑面积没有超四分，有六分地是园子，每家每户都是这样规划的，要说政策规定，镇上不还提倡发展庭院经济，说要把园子扩大到两亩，培育一亩园，胜过十亩田，谁说的？墙上标语的印子还没擦干净哩，这几年园子刚得上利，你们又这样说，你们是孙悟空转世的，七十二变?!”

镇长用铜勺狠敲一下桌子，说：“你搞清楚，没有拿到盖坨的本儿，一切都不是你说了算，那坨儿还不是政府盖的?!”

张艮也拿起铜勺敲了一下桌子，说：“你要说坨儿，咱们就说坨儿，你那坨儿大得过中央的坨儿？中央三番五次地说土地三十年不变，宅基地是受宪法保护的，镇长，你们这么算计农民土地，是不是违法的？”

镇长把勺子扔到桌子，点了根烟，说：“算计农民土地？这是为了土地增值，为了和谐发展，建设小康社会，你连这么点觉悟都没有？”

“觉悟？”张艮也点了根烟，说，“张川、合谷、张庄的地征的时候也说是为了发展，结果建了多少别墅，一栋别墅一百多万地卖，住进去的不是官员就是老板，人家把那里叫中南海，农民进城上了楼，老板领导往乡下来了，这也是和谐发展？上千亩的好地，建个高尔夫球场，就那么十来个人打来打去，也是建设小康社会？”

镇长脸子不好看了，副镇长拍拍桌子说：“胡联系什么，这是城市发展的需要，也是新农村建设的需要。”

“新农村建设就不要农民？农民不种地就是奔小康了，住进楼房就是城里人了？中央政策是这意思？你对中央政策的理解有大问题。”张艮站起来说，“镇长，逼着农民卖牛，赶着农民上楼，报纸上都批评哩。”

镇长一拍桌子站起来，“张艮，我实话告诉你这事你扛不住，我也扛不住，县长也扛不住，这是一把手工程。”

张艮也拍了一下桌子说：“听不进去就拍桌子，有不同意见就说是扛，这是做思想工作？这是硬往下拿来了，要说做思想工作，该是双方面的对不？谁正确按谁说的办？不要以为你们就比我们正确，你们做事心里想的啥敢说吗？”

镇长又抓起勺子敲着桌子说：“你到底想咋？开个价，我不还价。”

张艮说：“没有价，我就想保住我的院子，我家人老几辈子住了几十年了。”

“我看你是脑子进水了，你说这些年你扛来扛去扛赢过几次？我给你说规划都做完了，你不同意就把规划废了？你这是螳螂挡车，会被历史的车轮碾碎的！”

“那我就与我的院子共存亡。”

镇长嘿嘿一笑说：“左手提个汽油桶，右手捏着大火机，披一身阳光，像英雄一样站在房顶上。”

“那也不一定。”

“这么说你是甘愿要做个钉子户？”

张艮拍一把桌子说：“钉子户？给我扣帽子是不，我要成了钉子户，都是你们逼的！”

“你是张艮也好，你是张良也罢，我告诉你，跟你这么客气是念及我们过去的交情，别以为谁真的怕你，你要当钉子户，我用老虎钳撬了你这颗钉，每次都做这不赢人的事，还上瘾了。”

张艮站起来说：“酒我喝了，你要说我是钉子户我就是钉子户了。”说罢走了，到门口，又回过头来，“你们都听着，这次我跟你叫明喊响，我要上访。”镇长坐在那里一言不发，脸如黑铁。

工作没有做通，张艮成了风向标，核桃村许多人开始反水。朱金就像热锅上的蚂蚁，镇长吼着说核桃村不是你朱家人的天下么，你连朱家人都搞不定?！朱金说镇长，现在的人认钱不认祖宗！

3

中心大街东段就走了四十分钟，刚上西二环，手机又响了，镇长问张良找到没？我怕张艮听到，悄声说就在车上。镇长说你把车停在路边，下车听我说，别让他听见了。我把车停在停车带，下了车。镇长说你要提高警惕守住他，别让他溜了，他鬼得很，就跟风一样一眨眼不见了。我说好的，好的。上了车，张艮盯着我问是大麻子吧？我说不是，一个朋友说了个事。张艮撇撇嘴说鬼鬼祟祟的，从你们嘴里听不到实话的。我无言以对。

第一次去张艮家是我到拐子镇上班的第三天。提倡现代农业规模化，镇上加大招商引资力度，引进了开发商，在核桃村推行土地流转搞现代农业。核桃村有十来户不同意土地流转，大都是像张艮这样年纪的人，倒不是故意抵抗，从中多啃几个钱，而是土地他们想自己种，理由是他们老了。经过发扬啃骨头精神，攻坚克难做工作，最后就剩下张艮一家。镇长带着我、村长朱金一起去给张艮做工作。

那是我第一次走进核桃村，感觉就是进了世内桃源，阡陌纵横，沟渠若织，树木夹道，渠水潺潺，清爽的风携来谷禾的馨香，村巷中狗吠鸡鸣，牛歌羊唱，大人荷锄，小孩追嬉。走进院门，张艮正和一个老汉在葡萄架下棋。几架葡萄藤条扯上房顶，与房屋之间形成了一个自然凉棚，葡萄就像一串串凝固的水滴垂挂下来。葡萄藤下摆着的桌凳虽然粗陋，却都是实木的。张艮收拾棋子，镇长说别，下完，下完。张艮说大镇长来了，还下啥棋，要全体起立致敬，可惜没准备放国歌，没铺红地毯，镇长已经走习惯了，三天两头开业奠基哩。正是杏、李、桃黄熟时节，张艮提着竹篮进了园子去摘水果。

这是座典型的农家四合院，一排五间砖瓦房两边各一耳房，错落有致，贴了杏粉的瓷砖，装饰了翘檐鸱吻，屋脊上有两对瓷鸽子。檐下三窝燕子，飞来飞去，燕子窝不是垒在椽子和墙壁之间，而是用钢筋和钢丝拧好后钉在屋檐下，燕子衔泥搭筑而成。靠院墙根一排杨树长得高大茂盛，擞着几窝喜鹊，喳喳喳飞着。房屋坐落在园子正中，前院后园花木扶疏，缀满了果实，树间各种各有几畦，埂上搭着竹架，黄瓜、刀豆、茄子、西红柿，各有几架，一窝刚抱出来的鸡娃，就像一团团蒲公英球在树下蹿跳。我想起那句被房地产广告大肆运用的名言：诗意地，栖居。

一时半会儿，张艮就摘了一篮杏、桃、黄瓜、西红柿和早熟苹果，洗后端上来："没喷药，没上化肥，是你们说的绿色的有机的。"

我说："不喷药不生虫子？"

张艮说："你看，燕子、喜鹊、麻雀、鸡、鸽子，生了虫子正是它们一道好菜哩，我这些鸡完全可以称得上虫草鸡。"

镇长抓了西红柿边吃边说："男人要多吃这，番茄红素对前列腺好。"

张艮嘻嘻一笑说："前列腺是大县，镇长这么干下去，以后肯定会去当县长。"

镇长把一颗棋子砸向张艮，说："说正事，你想干啥？"

"我就想留点地自己种。"

“一亩地你辛辛苦苦干一年，抛掉所有投入，净收入多少钱？你说。”

张艮一张嘴，镇长摆摆手说：“八百，是吧。”

“那要看账咋算了。”

“咋算，专家都算了多少遍了，政府会坑农害农？”

“哼，专家算账……”

“你说话别扯蔓，一点苦不下，每亩地立马拿八百，你不同意?!”镇长用棋子敲着棋子，“我看你是福烧得!”

“镇长，账不是那么算的。”

“那账该怎么算？地别人给你种了，收入一分都不少你的，腾出时间打工，这账还要拿计算器算?”

“镇长，你……”

“我咋了？你对我大麻子有意见可以提，这个态度可不行。”

“镇长，你总不能让人不说话吧?”

“没工夫听你说，对上次的事还耿耿于怀？你往明白里说。”

张艮绷大眼睛说：“上次啥事?”

“别给我装蒜！我知道你对上次换届选举的事心怀不满。”

“天地良心，就是让我上也选不上，这核桃村是人家朱家人的天下。”

朱金不高兴了，说：“大卵泡，你的意思是我拉选票了？”

张艮啧啧啧地说：“核桃村百分之八十以上是你老朱家人，还用拉？你这脑子还当啥村长？！”

镇长说的那次村委会换届我还没到拐子镇，关于那次村委会换届事，是镇长秘书刘强告诉我的。市委给拐子镇一个村优秀干部名额，镇委把这个荣誉给了朱金。要给朱金整先进材料，镇长派我和刘强一起去写。一进核桃村村口，碰见了张艮，打过招呼，刘强说张艮这人其实比朱金能力强，能干会干，看得远，心思稠密。我说那为啥没让他上呢？刘强就给我讲了那次换届的事。

那次村上换届正值市上提出温棚提质增效工程，一个最明确的目标是消灭土棚。拐子镇大面积温棚都在高速公路两侧，连片的土棚影响全市形象，这也是推进改造的重要原因。为了赏心悦目，市上制定了统一标准，由专业施工队统一搭建，这样一个高标准大棚投资就上了十万。为了推动这一工程实施，省、市、县、镇四级对建设高标准大棚给予补助，一个大棚补助五万元，其余的由农户自行筹措，镇上担保贴息贷款。核桃村被列为全市重点推进示范村。高标准温棚建设动员会一开，一听国家补助五万，政府还出面担保贷贴息贷款，核桃村人积极性很高，因为自行搭建温棚，市上一分不补，也不担保贷款。张艮有两座温棚，却不愿意改造搭建高标准温棚。要说温棚种植张艮是老行家了，温棚蔬菜瓜果是核桃村传统产业，百分之八十的温棚都是他带人搭建的。张艮不仅不积极配合，还给大家算了个账：搭建一个普通大棚也就是上面说的土棚，三万就出来，要是互相帮工搭建，有两万就出来了，而搭建高标准大棚得十万。高标准大棚寿命是十年，土棚用十年也没问题，产出也差不多，而以砖混砌筑的高标准温棚墙体薄，保温效果不及土棚，抗大风能力也差，而且每年维修费用又高得多。一个棚一年除去各种投入，按当年净收入一万元算，十年十万，高标准大棚补五万，自己最少得掏五万，十年能落五万。土棚投入按三万算，十年能落多少？七万。张艮说：“你们不是不会算账，是老想着占那五万便宜把脑子糊住了?!”张艮的账一算，核桃村人积极性就不高了。镇长简直气爆炸了，扑到张艮家一通吼骂，张艮说说一千道一万，建高标准温棚的目的在于增加收入……镇长说明白地跟你说，不是算账的问题，这是政治问题，一是土棚影响全市形象，一是全省全市观摩、考察、调研都需要这么一个点。张艮说噢，是政绩工程，拿大家的利益做政绩工程？镇长恶恶地说张艮，你不要乱搅，现在是你的关键时期，还想不想干村长？张艮说镇长，这不是想不想干村长的问题……镇长就爆了，说对于你来说这是一码事，连这个都拎不清，给人算账哩，好好算算自己的账吧。结果高标准温棚在核桃村推行不得力，核桃村人提出补七万就干，镇长暴怒，可众怒难犯，没办法，只能调整到张庄推行高标准温棚建设示范，张庄人搭建的积极性很高。其实也不是张庄人不会算账，而是镇上急于要推开，提高了搭建高标准大棚的补助，每栋棚补助提升到五万元，并加补三千块砖，一个卷机，这样下来也就等于一个棚补了七万。核桃村人又觉得自己吃亏了，都回过头来骂张艮简直就是个败家子，老鼠屎，不说产出多少，就是十年后那些砖头和钢筋拆下来盖房子也节省不少钱，何况还担保无息贷款还可以投资干别的。高标准大棚在张庄推开后，各路领导隔三岔五在张庄调研考察，记者也跟着写呀拍的，报纸电视上吹得天花乱坠，说效益显著，硕果累累，一个棚收入翻了两番。核桃村人就更觉得吃亏，就揶揄张艮说张庄人把风头出尽了，天天握大领导的手，光好运都沾不少哩。换届时张艮的村长候选人资格直接就给取消了。一年后，核桃村人就不骂张艮了，因为高标准大棚种植和维修费用远比土棚要高，加之菜价又跌得厉害。第二年又遭遇汶川大地震后，拐子镇一带在地震带上，多数高标准温棚地基下陷，砖墙倒了不少，没倒的裂了一道道大口，不大修大补种不了，要是土棚几千块就修补出来了，可是高标准温棚要修补就不是几千块钱的事了，上面只能继续补钱，修补费用补三分之一，自筹三分之二。还没挣到钱又要往里贴钱，张庄人不干，许多人撂了温棚进城打工，就出现了高标准温棚空置的现象，新华社、中央电视台都做了报道，更麻烦的是为了鼓励搭建温棚由镇政府担保的贷款也还不上，只能由政府背着。张艮说政府欠账，天经地义，虱多不痒，账多不愁，政府脊背宽背重，难道把镇长家锅砸了卖铁还债不成。这话传到了镇长耳朵，镇长连拍了三把桌子说张艮，你个大卵泡！结果在全镇大会上，镇长的讲话里写了“以张艮为例”这样的话，并即兴发挥就作了演讲式讲话，张艮连核桃村村委会班子也没进得去。从此“以张艮为例”就成了人们的口头禅，动不动被提及。张艮为此大拍镇长桌子。

镇长站起来说：“你说你咋就成这样的人了?”

张艮说：“我成啥样的人了?”

镇长蜷了中指敲着玻璃茶几说：“你看你现在的做派，还要我细说？我三番五次跑来给你做工作你身价就高了？一点觉悟都没有，还是个老党员。”

张艮说："你听我说行吗？"

"你有啥说的？通过土地流转把劳动力解放出来，进城打工，拓宽农民增收渠道，你当政府是害你们哩？！"镇长说着就往外走。

张艮撵了几步说："镇长，做事不能老是一刀切，对年轻人当然好了，像我这样五十奔六十的人，到城里睡半夜起五更让人家吆喝着抱砖头垒石头？"

镇长回头拍拍张艮的肩膀说："别跟我搅了，赶紧把字签了，把地交出来，别再让我往你家跑了。不想打工你就在家睡着，还能把你张艮饿下不成？要饿下了到我家吃去，行不？"

张艮说："我……"

镇长说："你咋？赶紧把字给我签了。"

张艮跺着脚说："你让我说话行不？"

"我说得还不明白？你有啥说的！"镇长说，"我都忙得火烧逑毛，恨不得到花果山找孙大圣学个分身术。"

从张艮家出来，朱金说："他这么一扛，许多人都跟着扛，工作就不好做了。"

那时间我还没经验，冒冒失失说："其实他说的也有道理，五十奔六十的人进城打工？让人家吆喝着，人总活得有个尊严。”

镇长瞪了我一眼说：“三天内把他给我拿下，这是对你的考验，不然到时停你的职。”

怎么做工作，张艮就是不干，最后一商量，干脆不理张艮，一家人影响不了大局。可开发商要把分割成一块一块的土地整合联片机械化种植，张艮的土地却横在中间，开发商动弹不了。经过我和朱金撵前撵后的做工作，张艮退让一步说也不能因为我影响了政府一盘棋，把我的地对换到地头拐角，我不嫌地头拐角地力薄吃亏，他种他的，我种我的。开发商同意了，可一汇报，镇长不同意，说留他一小块，就像一个补丁，领导下来视察调研看上去好看？再说留这么个尾巴，那就是个导火索，会影响得其他人反水，继续做工作。又说告诉张艮，我要再去，就用老虎钳拔他这个钉子！我们再去，张艮还是很硬。

正当我们急得像热锅上的蚂蚁，张艮签字了。倒不是让镇长的话吓着了，也不是我和朱金工作的结晶，而是因为他不签字，开发商就卡住不给签了字的农户发流转费，而且说放风要到别处去发展。现在的家基本上都是年轻人在当，他们在城里打工多年，对种地没兴趣，对土地更没感情，就想把土地流转费拿到手一心一意打工发展，张艮不签字，他们拿不到钱，就都把矛头对准了张艮，骂张艮是害群之马，搅屎棍，老鼠屎。当然不是当着张艮的面骂，而是在张艮的儿子跟前把话骂了出来。儿子受不了，回家做通了老爹的思想工作。可我总觉得这是朱金背后来的一手，拿住了张艮的儿子。朱金却说不是他干的。签字的时候，张艮又提出条件，开发商征地合同是一签五年，他要一年一签。开发商不同意，说我是长线投资，要是一年一签，第二年都变了卦，我投资进去的怎么收回？开发商说再说一年一签跟一签五年也没啥区别。张艮瞪了开发商一眼说奸商！张艮的理由很充分，说现在物价一眨就涨了，为啥承包费五年不变。朱金说合同上写得清楚，每年上浮百分之十，你仔细看。张艮说这也算涨？百分之十也就是一亩地长八十块钱，大米一斤从一块多到两块多现在都奔三块了，才用了多长时间，这可都是吨粮田，一亩地一年涨八十块，一斤米才涨了几分钱？五百块钱去年能买四百斤米，现在连两百斤米都买不到，而且还在涨，这账你不会算？你比猴还精，不是算不来这个账，是你把我们当傻瓜待啊。按现在这么占地，粮食以后会涨出天价来的，要我说土地流转就不该以一年一亩给多少钱而是多少斤米来算。开发商慌乱地给发了一支“中华”说不说这些了，朱村长，这事你别管了，我来和老张协商解决。显然这账开发商算得比谁都精，形势比谁都看都准，怕张艮把这喊出去，村民集体反水。晚上开发商直接找张艮谈，给张艮拍出两千块钱。张艮说咋，小看我么？开发商又拍出三千块钱，张艮说一年给我这么多？开发商说你做梦娶模特哩，你才几亩地？张艮跳了起来，一把将钱抛落地上，说我是为了钱？拿了这钱我就富了？拿了这钱我成啥人了？唛！我多少年的党员不说，几年的村长就当了这么个德行？我不真成了搅屎棍、钉子户、老鼠屎了？我就这点觉悟都没有？开发商说好好，你别又喊又叫的，我跟你一年一签，不过你出去不要乱讲，私下啥都好说。张艮说我给你说，纸是包不住火的，农民不是傻瓜，只是一时脑子糊住了，明白过来就该跟你闹了，你当签了字就把人拿住了？到时候没人管你这合同那合同的。签字后开发商把一千块钱塞给张艮，张艮说五千我都没要，要你这一千，你真把我们这些人当傻子呀！

第二年，核桃村人果然集体闹起事来，不让机械下田，开发商急得团团转，机械种植也得撵着时令走。镇长来做工作，没人给面子。最后开发商只能每亩涨了一百五。涨了租金开发商又喊着亏了，干不下去，跟县上镇上较劲，两级又通过项目给予开发商补助。这事结了，镇长专门来了一趟张艮家，说你煽动群众给我出难题，这么做有意思么？对你到底有什么好处？张艮说镇长，你当老百姓像你们想的那么蠢？这明摆着的账谁不会算，还要人煽动呀！年底，镇长在讲话中再次讲了“以张艮为例”，并警告对带头闹事给予绝不姑息。张艮扑到镇长办公室又跟镇长大吵一通。

4

车内反视镜里的张艮一脸怒容，为了缓和一下气氛，我把烟盒抛给张艮，说：“自己抽。”张艮看看我递过去的那盒烟，说：“助理，你这烟不上档次。”我笑笑说：“能有个抽就不错了，还啥档次不档次的。”张艮说：“慢慢你就会上档次了，大麻子一开始抽两块钱一包的烟，现在抽到六七十块一包的‘中华’了，都是卖地卖出的好生活啊。”我说：“可不是一般人都会有这样的提升的。”张艮说：“你是研究生，还升不过个他，他是部队下来的，初中生的底底子，肚里没几滴墨水，更没啥水平，解决问题就知道大嗓门吼，拍桌子踢板凳，武断，听不进去话，人家话才开了个头，就给吼断了，现在你们这种高级知识分子吃香着哩。”又说，“以后你比他厉害。”

研究生毕业后，我连续考了四年公务员，无果。每次笔试都入围了，成绩名列前茅，人嘛长得也不寒碜，个头一米七八，浓眉大眼，可是一经面试即遭淘汰。2008 年入围后，考到区委做了秘书的同学专门对我进行了洗脑式辅导和面试演练，他就像领导一样敲着桌子训导我说别一张口就是曼昆、斯蒂格利兹、平狄克、多恩布什，闭口就是《经济学》《经济学原理》《西方经济学》《货币战争》，你当下面坐的是研究生，他们有些高中都没毕业，听都没听过，你在他们面前大讲特讲，他们就认为你是在卖弄，是在给他们上课，是在耍笑他们，印象好得了？给你的结论就会有这样的词：纸上谈兵，华而不实，甚至是胡吹冒料，不切实际。多冠冕堂皇！你得研究各级领导讲话、理论文章，枯燥的数据，GDP、人均收入、消费支出，这工程那工程，该背的要背，该记的要记，千万别老是拿自己的眼光观察社会分析社会，而是要用领导的视角、思路、观点进行分析、阐述，要引用领导讲话的内容，始终要围绕一个核心——发展是硬道理，尽管发展引发了这样那样的问题，但绝对不能否定发展，更不能发牢骚批判，不要放开眼界，纵观天下地海阔天空，要结合本地实际，从省到市，从县到乡，张家村李家寨王家井陈家堡的，心里可以蔑视他们，但表情要喜悦，态度要谦逊，口气要卑微，遇到你没接触过，陌生的，不懂的，你就多用发展呀民生呀城镇化呀共享呀福祉呀这些词，哪怕是驴唇不对马嘴，文不对题，绝对不能像论文答辩那样，整住了就像个乌眼鸡，嘴肿得张都张不开，死场最扣分，要知道面试给你打分的不是抠字眼查出处找根据的教授学者，都是些官员，即使是所谓的专家学者，也是从官场上混出来浪得的虚名，这些人不是从你回答的深度、专业、逻辑上来判断你，而是从你的表情、谈吐、举止上来判断你。同学还给圈定了重点，整理了条儿。这起到了关键作用，面试时我把记下的领导讲话内容、工程、数据、地名全用上了。四年间各种面试参加十几次，临场不怯，口齿伶俐，结果我从一千多名参加面试的莘莘学子中脱颖而出，拔得头筹，直接进入拐子镇领导层，做了镇长助理，享受副科级待遇。当时我没觉得有什么，可到了拐子镇我才明白，乡镇一级的干部多数人一辈子能弄个副科级就算是祖坟冒青烟了。送我到岗时，组织部一名干部说拐子镇这几年发展得快，全国各地来学习考察的多，研究生当镇长助理，含金量就高了。

进入拐子镇地界，镇长电话又来了，我说马上到了。镇长说掉头，掉头。我说掉头？去哪里？镇长说你把车停在路边，下车听我说。我把车靠边停了。镇长说去哪里都行，就是不要回来。我说不要回来？镇长说我忙昏了头，忘了领导视察调研这茬了，你也不往细里想想？你这个助理是咋当的？你把他拉回来控制得了，他这两天正疯了一样找上层哩，冲到队伍中一搅，领导面子上能挂得住？那不把天戳了个大窟窿？我说那、那我拉着他咋办？镇长说你拉着他往远走，越远越好，这事不能有个闪失，领导们在镇里要活动一天，领导一高兴，项目资金政策就滚滚而来，机遇千载难逢啊。我说明白，明白，我一定千方百计守住他。镇长说别掉以轻心，这事不是小事，要让他把事搅了，我拿你是问！

上了车，张艮说：“又是大麻子的电话。”我点点头，掉转车头，又往城里走。张艮说：“咋又掉头了？”我说：“临时有点急事，我得处理一下。”张艮说：“都快到了，你把我放在公交站牌前，我自己回去。”我说：“事情简单，办完就送你回去。”张艮的大巴掌“嘭嘭”地拍着我的靠背说：“你这人咋这样，停车。”我说：“办事用不了多长时间，你知道领导让我把你领回去，我得把你领回去。”我点了根烟递给他说：“别难为我嘛。”我知道这句话很不道德，很不仗义，但我知道很有分量，能拿得住他。

2009 年是共和国六十周年华诞，上面要求各地严查矛盾隐患，把各种矛盾消化在基层，一句话绝对不允许到北京上访，一票否决。维稳成了首要任务，重中之重。看好自己的人，镇上专门开了会，把每个村的“刺头”捋了捋，依旧采取盯人战术，每个干部都成了守门员，严防死守，我的任务就是盯住张艮。我对镇长说张艮还是有觉悟的，应该不会到北京上访，再说这种事上访好像理由不具体不充足。镇长绷了我一眼说别把他想得那么高尚，人心隔肚皮，园区征地他到现在没签字，喊明叫响要上访。

年初，市上建设拐子镇经济开发园区，张艮家三亩地被征，又不同意，我又奉镇长之命配合朱金去给张艮做思想工作，张艮说我就剩下那点地了，你们可怜可怜我，给我留点地好不好，给我留点活好不好，不要赶尽杀绝，我给你们磕头行不行。“张口闭口打工是铁杆庄稼，把土地交出来出去打工，年轻人身强力壮，打工有闯劲，像我眼看着六十了，在城里都退休了，也进城揽活打工？人家还有个要不要，就是要下了人家也多嫌么，喊工派活就像吆牛喝驴，啥话都能骂你，啥人都能骂你。一样的活，苦没少下，可人家觉得咱是来混钱的，吃那下眼饭？受不了那眼神受不了那口气。那年打工，工地上的钢筋让人偷着卖了，硬按在我们身上，关在黑房子里当贼一样审，那语言难听的，日妈喝爹翻先人道亡人的。后来案破了，是城里人干的，可谁来给我们道过歉？年轻人咽得下这口气，我这个年纪的人咽不下去么……毛主席为啥说一分为二，就是要切合实际，农村到我这年岁，儿女都成家立业了，没啥负担，自己务劳几亩地，苦又不大，能养活得住自己，儿女们负担也轻。活也干了，身体也锻炼了，如今的人七八十岁的活哩，到死还有十几二十年的光景啊，长拖拖的，啥都不干，睡在楼房里等死？……

“不说别的，就说我这院子，前院后园，杏、桃、李、梨、苹果、枣、葡萄，各有几树，不说开春一树一树的花朵看着心情有多舒坦，说实惠的，从果子能吃开始吃，连吃带送的，到了秋上，屋下的地窖里窖上点，一年都有吃的。进城走亲戚看朋友摘篮水果也是好礼。树间、墙边种菜点豆，葱、蒜、白菜、菠菜、刀豆、条豆，丝瓜、葫芦、黄瓜、黄豆、蚕豆、玉米、花生，撒上几绺，点上几畦，搭上几架，一家人一年吃不完还有卖的。做饭时摘几个铲一把挖几棵，鲜嫩，都是绿色有机的。喂头猪，瘪粮食麸子稻壳谷衣喂养上一年，腌一缸肉，一家人吃一年，比城里喂了激素注了水的肉放心。喂上几只羊，沟渠路旁到处都是草，下田回来顺手割上一捆，一年咋也吃几只羊。再养上一群鸡，虫虫草草的，都不用喂，哪年不吃十几只鸡，下蛋的时候，搭把玉米就行了，蛋都吃不完。一年一个人花在嘴上的钱，瓜果蔬菜肉蛋占到四分之三还要多，这是专家算的，报纸上报道的。你们下来跟农民一算账就是种一年粮，抛去各种开支，一亩地挣多少给你多少钱，听上去就像是占了多大便宜，谁算过农民有地一年省了多少钱？省下的钱就不是钱了？去年过年去看儿子，到了楼下，儿子打电话让我带几根葱，再买个青萝卜。我去买葱，人家问要几根，我才知道葱都一根一根卖，一把子葱十根，二十块，一个萝卜要了我五块，把所有菜价问了一遍，我就明白儿子和媳妇一个月挣三四千块，就供养着一个念书娃娃，为啥日子老过得抠抠掐掐的……”

张艮流泪了。

张艮不同意，最后只能镇长出面了，张艮说这次你们把我关了，我也不同意，逼急了我就上访。

张艮知道了镇上安排我监视他，气势汹汹冲进镇长办公室，拍着桌子说把我列入黑名单，你把我当啥人看啊，我是刁民，是反革命？我就那么没觉悟？就是我要上访，你们盯住得，拦得住？张艮一出门，镇长就把我叫过去恶狠狠地训开了，说你怎么嘴比小姐的裤腰带还松？我说真不是我说出去的。或许是镇长在什么别的场合说漏了嘴，别人传了话，镇长喝醉了，也是管不住嘴的。可领导就这样，自己拉下的屎老让别人坐回去。谁知这时张艮又踢门进来了，说你别怨人家助理，你在“红景天”搞腐败，给人家说的，雅座服务员是我家亲戚。我从内心感激张艮，否则这黑锅我是背上了，背黑锅倒也没啥，问题是年底我要转正。张艮出门后镇长对我说给我盯紧了，别被他给的“善意”迷惑了。

然而，几天后，张艮就跑到北京去了。我去张艮家，一进院门就觉得要坏事，因为那摇椅上没有张艮，大圆桌落了一层灰尘，那只大公鸡寂寞地在院里乱晃悠，见了我扑着啄我。屋里走出一个姑娘，看看我说我舅不在。我说你是？姑娘说我是他外甥女，他们去北京了。我的头皮就麻了，立刻给张艮打电话，张艮关机了。我还没想好对策，镇长已经得到消息，把我叫到办公室一顿好训，说让你提高警惕，整日盯着他，秋风过了驴耳了，你整日都在瞎忙啥？我心里说整日盯着，睡到他们家？镇长拍着桌子说给我找去，一定要找到他，不能让人家登记了，上北京上访那就是重大事件，省上要挂号的，一票否决没商量，知道事态的严重性不？镇长打电话叫来会计说支上两万元钱。按规定我这样级别是没资格坐飞机的，可这是特殊情况，事急呀，我想如果有火箭、宇宙飞船，镇长都会让我坐的。会计拿来钱，我打了借据，镇长说和朱金一块儿去，对了，到城里把他儿子带上，告诉他儿子，拦不回他爹来他那份工作，悬。从镇长办公室出来，就给朱金打电话，朱金说我在城里办事，你先去他儿子家探探情况，我办完事找你。我匆忙赶到张艮的儿子家。

张艮儿子和张艮很像，大个头，身材板正。我把来意说了，张艮儿子笑笑说你们多心了，他和我妈去旅游了，今年是六十周年大庆，以前下放过一个老右，在我家吃住三年，很记情，一直请叫我们一家到北京浪去，我爹觉得给人家添麻烦，一直没去，前几天老右说今年是六十周年大庆，又是他八十大寿，他身体不行了，再不去怕就见不上他了，非要叫我们一家去一趟，我妈没去过北京，想看看毛主席，他们这才去了。我说你咋没去？他说金融危机，公司最近刚刚裁了一批人，一人顶两个岗，走不脱，我媳妇他们厂也是这种情况，走了回来就失业了。我点点头，张艮儿子说我爹不会这么做事的，绝对不会的。我说老右家的号码有没？他说我没有，我爹有，我打电话问一下。我说他关机，我刚打过。他说他那人抠，怕长途加漫游的费钱。我按张艮儿子的话给镇长汇报了一下，镇长说你咋不用你发散性思维想想，如果他们一家人合谋好的呢？这事绝对不能有闪失，别在这里磨蹭，快去北京找，下午就坐飞机去，路上给他儿子加加压，不用我教吧。我没有把镇长的话说给张艮儿子，我不想给他施加压力，只是说你能请假陪我们去找一趟吗？张艮儿子面露难色说公司可能还要裁人，再说我爹要是真的上访了，我去了也叫不回来，他那人你们知道的。我说那就算了。我把情况给朱金说了，朱金说不去就不去了，镇长也是，老给人家儿子给啥为难，不仗义么。

去机场的路上，我说北京城那么大，上哪里去找？朱金说东庄，在北京丰台区，国务院信访办、国家信访局和最高人民法院接访办都在那附近，紧邻北京南站，全国各地的上访者都在那里。我说你很熟悉？朱金说往回领过人。候机的时候朱金说我估摸大卵泡不是去上访，征地全国都这么个形势么。我说我也觉得不会。朱金说镇长是让大卵泡给整毛了。我问朱金为啥把张艮叫大卵泡？朱金哈哈一笑说小时候逞能打狗，结果反被狗追撵，跑得把气卵子挣下来了，就像个气球，好长一段时间走路叉着腿迈着八字步，像个鸭子。

到了北京，下飞机，直奔北京著名的“上访村”东庄，在附近登记了个酒店住下，从窝棚到地下室开始盘查，整整两天，没有见到张艮。这里聚集的人太多，窝棚、地下室也太多，朱金又说找也是白找，他要是真正来上访了，看到我们就会躲起来，他在暗处，我们在明处。话是这么说，可除了盘着找再没招数，重要的是不能让他登记了。第三天早晨，我们正继续盘找，我接到了一个电话，北京号码，一接竟然是张艮。我忙问你在哪里？他不接话茬，就吼开了，你们咋不相信人，我说了要上访会跟你们喊明叫响了上访的，你们这么弄，叫别人还真以为我上访了，不是坏我的名声，咹?！我说我们一起回吧。张艮说我出来旅游来了，跟你们回啥？朱金接过电话说你个大卵泡啥意思？大麻子恨不能把我煮了，手机上骂了我两个小时，我朱家老先人都在坟里睡不安宁。张艮嘿嘿一笑说真解恨啊，该。朱金说你早不旅游晚不旅游，这时间出来旅游？张艮说屁话，六十周年，世界各地的人都到北京旅游，我就不行了?！朱金说你啥时回？我们得把你领回去。张艮说那我更不能和你们一起回去，一起回去让别人真以为我上访来了，你们先回，我还要住几天再回，好多地方还没逛，毛主席他老人家还没看上哩，出来一趟容易？朱金说你不跟我们回去，大麻子饶不了我。张艮嘿嘿一笑说你是村长，该代我们百姓受过，这才有威信么。我接过电话问你咋知道我们找你？张艮说我打电话给儿子报平安，儿子说你们找我。

回到宾馆，我和朱金商量要不要给镇长汇报，我说他不是上访就不用汇报了吧。朱金说还是汇报一下吧，镇长正在关键时期，汇报了万一出个啥事到时也好支应。我说镇长在关键时期？朱金说书记要升了，他想接书记，接了书记就能进区委常委，咱拐子镇重要么，书记都兼区委常委，这个台阶对他这个年龄来说很重要。朱金看看我说你是助理不知道？我说听说了，只是对官场上的渠渠道道还不大清楚。朱金说大卵泡是想通过这一招给镇长施加压力。我说给镇长压力顶啥用，这事不是镇长能顶得住的？他不知道？朱金笑笑说他当然知道镇长现在顶不住，可这项目起初是镇长费了九牛二虎之力跑来的，他对镇长当然不满了，想出一口气。

打通镇长的电话，把情况汇报了一下，镇长说简单，你太简单了，万一他摆迷魂阵呢？你们陪着他一起逛逛北京，到时候把他带回来，绝对不能让登记了。停顿一下又说你告诉张良，盯住他是你的任务，关系到年底你的转正，他再这么下去会坏了你的大事。我调出张良打来的那个电话，拨过去，是一个老人接的电话，我说我找张良。老人说你打错了，我家没有张艮。我一想忙说张良。老人说你等等。张良接了电话，我把陪他们逛逛北京的意思一说，张良有些火了，说这个大麻子，就是不相信我，你们回吧，我对着灯对着太阳给你们发誓行不？思考再三，我还是把镇长说的事关我转正的话说给了张良，张良停顿了一会儿说好吧，后天我就回去。我说那咱们一起回吧。张良彻底火了说和你们一起回去别人就真以为我上访来了，我成了啥人了！就挂断了。

我看看朱金说咋办？朱金说明天待一天，后天回去，尽管不是一起回去的，但是同一天，镇长也不会发太大的火。我点点头。第二天，我们逛了故宫博物院、天坛。第三天，到了机场，在候机大厅竟然和张良相遇了。张良气得拍着大腿说我的老天爷，你们就是瘟神，躲都躲不开。朱金说你说你这个大卵泡把人咋害下了，我们在这机场睡了一天一夜等你。张艮说我把你们害得，咋不说你们把我害得，我把火车票都订下了，又改飞机，坐一趟飞机等于坐三趟火车。朱金很大气地说回去我给你报销。张艮说不稀罕，老右儿子买的，人家那才叫有钱，公司都开到美国了，挣美元哩，有本事都挣美元去么，盯着农民的利益搞啥么。候机时，朱金上厕所，张艮对我说你放心，在你转正的事上大麻子不会为难你，这一点我了解他，大麻子就是有些急功近利，心还是善着哩，要是他在这事上为难你，那就太没水平了，我不把他家的锅砸了我不姓张！我笑说谢谢。张艮说老右是个大知识分子，家里几屋子书，像图书馆，我能读书看报这点底子，还是他鼓励的结果，在我们家住的时候他说过一句话，人不读书就像瞎子，我爹把这话听进去了，家里再困难也供我读书，可没赶上好时候，我上学那会儿，文化大革命，抓阶级斗争，停课闹革命，批林批孔，运动一茬接一茬，就没消停过，耽误了，啥也没学下，老师不敢教，学生不好好学，推荐上大学，家里成分又不好，唉，说是上了个高中，那点水水子连现在的小学生都不如。

我的车就停在机场，下了飞机，张艮说你们先走吧，我儿子来接我。我说他们单位刚刚裁过人，他忙得很，我让他不要来了。张艮说你说你做的这是啥事，非把我名声坏到底，我倒是真上访也不说了。到了城里，朱金说要去女儿家。张艮说女儿是你的遮羞布么，谁知道你去找哪个小婊子，小心让人给你弄到网上。张艮也要下车，我说你这大包小包的，我送你回去吧，反正名声已经坏了。张艮笑笑说这回把大麻子吓得不轻，不过吓吓也对，这些项目都是他为了政绩弄来的，纯粹不考虑大家的利益，咱们镇的土地在他手里被征得最多，不但不抵抗，还往来招么。我想到朱金说张艮给镇长施加压力的话来。

把张艮送回家，我正准备走，镇长气势汹汹地踹门而入，剟着张艮的眼窝子就吼开了，本事大了，敢上北京了，你咋不上联合国去，啊?！张艮却一扭头说下次。镇长说张艮啊张艮，我还真是小看你了。张艮说现在往大看也不迟么。镇长说行啊，风雨不惊了，面不改色了，总书记接见你了还是总理接见你了？张艮忽然笑了，说我去了趟北京把你就吓成这样了，我要是上访，你这阵还消停得了？镇长坐了下来，扔给张艮一根烟说那你干啥去了？张艮说六十大庆，全国喜庆，旅游不行么？镇长说就这？你少跟我灌迷魂汤。张艮盯着镇长不说话了，镇长说咋不说话了？张艮说不相信说了顶个逑用！镇长夹着包就往外走，到了门口说你说我对你到底咋样，你凭良心说。张艮说镇长，话要这么说，那我还要问你，我张艮到底把你咋了？黑纸白字的把你告下了?!“以张艮为例”都成了我的绰号了，知道不?!不相信以后就不要来我家了，我这庙小不接你这尊神。

虽然维稳是重中之重，但各项工作还得按规划推进，不过园区征地的事张艮还是没扛住，倒不是他想通了，而是镇长采取了另一手。张艮儿子所在公司和镇上有许多业务往来，公司老板当然跟镇长很熟，镇长让那老板给张艮儿子一个部门经理，张艮儿子直接签字了，张艮知道，就去镇上对镇长说：“你这办公室还挂光明磊落哩，摘了去吧。”

镇长笑着说：“麻烦你给我摘了。”

张艮说：“丢人，使小人手段，不觉得丢人？还当镇长，回去给你婆娘洗血裤子去。”

问题一解决，镇长那脾气真叫好，点了烟插到张艮嘴里，搂着张艮说：“你婆娘的我也洗，真的，叫她把那酸汤小揪面给咱做得好好的。”

年底我转正，填表写评语的时候，镇长说让刘强给你填写。我看看镇长，镇长说你是秀才，脸皮薄，吹捧别人的话都说得不行，吹捧自己更写不好了。镇长对刘强说全填优秀，总结评语要像写优秀共产党员先进事迹那样写。我想了想给张艮打了个电话把情况说了，张艮说我了解他，他人还是好着哩。翻年，镇长虽没有进区委常委兼镇党委书记，但升任拐子镇开发园区主任兼镇长，上了副处级这个台阶，用朱金的话说镇长的政治生命至少可以延长五年，再要运气顺当，还能延长。朱金说其实争取拐子镇开发园区建设，他就是为自己谋的这个位置。

5

要守张艮一整天，没有一个万全的招数，恐怕再过一个小时，张艮就要发飙了，那我是留不住的。张艮要是冲击了调研队伍，镇长发起火来可不是一般的火，有一次他对副镇长发火，抓起砖头一样的《新华词典》就砸向副镇长，砸得副镇长头甩了好几下，鬓角立时起了核桃大一个包。副镇长去看大夫，包扎了一下，镇长看到了说把你娇气的，逑头子大的个包还包扎，摆给谁看？咋不把你婆娘的裤衩包在头上？咋没住院等着我去探视你？说着一把就把包扎给撕掉了。

既然给张艮说临时有点急事，我就得找个事去办。从李王街到老井巷，从朱家巷又到后街，我开着车在城里乱晃悠，张艮看出来了说："你是涮我吧？"我说："我哪里敢涮你老人家，几条路都堵车，你看行车提示牌全是红的，我在找不堵车的路。”

我想起了老教授，一个可爱的老小孩，大学期间我曾经修过他的课，他是我们这座城市慢生活的极力倡导者，我曾是他的追随者，算得上忘年交。他作为文人无所顾忌，抨击时世言辞犀利，行文泼辣，颇有路见不平两肋插刀的侠士精神。几年前他就对大规模征地搞城市建设很为不满，以史为镜写过好几篇文章，低标准大跃进三年困难时期这些词都用上了，最后媒体、出版社都封杀他。他对农村农民农业的看法完全可以以张艮的遭遇为实例，张艮不是想找人说说他的所思所想么，他一开口，肯定能得到老教授的呼应，两个人定然是钟期既遇，忘乎所以。说不定经过一番碰撞，会产生一篇惊世骇俗的大文章。

打电话过去，可真不凑巧，老教授去参加一个研讨会了。挂了电话，张艮盯着我，他已显得焦躁，不停地挠头，喘气声也粗壮了。我得尽快找出一个办法来。车流像一条百足大虫，死而不僵般地蠕动，这样的状况并不适合思考，越发要聚精会神，交通事故多是在这种状况下发生的。我只能企盼塞车，甚至是发生互相剐蹭的事故，堵得寸步难行，好让我能集中精力想出一个办法来。塞车，我忽然有了主意，一打转向钻进了胭脂巷。

胭脂巷就像一根大锯条，两旁又枝枝丫丫生出许多小巷，本就狭窄，车辆乱停乱放，摊点挤道经营，尤其几条街道单行管制后，胭脂巷就成了绕近路的通道，事故频发，经常塞车，一旦塞车，交警来了也得一两个小时疏通。

进入胭脂巷，行了不远前面就出了事故，吉利追了宝马的尾。驾宝马的是一位时髦女子，戴着墨镜，肚脐露在外面，高傲得像个公主，趾高气扬地吼着："瞎了，往哪里蹭？"

开吉利的是一位壮汉，脖子里戴着黄澄澄的金链子，一看就不是个省事的主儿，几乎是贴在那"公主"身上说："走得好好的，你屁股撅啥？开个宝马就拿屁股撅人，不操你操谁？"得意地嘿嘿大笑，"不要说是宝马的屁股，就是老虎的屁股我也敢操。"

"哈，现场版的黄段子。"有人开始起哄。

那女子桃腮飞红，说："你他妈的说话文明一点。"

壮汉说："你他妈的说话文明了？谁先说操的？"

那女子说："你他妈的不但瞎了，还聋了，我说的是蹭。"

这壮汉显然故意要占那女子的便宜，说："你说的明明是操，你让大家说说。"

围观的人群极其配合：

“对，操，操。”

“先蹭再操！”

女子对着人群“呸”了一口，说：“恶心，没素质。”

壮汉说：“你有素质，别以为开了宝马，人家就不知道你是啥货色，我操你了咋了，你屁股再往后撅，我还操，操一次不就二百块么？”

一些人干脆打开车门，扔下车攆到前面去看。

“我被人欺负了。”那女子显然是在叫人了。

堵得想动都动不了，我也想去凑凑热闹，可怕我一下车张艮也跟着下车，他一下车，我就控制不了他，只能守在车上。为了稳住张艮，我并了两根烟一起点着，递给张艮一根烟，说：“稍等一下，交警来了就通了。”又感叹了一句，“这路选的。”

交警还没来，那女子叫的人却来了，旁边的“水城”一下蹿出六七个二十岁左右的小伙子，人人一身黑西装，大红领带，手提钢管，就像周星驰影片《功夫》里的黑社会，气势看上去很瘆人。为头的一个戴着小指头粗的金项链。壮汉见此阵势，扔了车撒腿就跑，小伙子们围追堵截而去。

交警来了，指手画脚地疏通了好一会儿，车流就像一锅浓粥，开始蠕动了。经过两辆车的时候，我看到吉利车屁股上面写着："炒股炒成了股东，泡妞泡成了老公，开车开成了杀手。"还有一幅利比亚那幅著名的雕塑——一把手攥着飞机，旁边还写着"你想飞也飞不过去"，车身上还写着一句："招手即停，仅限美女。"而宝马车屁股上左边写着："本宝马除火控外基本配置与坦克相同。"右边则写着："催我者，必刹之!!!"一边还有几幅蜡笔小新撅着光屁股夸张搞笑的图案。我笑笑，心想那壮汉大约是追看搞笑的图案撞上了。

有一次我就是因为要看清前面一辆车屁股上的字，追了人家的尾，撞上了才看清竟然写的是"等您看清这行字时，您已经吻到我的屁眼了"，理论时我还跟交警说他是全责，你看他这句话写的，有引诱挑衅性。那交警也很幽默，说前面要是一个穿超短裙的，你难道还会直接开到裙子底下去?!

出了胭脂巷，我正不知去往何处，镇长的电话又来了，问我在哪里，我说在路上转悠。镇长"噗"地笑了说聪明，好主意。我压低声音说这么转悠也不是个事，他很不耐烦快要发飙了。镇长也压低声音说我说你只管听着不要作声，不要让他警觉了，眼看中午了，找几个人把他灌醉就消停了。我"嗯嗯"地应着。镇长说把票撕回来，包括油钱啥的所有费用全报销。又说你要当心，他喝慢酒厉害，能喝一斤多，喝猛酒不行，半斤就尿朝天了。挂了线，张艮看看我说又是大麻子？我点点头。

镇长的话指明了道路，我就在能喝酒的同学朋友中搜寻人选，脑子一闪电，刘大伟这狗东西就冒了出来。这家伙自称酒仙，口号是白酒二斤半，啤酒随便灌。不过也是醉得多，因为太张狂，常常是一桌人都想灌他。

我立马高声大气地给刘大伟打了电话：“你在东山水库吗?”

刘大伟说：“我在东山水库。”

我说：“等着我，别走哪里，我去拿药，过会儿就到。”

刘大伟还在喊“什么药”，我挂断了。

刘大伟和我一样，考了几年公务员，去年总算圆梦，考到了水利厅，学的是水利规划设计，却给安排到了东山水库旅游风景区管理游船、餐厅、卫生工作。有水的地方就有风景，东山水库已经开发成旅游景区。这家伙口口声声说我现在是经理，你们来看我、吃我、喝我、玩我吧。

“你要上东山?”张艮说。

我说：“我娘高血液，心脏病，同学出差东北给带了特效药，我娘的药断顿了，我得赶紧送回去。”

话说出来，却让我想起古代那些剪径的，被人拿住了动不动就说家中有八十老母。可我怕不这么撒谎，实在没法让他跟我走。倒也不全是撒谎，老娘有高血压，影响得心脏不大好，刘大伟前几日出差东北，别人介绍哈药有一种治疗心脑血管的特效药，我让他带了些，不过已是几个月前的事了，药早拿回去了。

“那就去吧，人老了难活，这病那病的。”张艮说。

我递给他一瓶水，讨好地笑着说：“东山水库的烤鱼很有名气，城里人携家带口去吃，今儿咱们去好好吃一顿。”

经过一家超市，张艮说：“停车，我去买点东西。”

我说：“车上有水有烟，水库那边啥都有。”

张艮拍着靠背说：“停车，停车。”

我不敢和他硬抗硬，只好停了车，又怕他耍阴谋诡计，下车跟着他进了超市。为了不让他觉得我在监视他，我买了几盒好烟，几瓶酒，反正到东山水库要抽要喝。我站在付款机前等着为张艮付钱，不管他买多少东西我都想替他付款，吃了人家的嘴软，拿了人家的手短，这样能让他不好意思违背我的意思。

趁张艮买东西的时机我给刘大伟打了个电话，刘大伟说：“你真的要来吃我喝我呀。”

我说：“你是经理嘛，又盛情难却，咋也得给面子不是。”

“妈的，那是跟你客气，表达的是上班的一种心情，你还当真了？要来就来吧，反正工资还没发，套餐，首都区号。”

“首都区号”是我们当学生时期请客的说法，首都区号是010，即两个蛋，一碗面。

我着笑说：“你不是管餐厅么？鱼翅燕窝还不像我们的家常便饭?”

“餐厅是公家的，不是我家开的。”

“公家开的你也是总管呀，不跟你家的一样，县官不如现管。”

“你这是要拉我走向腐败，把我推向深渊啊。”

刘大伟的声音很严肃，可我听到他捂着嘴的笑声。

“我可不想成为腐败分子，贪下钱了无福享受，倒成了量刑的依据。”

“好了好了，别给我唱正义之声了。”

刘大伟终于压抑不住了，爆发出哈哈哈的大笑。

“得，别把你的神经吓出毛病，今天我代表镇上请客，你把地方给我订好。”

“宁为鸡前，不为牛后啊，怎么说我也是厅局级单位干部，你是乡镇级干部，你这样一个位子都有腐败的权力，难怪老百姓有意见，权力在基层，大实话啊。”

“找上两个能喝的，放开喝，酒今天管够。只要把我带来的这位老乡灌醉就行，吃饭也是工作。”

刘大伟就感慨地说：“吃饭也是工作，这话是真理，带着七大姑八大姨来我这里消费的都是以工作的名义。”

“我今天拉着一个人避难，要把他在你的地盘上留一天。”

“避难?”

“到了再说。”

张艮提了一大包东西，烧纸，冥币，金元宝，香，表，罐头，酒，蛋糕，饼干，火腿肠，还有乡巴佬鸡腿、鸡蛋，一包“芙蓉王”两包“芙蓉后”香烟，这些东西组合在一起出乎我的意料。像是要上坟，可今日不是什么鬼日子，我想问，张了张嘴又咽了回去，怕把他惹毛了，还是少招惹他。不过，至少可以肯定他要跟我上东山。我心里一下子宽展了许多。去东山水库有一小时多路程，开慢一点，上了东山就快一点了，一顿饭连吃带喝纠缠到三四点，再逛逛水库景点，用两个小时返回来，这漫长的一天就算交代了。我要付钱，却被他一把扯开，说：“这钱你咋能付，你付了就让你先人得去了。”

上了车，张艮拆开一包“芙蓉后”，问我：“这烟你抽不?”

我说：“抽，以前抽过八毛钱的烟，好几年。”

“芙蓉后”和“芙蓉王”虽然只一字之差，但价钱上差好几倍。

张艮忽然咯咯咯笑起来，这笑声莫名其妙有些瘆人，我从反视镜往后看看，说：“这么开心，有喜事？”

“你说现在的人啊，是越来越会哄鬼了。”

张艮把一张卡递给我，我一看是冥国银行银联卡，做得跟真银行卡一样。

“忘了问有没有刷卡机，不然这卡有啥用？”

我笑笑说：“银行都有了，刷卡机肯定也有了，刷卡机是银行配备的。”

“对对，阴间也肯定与时俱进地发展哩。”

6

去往东山水库，要穿过大片大片的庄田，如今正被城市蚕食鲸吞，脚手架密集高耸，比庄稼长得还疯。穿过辛庄，一片青绿的稻田中间，红门高拱，彩球飘扬，纸屑遍地，看得出是刚刚举行过什么工程奠基仪式，十几台大型挖掘机喷着黑烟，鸣响喇叭，就像一头头野猪在碧绿的稻田撒野，爽整的稻田像被一把把手术刀拉出一条条纵横交错的褐色大口，稻秧纷纷倒伏，被飞扬的尘土覆盖成一片灰白。

靠近路边的一块稻田里，一个老汉竟然还在撒肥，我靠路边停下车，下车走向老汉，说："大叔，挖掘机马上就要挖到这里了，你还撒肥，能收上？"

老汉说："种了一趟，该追肥了，看着心疼么，你说这庄稼长得多俊。"

张艮抚摸着稻穗说："多么整爽的庄稼，一个来月都等不住啊。"

老汉说："人家说等不住么，唉，你说种上了等收了也成，急啥么。"

张艮说："老哥，不是等不住，是人家根本就没考虑过咱们这些人的感受。"

我说："庄稼种上了，只要争取是给补偿的。"

这种事在张庄也出现过。张庄工业园区地征好了，批文迟迟不见下来，农民就种上了庄稼。批文一下来，立即就奠基开工，绿油油的麦子正在灌浆，农民拦挡不让开工，说缓一个月，麦子收了再开工。可园区被确定为向市成立三十周年庆典献礼工程，谁敢耽误。最后研究给予麦子适当补偿，一个老汉就说不是个钱的事嘿，这么好的庄稼，造孽么，你们看着不心疼？可没人回答他。

张艮瞪了我一眼说："这是个钱的事?!"

"闹过了，人家宁给你补钱，也不让时间么。"老汉说，"工程要是卡壳了，说不定我这稻子还能收上。"

张艮说："老哥，那只是妄想啊。"

我也觉得悲凉啊，他们把收成寄托在工程卡壳上，那几率真是太小了。

进入东山山脉，潮润的气息携裹着山花、草木的清香扑面而来，沁人心脾。通向水库的路弯道多，路面不平，颠簸得厉害，我把车尽量往慢里开，反正是打发时间。

张艮把窗子摇下来，说："你说在这东山坡建这园区那园区差啥？要路有路，要水有水，咋就偏要占那么好的地？不是讲科学发展么，吨粮田上建园区就是科学发展观了?"

我说："人家投资商就看上那里么。"

张艮说："投资商就是爷？那要这么说我要是个有钱人，我还想在天安门上挂照片哩，能让我挂么?"

在一个岔路口，张艮喊起来，"向左，向左。"

我说："去水库应该向右，左边就上山了。"

张艮说："我知道，我家祖坟在左边，去坟上看看。"

我才明白他为啥上东山来，可想想说："今天好像不是什么鬼节日？离七月十五鬼节还远呢吧。"

张艮翻我一眼，说：“你只有节日到了才会去老人家里?路过也不进去看看么?”

我吐吐舌头。

东山坡是方圆村庄的墓地。在一圈坟堆前，他把蛋糕、饼干、香肠、罐头拆开，分别供奉在每座坟前，点上三炷香，然后跪在那里一张一张烧纸。我也跪下来和他一起烧纸。

“我老家不是本地的，民国二十七年，老家大灾荒，我家饿死的人过半，东奔西走逃难，我太爷带着一家四口一路靠给人拉长工讨生活。太爷种庄稼一把好手，可脾气杠，常常和主家闹翻拖家带口走了。他一辈子的愿望就想有自己一个庄院，再有点地。到核桃村给地主朱长顺拉活，为了一升稻子，太爷和朱长顺起了口舌，结果朱长顺一抡烟锅打在太爷的太阳穴上，太爷倒下去再没起来。朱长顺打官司吃过亏，不愿再打官司，给了我家一个庄台子和五亩水浇地，我家这才有了立足之地。到爷爷辈人丁兴旺，四儿四女。五亩地，一大家子人刚够维持生活。我奶奶别看一双小脚还没三寸长，却会谋算日子，奶奶说吃一斤能活，吃半斤能活，吃三两能活，饿死不是因为吃得少，而是断了顿。奶奶说由着肚子穿不了裤子。每年粮食下来，只留够一家人半年的口粮，其余的全用来置地，那半年光阴就瓜果野菜代了。一年一亩两亩的置地，到解放时，我家已有二十亩地了。土地收归大集体，奶奶死活不交地契，把地契裹在贴身的兜兜里。奶奶不交地契，还追着工作组骂，人家就开她的批斗会，台上台下的斗，还把我们家的成分由富农改成了地主，奶奶当着村里人的面把地契吞了，上了吊。其实奶奶吞的只是一张纸，地契她交给爷爷藏起来。”

纸烧完，张艮将酒瓶打开，以瓶盖做酒杯，一杯一杯奠向每座坟头，磕头作揖，十分虔敬。坟地里爬地红花开得正艳。

“我爷爷死于六一年春上。那年月你没赶上，尤其到六一年，三年困难时期最后一年，惨着哩，三四月份正是青黄不接的时候，家家户户都没粮食，吃草根、草叶、树根、树皮，树剥了皮白森森的，就像没穿衣服的女人。地上长出来啥吃啥，就像家家都支着药罐熬药，村子飘荡着闭气的中药味。浮肿的，中毒的，上吊的，跳渠的，前面走着个人，栽倒就死了，断了顿，男人三四天就死了，女从比男人能多活三四天……人跑开了，往山里跑，口外跑，我三个叔叔就是那年跑了，二叔和小叔两个上了新疆，后来跟着部队烧荒，落在了建设兵团，三叔在西安城里打零工，最后落在了西安，就我爹守了下来，我爹是长子么。”

我插话说：“核桃村是水浇地，年种年收的，也这么艰难?”

“正因为是水浇地么，旱涝保收，产量又高，比靠天吃饭的地方更艰难，那时间正勒紧裤带给苏联还债，公粮任务下得重，打得越多缴得越多，吃不着么，最后是部队下来催粮，一天的口粮不够一顿吃，全国都闹饥荒，别看咱这里是水田，饿死的比靠天吃饭的山区多多了。”

张艮抿了一口酒，望着远山，目光一片空茫。

“要说我爷爷还是胀死的，是吃了观音土胀死的。我记得一到吃饭时候，爷爷就不见了。他躲出去了，为了给家里省一口吃的。一天早晨，爷爷给张庄人抬了回来，是张庄大队队长带着民兵抬回来的，那大队长说我们没动他一指头，他是半夜偷吃了我们张庄的观音土，又喝了清水沟的水，胀死的，早晨去守观音土的民兵发现他的时候，已经硬了。那大队长觉得过意不去，还给我家送了半袋子观音土。那年我六岁，娘捂了我的眼睛不让看，可我还是从指头缝里看得清清楚楚。爷爷的头跟现在娃娃买的那骷髅头一模一样，就是裹了一层皮，血管像蚯蚓一样蓝乌乌的，肚子鼓胀得像座小山，就像怀着娃。观音土你怕是不知道，能吃，可吃上胀，一喝水最容易胀死。爷爷比我的个头还高，一米八，死的时候只剩下四十多斤。不要说棺材，连张新席子都没有，用草帘子卷了。人连哭的劲都没，更别说像现在这么隆重摆席设宴披麻戴孝四吹八念的。不久我大哥也死了，饿急了偷着泡了一碗杏仁，吃了中毒死了。我也差点没命了，眼睛旋出两个深坑，眼眶放得住鸡蛋。那年核桃大队饿死了三十二个，张庄大队才饿死十七个，这县志里都写着，核桃村的女子都争抢着往张庄嫁，因为张庄有观音土。”

张艮把酒奠完，把那包“芙蓉王”烟拆开，一根一根点着插在每座坟前，青烟袅袅升起。张艮坐在坟前，点了支烟，狠吸了一口悠悠吐出来，眼里蒙着泪水，我的眼里也潮润了。

“包产到户分地的时候，我爹想把我家原本那二十几亩地分到我家名下，可是朱家人不同意，打乱了往下分。我爹拿着地契，找了这个，找了那个，磕头作揖的，说那二十几亩地原本就是我爷爷拿命换下的，现在又要把地分到各家各户，就该把地分回来。人家说你想复辟，想反攻倒算？我爹就吓坏了，那可是大罪名，才改革开放，人们还是那个观念。后来我爹心里装了事，经常喝酒，喝得五迷三道的。有一回喝了酒到田里去，结果掉到大渠里，连个尸首都没找回来，还不到五十岁啊。”

山风很有耐劲，悠长地刮着，张艮灰白的头发一片纷乱，他理了理头发，站起来，高仰着头吐一口长气出来，说：“人活一辈子，重要的就是个善终么，我家几辈人里都有没善终的人啊。”

上车前，张艮回头看看坟地说：“我那老院子是我们人老几辈子守下来的，逢年过节，老人们的魂灵都会回家里来，就是平日托个梦也近便，你说我搬到城里，他们还能找到吗？有一回娘给我托梦说腰疼，连续三个晚上，我觉得娘坟里有事，请了阴阳念经起坟。坟打开一看，胳膊粗的树根从娘的腰下穿过。你是研究生，不相信这些，给你说啥。”

又说：“好歹你让我们这一代人活完，我们死了，儿孙辈肯定都不守了，急啥么，就像狼撵到沟子上了？”

刚刚到了水库停下车，镇长又打来电话，我忙往远走了几步接听。

镇长说你是不是没看住让张艮又跑回来了？我看了张艮一眼说没有呀，和我在一起，我们已到东山水库。镇长说我咋看到一口锅农家乐大门口有个人闪来闪去像张艮？我说真的和我在一起，要不让他跟你说说话？镇长立刻说别，别别，只要和你在一起就好，带到东山水库，你这一招高，他想吃啥就给他吃啥，别心疼钱，只要把人给我缠住就行。

7

“得月楼”欧式建筑风格，悬空在水库上面，青木环廊，玉石曲桥，看上去档次就不低。走进内里，果然装潢高雅，陈设奢侈，金碧辉煌。看到挂着四星级酒店的牌子，我知道这地方消费不低，扯了刘大伟一把说：“宰大款啊。”

刘大伟说：“你不是说代表镇上请客么？”

“我只是个镇长助理，你当我是县长助理、市长助理、省长助理啊。”

刘大伟嘿嘿一笑说：“可别小看自己，来这里消费的乡镇领导很多，个个出手都很大方，一桌几千上万，眼都不眨一下。”

张艮上卫生间的空隙，我对刘大伟说：“叫你再找两个能喝的，人呢？”

刘大伟说：“就这老汉，不用你我都能把他灌趴下了。”

我说：“你别逞能，他能喝着哩，喝慢酒二斤也不醉。”

刘大伟说：“那咱们就来猛的，快刀斩乱麻。”

我说：“你还是再找两个人来吧，我还要开车。”

刘大伟说：“喝着看，人多的是，这里几十号人，喝酒的多的是，招呼一声，一桌随便。我专门开了一门新业务，免费给领导代酒的，个个都是公斤级的。”

我笑笑说：“你他妈搞水利，脑子在这方面发挥作用了。”

刘大伟说：“酒也是水呀，水利万物而不争，我给你说官越大越怕死，官场就是江湖，有些酒不喝不行，这行业火着哩，能拉动消费，你想多喝掉一瓶，那就是一瓶酒的百分之四十的利润。”

我说：“对方就允许代酒？”

刘大伟说：“领导一来，我们的代酒员就跟着领导，成为领导的下属，有一回两边都是我们的代酒员，两个家伙斗酒，两个领导在给倒酒，都是不小的领导，嘿，其乐融融。”

我给了他一拳，他说：“要不然能让我掌管这酒店？”

点了根烟，他说：“这人到底是咋着你们了，你说避难啥意思？”

我说：“等我啥时给你细说。”

刘大伟说：“我做人的原则你是知道的，不做不明不白的事，更不做为虎作伥的事。”

一个人点两个菜，点好后，菜还没上，酒先打开了，空腹喝酒更容易醉。好事成双，碰了两杯之后，我和刘大伟围着张艮一人一杯敬着，敬过三杯，张艮的脸就红了。当我再次端起酒杯要敬时，张艮说：“大麻子给你过招了，喝猛酒把我灌醉，他这一天就消停了，是不是？”

我一怔，立刻说：“不是。”

张艮长吁一口气说：“你别骗我了，大麻子一路上电话遥控着你，给你支招哩。”

我不知如何跟他说，张艮又说：“大麻子让你缠住我，怕我回去拦视察调研的领导上访告状坏了他的好事吧。”

我说：“你知道今天有大领导去调研？”

话问出来了，我才发现这是一个愚蠢的问话。为了迎接这次视察调研，镇上选点布置忙活了三天，核桃村是重点，布置的时候县长亲自下来指导，标语刷满了墙壁。除了傻子，连娃娃都知道要来大领导，有人还问我是中央哪个领导要来？

“为了一天的视察调研，你们布置了三天，村容死角都整治了，就像搭戏台一样，戏台搭好了，就等着唱戏，咋看咋像演戏啊。村哄乡，乡哄县，一直哄到国务院，人们说啥有啥，这话实实的。我算是明白了，为啥古代皇帝要微服私访，《康熙微服私访》看过吧。不过领导来也给我们带来好处，村路上那几个大坑我们走了多少年没人管，这回全都补平了。”

张艮头一扭盯着我，“你们研究没研究过今天要把我看管起来?”

我强颜欢笑说：“这回没有，”又跟了一句，“真的。”

张艮摇摇头说：“你啊越来越不实在了，以后就是另一个大麻子。”

我说：“没有研究过把你看管起来，但镇长说我跟你还能说得来，要我今天到你家找你促膝谈心，给你好好做做思想工作，只要今天一天你不出门，我就算完成任务。”

“那还不是把我看管起来?”

刘大伟“哈”了一声说：“我明白了，你这个狗东西内心这么阴暗，让我为虎作伥……”

张艮说：“我喝不了猛酒，咱们慢慢喝罢，我知道你的难处，镇长在扑副区长的位置，镇长一走，副镇长升镇长，你就能成副镇长……”

我忙说：“老张，我可没这样的打算。”

张艮摆摆手说：“官场上前赴后继，竞争激烈，有这么个机会不容易，我不会害你的。我要走，你拦得住我？还跟你到这东山上来？我外甥也是个名牌大学毕业，考这考那的，几年了就是考不上，找不上工作，在商场卖电器，一天马不停蹄地跑，晚上半夜半夜的看书，头发一股一股掉，我说别考了，可他不甘心么。”

刘大伟倒了一口杯酒，说：“喝了！”

我说：“我开车。”

刘大伟说：“喝了，车我给你找代驾。”

“算了，算了，由不得他。”张艮抓了一杯酒，喝了一口，说，“我就那么没觉悟？冲到大领导队伍中像古代那些拦轿喊冤？那我还用一大早跑到省政府去？在村口等着不就行了？那么大的村子，你们选下的哪个点藏不住个我？人心隔肚皮啊，我跟他多少年关系了，他从部队上回来一到镇上工作我们就熟了，在我家吃我家睡的，到现在弄得跟仇人一样。”

我想到镇长也曾用“人心隔肚皮”说过张艮。

刘大伟瞪大眼睛盯着我说：“这是真的？你他妈的让我当这样的帮凶，你这种人以后不能交了。”说着又端起那杯酒递过来，“喝了，这杯酒是断交酒。”

张艮说：“你别这样，他也是没办法，现在一把手天大，在人家屋檐下讨饭吃哩么。”

刘大伟说：“老张，吃菜，酒咱们不喝了。”

张艮说：“酒还是要喝，慢慢地品着喝。”

我们把大杯子撤了，换了小杯。

刘大伟擂了我一拳，“亏你们能想这损招来，游山玩水，好喝好吃，这叫逼上东山。”

刘大伟这家伙就这样，嘴巴像刀子一样锋利，只要你招惹，定然占不到便宜，他有一句名言：庖丁解牛用刀，我解牛用嘴。

我笑笑说：“现实教会了我沉默。”

刘大伟说：“沉默得久了就是弱智。”

我说：“好了，好了，我自罚一杯。”

张艮咯咯一笑说：“大麻子老说我是钉子户，我张艮这颗钉子现在是钉进了大麻子脑袋里，我一动弹大麻子就头疼。”

刘大伟盯着张艮半晌，对我说：“你不是给我介绍他是张良么？”

张艮说：“上户口时那家伙手懒，少点了一点，大家都还是叫我张良，只有助理叫我张艮，艮这个字认得的人不多。”

“核桃村的张艮？您在我们张庄您可是大名人。”刘大伟抓住张艮的手摇着，“您可把张庄人害苦了。”

张艮一脸诧异地说：“我在核桃村把你们张庄人害苦了，我有那么大本事。”

刘大伟说：“核桃村有几个张艮？”

“就我一个。”

“那就是您了。”

张艮眼睛绷得铜铃大，刘大伟说：“记得那年建设高标准温棚么，在核桃村您顶住了没建成，挪到我们张庄，可不是把我们张庄给害苦了。”

张艮嘿嘿一笑，说：“咋能说害苦了，你们便宜占大了，国家七万补助全落下了。”

刘大伟说：“落个屁，我爹贪心，一下子建了两个，贷款十万，汶川大地震，俩大棚倒了几十米，这下好了，要修补和重建差不多。我爹跟您年龄差不多，现在还得出去打工。我是学水利规划设计的，现在成了酒店的大堂经理，一天迎来送往的，不是这烂事纠缠，我干这个？可是家里贷款十万，银行隔三岔五上门讨债，封房占地的闹腾，只能上班挣钱还人家。”

张艮说：“蛇钻的窟窿蛇知道，农民的日子只有农民最清楚，你说种地的账，干部还能算过农民？”

刘大伟斟满一杯酒说：“来，我敬您，您随意，我干了。”张艮也一饮而尽。

张艮说：“助理，你说这上面的决策吧有些决策确实好，可有些决策我咋觉得就像娃娃耍过家家。就说土棚改造吧，一个棚补贴六七万的改造，那次要改造了，建工业园区不还得拆，才种了三年都不到，六七万不打了水漂，拆不下去，又给补助，钱就这么白花掉了，谁也没得到好处。”

刘大伟一拍桌子说：“可不是，张庄那片高级温棚没办法了，这次也征了，所有的大棚全拆，过两天就有人撺掇着上访，弄得人心惶惶，兵荒马乱的。”

手机又响起来了，是镇长，张艮着看我，我不好意思躲出去接，接了。

镇长说：“喝上了没?”

我说：“正喝着。”

“千万别让喝夹（半醉不醉）了，张良喝夹了难缠，不好控制，要让他跑回来肯定搅个乱三分。”

“东山水库远，回去费事。”

“别轻视他，他脑子好使。”

“明白，明白。”

“今儿领导兴致很高，情绪很好，有几个项目基本明确，晚上还要在镇上吃农家特色，咋也到了九点多了。”

“明白，明白。”

“有啥情况随时报告。”

挂断电话，张艮咯咯地笑着说：“难为大麻子了，陪着那么多大领导还得惦记我这个平头老百姓。”

过了一会儿，张艮掏出手机，说：“我得再让他头疼头疼。”说着就给镇长打电话，说：“镇长，你过来吧，助理酒量不行，找的朋友也不行，没把我灌醉倒让我全给灌趴下了。”

他把手机摁在免提上，就听镇长说：“你个大卵泡，真是害人不浅，这么多大领导我忙都忙不过来，你还添乱?”

张艮说：“我做啥了害人不浅?”

“不说了，改天我好好请你喝酒，让助理接电话。”

“他醉得呼呼大睡哩，口水流了一桌子。”

“那算了，他是个秀才，一肚子文章，你跟他较啥劲。”

“是你让他跟我较劲，咋是我跟他较劲?”

“你个大卵泡要保证把他给我安全地送回来。”

“我哪有时间管他，他睡醒了自个会回去，这阵我得赶回去，这么多领导来一趟不容易，哪里找这样的机会。”张艮说完挂了线，放声大笑，我和刘大伟也放声大笑。

我的手机又响起来，是镇长，“是不是趴下起不来了？让你找几个能喝的，太大意了。”

我说：“我没喝多，是他听到你的电话了，跟你开玩笑哩。”

“接电话怎么不避他，做事这么不缜密，这么会出大事的。”

“我躲出去接了，谁知他尾随在后面听到了。”

挂断电话，我笑了，张艮给我乍了个大拇指说：“这谎话说得顺溜，研究生么，脑子就是好用，口才也好，一点疙瘩都不绾，你已经入道了。”

刘大伟说：“啧啧啧，你竟然心跳没加速，脸也不红。”

我说：“脸厚，胆大，口气正。”

刘大伟说：“无赖就是这么炼成的。”

张艮端起酒杯“滋”地咂了一口说：“要说大麻子这人能干，有魄力，当过兵，有那么股子劲，每年农田水利建设，他就吃住在我家，跟我比赛着挖渠，一人一天五十米，那活干得得劲，工作推动得力，我当村长那些年，他是副镇长，我们合得多好，唉，当了镇长这几年变了，镇上的土地基本都是从他手里弄走的。”

我说：“其实他也难哩，现在征地没商量，这工程那工程的到了镇这一级就是任务，只有落实执行推动。”

张艮说：“这我也知道，可相当一部分土地是他拿土地招商引资被占的，你看南云镇，人家土地基本没被征走，因为镇领导扛得硬。”又说，“不过南云镇的领导也升不起来。”

酒足饭饱，刘大伟说：“我带你们到水库上去兜兜风吧。”

张艮说：“有啥兜的，这地方我比你熟，打兔子，捕鸟，套狐狸，这水库就是我和你们这么大年纪时修的。”

刘大伟说：“现在建设得跟那时候大不一样了。”

张艮说：“有啥不一样的，不就是建了些亭子、桥、楼房啥的，那时间水面上全是鸟，扔个石头过去，鸟飞起来像云一样，水里的鱼跳起来在空中翻跟头，我们用杆子撅个兜筐等鱼往里跳，山上有野猪，狐狸，兔子就多得没数，还能见到狼、土豹子，现在能看到这景儿？水都臭乎乎的，倒是塑料袋子满天飞得跟鸟一样。”

沿着水库大堤走了走，张艮说：“咱们回吧，不打扰刘干部了，这阵回去也就晚上了。”

我看看表还不到四点钟，就说：“吹吹风醒醒酒再回。”

张艮说：“三个人两瓶酒，喝了三小时，能多到哪儿去？你咋不信人？我说不会害你就不会害你的。”

刘大伟说：“我让小朱开车送你们回去。”

我说：“没事，回核桃村，有警察的地段少。”

张艮说：“严禁酒后驾车，你找个人让来开上吧，记着一辈子别干犯法的事。”

出了东山水库，上了三环路，两边是碧绿的稻田，张艮趴在窗口说：“三环路修成三年了，你看看才跑着几辆车？说超前意识，我就看不出这意识超前在哪儿？十二车道，两边各一百米宽林带，毁了多少好田？这都是吨粮田，亩产全国都有名，农业部专家都说这么好的田全国都不多哩。你说二环车堵得不行了再修三环不行？现在修路都是机械化，几十公里半年一年还不修成？从开始修到现在五年时间了，占了的地能打多少粮？就说修吧，那条老路往宽里拓拓不行？路么就是跑车的，弯一点能绕多少路？就是裁弯取直也比开条新路容易吧，偏就要开条新路，新路修了，你把老路毁了整成田也行，可老路照样跑，唉！”

他的话我无法对答。

张艮点了根烟又说：“听说又要修四环路了？”

我说：“正论证呢。”

张艮说：“三环都没跑几辆车修四环？这也是科学发展观？”

我说：“许多项目都是围绕着国家投资重点规划设计出来的，没项目国家不投资么。”

张艮一拍脑袋，说：“儿子算计老子么，自古而然啊。”

陈村还是典型意义上的农村，一派田园风光，张艮说：

“占咱们核桃村的时候，起初选的是南云镇陈村，给陈村的老村长顶住了，老村长外号老半吊子，那是个人才，顶得很硬，村子上人也齐心协力，不过南云镇也挺的力大，结果上面生气了，重新调整规划，陈村挺住了，咱核桃村没挺住。一个人的力量有时候会很大的。人家陈村现在是国家新农村典型示范村。”

路旁有一个擎天柱广告牌，上写：但存方寸地，留与子孙耕。张艮说：“但存方寸地，留与子孙耕。这标语说得就像毛主席语录，可只是标语么，做的时候就不是这么回事了。你来拐子镇几年了？主要工作是啥？做思想工作，东家进西家出的，不说别人，就我，你给我做了多少次工作？为啥做工作？不就是为了土地么。国家说自愿，可谁让你自愿？我就想留点地自己务劳，就成了对抗政府，我想找个领导说叨说叨想法，成了上访告状，杞人，刁民，搅屎棍，老鼠屎，上访户，钉子户，哪个帽子没往我头上扣过？‘以张艮为例’，我都成了典型了。说我没觉悟？我倒是为了多啃几个钱噻。说是给你做思想工作？那是做思想工作？是硬往下拿你。征宅基地我不会同意的，我看报看电视，这绝对不是中央的意思，中央说过不要农村不要农民么？这脉我把住着哩，强征我就上访。”

出了陈村，张艮问：“你是研究生，这么有学问的人该好好研究研究我们。”

“研究你们？”

“应该说是‘三农’。”

“我考博研究方向就是‘三农’问题。”

“杀不死的戏子，考不死的学生，博士更难了。”张艮说，“你要真要研究‘三农’，我得找个时间跟你好好说说，你们这样的人说话领导能听得进去哩，今天不行了，这酒烧头。”

送张艮回家后我也就回去了，一直到了晚上十一点多，镇长才打来电话，说我喝醉睡着了，渴醒了，张艮咋样了？我说睡着了。镇长说那你也快回家睡吧。

事真凑巧，第二天我接到录取通知书，便去了大学。一周后我回到拐子镇，镇长说现在抓得严，我做东搞一场，小范围的给你送个行，在拐子镇你也把力出了。我说把老张也叫来吧。镇长说大卵泡玩失踪哩，已经一周了，不然我要跟他喝一个晚上哩。借上厕所我给张艮打电话，张艮关机。镇长兴致很高，酒一开喝，首先打关，特别贪酒，平时给他代酒的也不让代。酒过三巡，我才搞明白镇长已经调到市直部门任处长去了。镇长说："博士，你看我脸上每颗麻子窝是不是都泛着光亮?"我笑了，说："祝贺，祝贺。"镇长说："是该祝贺，解放了呀，我解放了，离开了，轻松了。"说着端起一杯酒，"还真想张良这个老东西，来咱们为他喝一杯。"

过了几天，离开拐子镇我又打张良电话，张良依然关机。

他真的失踪了，他能失踪多久呢……

让唾沫飞

陈四花的叫骂声总是那么突兀而激昂，就像打过老埂坪的白雨（暴雨），噼里啪啦，尘烟四起，电闪雷鸣。陈四花骂起大街来，老墙头都起土，连鸟儿都感到振奋。绝大多数情况下，陈四花都是为了儿子石头在骂大街。陈四花自嫁给万福，一生一个丫头，一生一个丫头，一口气就生出四个丫头。老万就万福一个儿，和所有单传人家一样，盼个男孙子眼睛都盼成绿豆了。老万木讷，又是当公公的，不好说啥，只是甩脸子，抡家什，唉声叹气，婆婆却是啥话都骂得出来，骂陈四花一点都不值钱，一张一个丫头，一叉一个丫头，除了会生丫头还会干啥？

陈四花虽然生性泼辣，但也自知不占理，不敢顶着公公婆婆生事，泪没少咽，气没少窝，憋着一口气箍住万福白日黑夜的不让消停，一个接一个生，终于在又生下一个丫头后生下了儿子石头，一家人顶在头上害怕吓了，含在嘴里害怕化了，谁惹了石头，就等于把天戳了个窟窿。从此，陈四花嘴里哼的不再是谣曲，而是“翻身农奴把歌唱，幸福的歌声传四方”。

今儿也不例外，陈四花还是为了石头骂大街。不过往日多数情况下陈四花骂大街没有明确目标，这石头阴，在外面受了气，挨了揍，咋问都不说是谁干的。陈四花往往需要通过咒骂人家现身。可今儿目标却十分明确——六喜，因此骂声就更加响亮而激愤，像旋风卷过。陈四花是个高大的女人，迈着虎虎生风的步子，石头却随了爹，又瘦又小，被他娘扯着一条胳膊，斜趔着跟头流星，就像提拽着一个调皮捣蛋的小羊羔。

今儿个立夏。老埂坪有传统，立夏这天生产队要放半天假，这个下午老埂坪的社员没有出工。又逢星期天，学生也在家。吃过午饭，大人们都聚在大队部，会计在院里栽个树杈，一根松木耧杆一头架在院墙上，一头架在树杈上，把那杆大秤挂上去。立夏称体重是老埂坪老传统了，立夏过秤可免疰夏，体重增了，就说“发福”，体重减了，就说“消肉”，是不能像平日那样胡说胡闹的。大人秤，娃娃也秤，双手拉住秤钩、两足悬空秤，过小的娃娃专门备了个箩筐，吊在秤钩上秤。大队部热闹得跟赶集似的。

从陈四花家到六喜家，要经过大队部，因此，随着陈四花的骂声飞扬开来，人们便从大队部涌出来，这种热闹是不能放过的。霎时村巷便热闹了起来，到处是人。

事情起于今天上午。

六喜剜了一背斗猪草背回家倒进猪槽，看看已是小晌午时分，撂下背斗就往葫芦坡来了。老埂坪人家的自留地都在葫芦坡。葫芦吊大，娃娃绊大。坡地最适宜种葫芦，家家都种着葫芦。瓜菜半年粮，葫芦能存放，只要无伤，架空透风，可以存放到冬天。不过，在葫芦坡，鸠山家自留地却种着瓜。有西瓜、香瓜、哈密蛋、胀死狗。鸠山的爷爷是一个瘸子，那年被抓了壮丁，逃跑时让团长一枪打在了胯骨上，一条腿吃不上劲，挣工分不得力，每年就靠在自留地种瓜换口粮。已七十过了，两个儿子先他死了，他却越活越旺，辈分又大，人们就叫老不死的。西瓜还得一段时日才能熟，西瓜没熟，不如葫芦，可香瓜、哈密瓜已有锤头大，出味儿了，远远就闻得见，虽未熟透，却是脆甜可口。人老有三多，尿尿鼻涕瞌睡多，何况这蒸笼一般的夏日，山野里日头像蜜蜂毒辣辣的蜇人。六喜正是踩着这个点儿往葫芦坡来的。老不死的守瓜像守命，睡着了当然好，没睡着他也不怯，一个走起路来满世界都坑洼不平的老瘸子，要追他还不是龟兔赛跑？可到了葫芦坡，六喜才发现偷瓜没戏，因为社员就在葫芦坡对面锄糜子，一沟之隔，看得一清二楚。他就佯装在自家自留地里转了一圈，拔了几把草，无精打采往回走。翻过刺疙瘩峁看到猪头万家时，心里一动就往猪头万家来了。

六喜给猪头万谋下事已不是一日两日了，他给猪头万谋事有两个来由。

第一个来由跟外号有关。六喜外号“蔫锤”。要说外号，谁没外号？老公鸡、猪头万、鸠山、松井、胡汉三、松包、筛子头、病猫……都是外号。娃娃有，大人也有，就连老埂坪小学黄校长也有外号。黄校长大名黄承仁，与《白毛女》中那个黄世仁一字之差，就取了外号黄世仁。说起来这外号是六喜起的，可公开叫出去的却是陶世宽。

有一次，陶世宽找黄校长就在高音喇叭上喊，平时叫黄校长黄世仁叫顺嘴了，脱口就喊了出来。喊了三四次，才明白过来，又忙纠正说不是黄世仁，是黄承仁黄校长，不是黄世仁，是黄校长黄承仁。

可“蔫锤”这个外号让六喜不堪其辱。

“蔫锤”这个外号是由“哑巴”演绎而来的。六喜三岁多了还不说话，人们都以为是个哑巴，可溜至背后猛喝一声，他会“哇”出一声来，分明又听得见。村里人就安慰齐福来和白巧凤说九哑十聋，听得见多半不会是哑巴。老辈人说麻雀嘴巧，生下会叫。于是齐福来一家便打麻雀给六喜吃。六喜每天都吃一两只麻雀。过了四岁还不见说话，人们便都以为这娃这辈子命定是个哑巴了，娃娃群里也就有了“哑巴”这个外号。一叫“哑巴”，六喜掉头就走开了。五岁的一天，六喜忽然说话了。齐福来和白巧凤长长吁出一口气来，奶奶更是紧搂着鼻涕涎水流了一身。六喜会说话了，却已和庄子上的娃娃隔膜了，离群索居，独来独往，孤独、沉默、冷漠。娃娃们照样把他当哑巴待，狭路相逢就围起来学哑巴耍笑捉弄，“哑巴”“哑巴”地叫着。

忽然一天，娃娃们发现“哑巴”这个外号不贴切了，六喜会说话了，就给改成了“瓷锤”。“瓷锤”是骂人话，有呆、痴、愣、笨，甚至是蠢的意思。“瓷锤”叫过一段时日，又觉得也不贴切，因为六喜反应机敏，趁他不备偷袭，他总能敏捷躲开，而还击出手利索，又准又狠。通过争论总结，认为六喜不是“瓷”而是“蔫”。在老埂坪人看来，凡心里都有大主意的，表面看上去都“蔫”，老埂坪有“蔫牛踢死人”、“打盹的骚胡心里谋事”、“下口的狗不叫”的说法，说的都是“蔫”这种特征，六喜正是具备这种“蔫”的特征，吃了谁的亏总要还给谁，不要说娃娃，即使大人占了他的便宜，也要从你身上拐弯抹角找回去。

于是，他们就把“瓷锤”改成了“蔫锤”。“蔫锤”一叫出来，他们惊喜了，欢呼了，这真是世上最好的外号。因为“蔫锤”有另一层含义。“锤子”在老埂坪是指男人的家伙。而“蔫锤”又正好是顺口溜“四大蔫”中的一“蔫”：犁了地的牛，爬了树的猴，炸了油饼的油，耍了的毬。出尽了力，要多蔫有多蔫。这个外号一下叫火了。一时间村里许多墙上壁上出现了一个个大大的“毬”，旁边写着“蔫锤”、六喜的官名“齐家旺”、小名“六喜”，跟一串感叹号，连感叹号都是“毬”。随着年龄增长，“蔫锤”这个外号让六喜越来越感到侮辱。

上个学期，六喜开始着手清除这个外号。当然他也知道消灭一个外号有多难。外号一旦给你取上，要消除就很难了，就像痣、瘊子和胎记，永久长在你身上，成为你的一部分。筛子头三岁，得了一场病，生了一头疮，疮干一个，头发就掉一坨，满头的疮干了，头看上去就像一片筛底子或豹子皮了，便有了“筛子头”这个外号。陶世宽和尤月梅执着地叫儿子“豹子头”，想盖住“筛子头”，可是没人理会他们的想法。“豹子头”多硬朗，多气派，老埂岭那时间有豹子，人都见过，也从老戏里说书匠嘴里听过水浒中逼上梁山的好汉林冲，外号就叫“豹子头”，谁会把这么威风凛凛的外号叫给别人？陶世宽不止一次把儿子的头刮成了和尚头，也是没刮掉这个外号。后来筛子头的头发像秋后芦草又密又硬，一点看不出曾经一坨一坨的痕迹，照样苫盖不住“筛子头”这个外号。即使后来陶世宽当了民兵营长、大队长、大队支书，大人不叫了，娃娃照样叫。陶世宽是大队支书，不高兴能把人捆了押了，成分改了，可就是他儿子的外号改不了。

六喜选择从老公鸡弟兄下手。老公鸡弟兄七个，一走一串，一站一窝，人多势就众，在娃娃群里很有号召力，治住了老公鸡弟兄七个，其他势单力薄的，各个击破自不在话下。当然，治住老公鸡弟兄并不容易，虽然这弟兄七个最小的才四岁，可能扛事的也有四五个，而且老公鸡还比他大两岁，一次治不住会适得其反。因此，一定要好好谋划，可还不等他谋划好，他们就冲突了一次。

一天放学后，老公鸡弟兄跟在他后面“蔫锤”、“蔫锤”地喊，猪头万、松井、胡汉三等人就跟着“蔫锤”、“蔫锤”地喊，边喊边打拍子，有节奏就有气势。六喜只能向另一边疾走，可老公鸡一帮人围追堵截。喊“蔫锤”还不过瘾，打着节拍喊起“四大蔫”来。六喜明白不能再躲了，再躲他们就更肆无忌惮了，他就颜面尽失了。瓜的怕愣的，愣的怕不要命的，一人对付弟兄七个，就要像瓜子、苕子一样拿出不要命的架势，一人舍命，万夫莫敌，突然袭击，心狠手辣，出奇制胜。正当老公鸡弟兄手舞足蹈喊得兴奋时，六喜瞅准时机猛然扑向老公鸡，一拳砸在老公鸡鼻梁上。老公鸡不备，一个兔儿蹬天跌翻在地，顿时鼻口鲜血喷涌而出。单对单，对付老公鸡一个，六喜有把握。六喜虽然说话比别人迟，可个头蹿得比别人快，老瓜头幽默地说原来这娃没顾上说话，只顾上个子了。老公鸡大六喜两岁，却比六喜矮半头，精巴瘦干。老二病猫一见哥哥被打翻，扑上来，六喜飞起一脚，就踢在病猫的卵泡上，病猫立时倒在地上搐成罗圈，哇呀嗷呀叫起来。爹说过和人打架这一招虽不光彩，却最是拿人。老三松包又扑过来，从后腰搂住六喜，六喜头往后一甩，磕在松包的头上，松包“妈呀”大叫一声，六喜就势转了一个圈，将松包甩了出去，又扑上去一脚，踢在松包的干腿梁上，松包抱着腿嗷嗷大叫。其余几个见状哇呀呀叫着拔腿跑开了，边跑边喊“叫爹去，叫爹去”。

老公鸡爬起再次扑上来，六喜早已提了半截砖头在手，一抡就砸在老公鸡的后腰上，老公鸡一声大叫坐在了地上。病猫还没反应过来，六喜的砖头已经拍到，病猫挨了一砖哭喊着奔逃而去。六喜扑上去摁住老公鸡，半截砖头就在老公鸡身上砸开了。爹说骂仗不揭短，打人不打脸，打了脸伤就挂在脸上，都看得见，伤得重不重别人评说起来都理亏。六喜就往屁股上砸，往腰里砸。

社员就在不远处的地里劳动，孙喜柱被几个儿子叫来，撕开六喜，给了六喜一个砍脖子。齐福来后脚撵来，一把拽住孙喜柱的胳膊说咋，大人群里装疯卖傻，跑来跟吃屎的娃娃使歪耍狠，看你出息成啥样子了，要不咱们摆一场子，皮紧了老子给你松松。孙喜柱说你看你儿把我儿打成啥了？齐福来说你一窝儿子合起来打我一个儿，到底谁会吃亏？孙喜柱被齐福来的话噎得泛不上不话来，一转身给了老公鸡、病猫一人一个砍脖子，说羞先人当喝凉水，弟兄几个吃屎哩，打不过人家一个，还有脸找老子告状？又扬起巴掌来，几个儿子哭嚎着只嫌眼前路不平。齐福来摸了摸儿子的头，高高地背起手，哼着小曲儿走了。这一仗尽管打得漂亮，六喜出了风头，可也像一个疮被挤发了，老公鸡弟兄整天就把“蔫锤”挂在了嘴边，遇着面就一路齐声高喊，还打着拍子像说快板一样喊“四大蔫”，就像背毛主席语录，喊革命口号，惹得其他人也跟着应和。后来，他们干脆把那“四大蔫”用骚曲儿《小寡妇》调唱出来，迎着面就唱，就像唱革命歌曲。墙壁上画的“蔫锤”写的齐家旺或六喜更多更鲜了，正应了那句话：“挤疮不留脓，免受二回痛”，六喜很想再来那么一回，可人家已有防备，狭路相逢时弟兄几个精诚团结，众志成城的样子。好汉难敌四手，何况弟兄七个，硬下手肯定吃亏。

思前想后，六喜只有求助齐家全和齐家成，可齐家全在天河口水利工地，齐家成在野鸡岭农业学大寨工地，姐姐荞荞虽然在家，女子嘛当然不掺和这些事。只能等了。收秋时节，工地放假回来收秋。六喜求了齐家全和齐家成。齐家全和齐家成受到请求觉得很奇怪，这个平时从来都不叫他们哥，更不跟他们示弱，遇事自己解决，吃多大亏都不吭声的家伙，终于知道求人了，这让他们很自豪，拍着胸脯很痛快答应了。弟兄三个还碰了碗水把手叠加在一起表示了有苦同吃，有难同当。他们采取诱敌深入的战略，由六喜前去挑衅叫阵，将老公鸡七弟兄诱进了燕子窝，齐家全和齐家成闪出来切断退路，将老公鸡七弟兄箍在燕子窝，开了批斗会。开批斗会他们都很熟练，穿革命小马甲、坐革命土飞机、猪蹄子蘸革命的蒜，还加上了墩革命的夯，一系列武行上过之后，让他们互相揭发罪状，唾了满脸的唾沫，并将老公鸡、病猫、松包三个大的在树杈间倒吊了一回“猪”，又命令七兄弟一人拣了两个羊粪蛋吃了做保证，最后警告要是回到家里给大人告状见一次打一回，吃一老碗羊粪蛋，这才放回去。

齐福来知道这件事后，乍着大拇指对三弟兄的团结给予了充分的肯定，说啥是亲兄弟？这就是亲兄弟，打虎不离亲兄弟，上阵不离父子兵。还每人奖励了一块钱。那天，他们兄弟三个把手又紧紧地搭在一起，很是激动了一番。六喜把一块钱换成两个五毛，给了齐家全和齐家成，可两人都表现得很义气，没收。不过，他还是没把齐家全和齐家成叫哥。

老公鸡弟兄自此不叫了，其他势单力孤的，六喜也都个个击破，制服了，唯独猪头万还敢叫。而正由于猪头万还叫他“蔫锤”，影响得一些大人也还叫着，一些娃娃也背后还叫。因此“蔫锤”这个外号还阴魂不散纠缠着六喜。更可恨的是墙壁上那些“蔫锤”有相当一部分就是猪头万画的。别看猪头万字写得过上一阵连自己都不认识，可画东西却是画啥像啥。这是有遗传，老万能用一根树枝折出马、牛、骆驼、羊、鸡啥的，传神着哩。

猪头万之所以还敢叫他“蔫锤”，倒不是有像老公鸡有弟兄七个这样大的势力，恰恰因为他是个独苗。六喜分析了猪头万敢叫他“蔫锤”的情况，有三种，一种是在离他很远的地方，叫完后能撒腿跑得他追不上。猪头万善跑，在学校赛跑老是第一名；一种是在离家近的地方，叫完后能迅速钻进家里去，躲在奶奶的背后。猪头万的奶奶瘫在炕上多年，靠着两丈多长的柳木杆子看家守院。能从窑里戳到院子里野狗野猪，手劲贼大，一杆子打折过来串门叼食的野猪的腰；一种是有家里大人在附近，叫完后往大人腿裆里一钻。不要说猪头万的爷奶爹娘，就是那几个姐姐护起猪头万来，也个个是母老虎。对付猪头万，六喜不想再动用齐家全齐家成，他要亲自制服猪头万，他要好好揍猪头万一顿，解他心头之恨。他有这个把握，就是需要时机。

第二个来由跟老埂坪批斗大会有关。天上布满星，月牙亮晶晶，生产队里开大会，诉苦把冤伸。那时候批斗会就像一件农活，把反革命分子押上批斗台接受教育改造是一项经常性的活动。为了确保批斗大会开得有气势，参加批斗大会每个劳力要记两个工日，比平时劳动多一倍。因此，批斗大会社员都很积极，人山人海，群情振奋，看上去觉悟都很高的样子。

批斗大会分三步：一是专政，二是控诉，三是唾。批斗大会召开之前，每个反革命分子身边早就站好了两个民兵，陶世宽“把反革命分子押上来”一声大喝，民兵一左一右各拧着反革命分子一条胳膊，连推带搡连提带拖跑步如飞，踏起的尘带就像旋风一样壮观。反革命分子押上批斗台后，全体社员高唱完革命歌曲，革命歌曲唱过，就是喊口号，“打倒某某某”，“某某某低头认罪”，口号声排山倒海，每喊到打倒谁，民兵就对谁实行无产阶级专政。专政的主要形式是给反革命分子穿革命小马夹，打革命夯，坐革命土飞机。穿革命小马夹是用小拇指头粗的麻绳脖子里一搭，将两只胳膊反捆起来一抽，反革命分子腰就弯下去，头也垂下去，绳子越抽越紧，直到反革命分子像秋日熟稔的谷子，头几乎触着地了，整个人就成问号，一副低头认罪的样子。绳子是活扣，越抽越紧，放手后却不会松劲。民兵扎绳子公社专门来人训练过，边抽还得边问：“认罪不认罪?”直到他们说“认罪，认罪”才住手。

开始，一些反革命分子拒不说“认罪”，几次批斗会开过后，绳子还没搭到身上，便高喊“我认罪，我认罪”。革命小马夹穿过之后，便是打革命的夯，把反革命分子高抬起来，撂到地上，反复三次。朱老五就是打革命的夯打坏了腰瘫了，才不上批斗台了。其后就是坐革命的土飞机，老埂坪人叫过趟儿，两个民兵反剪着反革命分子的胳膊在台子上从左跑到右，从右跑到左。要跑得飞快，踏得起蔽天的土雾，看上去就颇为壮观。实行完革命专政，就转入文斗——控诉了。不忘阶级苦，牢记血泪仇，那些有深仇大恨的人上台来，揭发控诉，忆苦思甜。都没文化，跑题是经常性的事，比如张来顺揭批地主白耀祖，说不要说他人了，就是他家的公鸡也仗势欺人，把我家的公鸡撵跑，踩我家的母鸡，他狗日的还站在一边嘿嘿地笑。下面的群众就"哗——"地笑起来，有人大胆问他家人踩过你家人么？又是一阵哄笑。后来经过训练，上去揭发控诉忆苦思甜就一个比一个说得好，动情处泪水涟涟，愤怒处口号声声。

最后一道程序就是唾反革命分子。最初这一程序是由全队的社员上台来完成，来了社教队对这一形式进行了创新，说是阶级斗争要从娃娃抓起，娃娃是早晨八九点钟的太阳，是祖国的花朵与未来，为了培养对反革命分子的阶级仇恨，培养对社会主义的深厚感情，必须参加到革命潮流中来。唾反革命分子就改由学生来承担，只要一开批斗会，学生就得整队参加，无论上课、放假、白天、晚上。学生通过唾反革命分子就参加到革命运动中来了。后来，这一形式又被创新，说反革命子女和反革命划清界限很重要，唾反革命分子应由其子女来承担，以示彻底决裂。这一创新得到了地区和省里的高度赞扬，很快在全省推广，老埂坪也在省报上第一次露了大名。

老埂坪大队一共二十八个专政对象统称为“反革命分子”。排第一的是老埂坪大队头号地主白耀祖，外号“筢子”，解放后人们叫成了“瞎筢子”。之所以“筢子”前又加了一个“瞎”字，是因为快解放了别人都看出来世道要变，卖地藏银，他还看不清形势疯了一样买地，不是“瞎”又是啥？要说白耀祖这一门人的光阴确是到了白耀祖手里才发起来的。白耀祖的爷爷给李旺才家拉长工，为了工钱，和李旺才的爷爷起了口舌，李旺才的爷爷失手打在了太阳穴上，白耀祖的爷爷倒在地上再也没起来。李旺才的爷爷吃过打官司的亏，官司赢了，钱财输了，人也得罪下了，不想再打官司，给了白耀祖家三十亩地了事。白耀祖的爹守着三十亩地不曾富贵不曾贫地过完了一辈子。光阴到了白耀祖手里，他就想把日子往大里过。一方面他有六个儿子，三十亩地不能解决儿子们成家立业的问题，一方面他和李旺才较上了劲，发誓要赶超李旺才。爷爷辈的恩怨白耀祖记得，李旺才也记得。李旺才一心想把那三十亩地弄回去，白耀祖却一心想往大里扩张，两人就顶上了劲。要说白耀祖发家其实也没啥绝招，就是个抠，从牙缝里往衣兜里抠，从衣兜里往柜子里抠，从柜子里往土地上抠——置地。要说三十亩地一年的收成，也就仅够一个十几口之家的搅销，要是手松一点，就全吃上了。白耀祖有句名言：由嘴吃倒江山哩。白耀祖把一家人嘴管得很严，吃糠咽菜也是常事。比如说吃油，白耀祖家的油瓶里没有油拖布，而是插着一根筷子绑着几匹麻丝，锅里要用油时，将筷子抽出来，贴着锅帮子迅速地跑上一圈，就靠着麻丝上滴溜下来的那点油烙馍炒菜。别人家的油瓶空了，就会提着油瓶到油坊里去打油，可白耀祖家的油瓶空了，还要倒扣着困上一天，因此，白耀祖还有句名言：穷酒瓶，富油瓶。

再说吃肉。每次吃肉，啃过的骨头白耀祖都要收拢起来，蹴在炕上用刀刮一遍，边刮边说黏骨肉最香。刮完，又细心地敲开骨头吸取骨髓……老埂坪有不少关于白耀祖抠的故事，个个都很经典。比如说不管多远的路程白耀祖都要把屎尿夹到自家地里才拉才撒。去草鞋镇赶集，总是背着干粮，到了馆子里问掌柜的，烩肉一碗多少钱，猪手一个多少钱，问个遍，再问面汤一碗多少钱，掌柜的说面汤不要钱，白耀祖就说那来两老碗，然后坐在那里用面汤泡干粮有滋有味地享用。天长日久掌柜的认下了白耀祖，再见他进来，就高叫一声：

给老埂坪大财主白耀祖上两老碗面汤，不要钱。白耀祖去了趟县城，舍不得住那些好旅馆，找了一家背巷里的车马大店住了。晚上出来闲逛，没记下店门，找不见店了，就在大街上喊：“哪个店里住的我，哪个店里住的我。”因为和李旺才较着劲，白耀祖当然是李旺才嘲笑的对象。老埂坪有句名言：掉个鼻痂子，都怕老鼠抢走了。这就是李旺才嘲笑白耀祖的。还笑话说老白家碗两用哩，那碗呀舔得像镜子能照人影子，买镜子的钱都省下了。白耀祖说狗日的别着急，有你狗日的给老子拉长工打短工的一天哩，心里就愈发攒着劲。白耀祖光阴越过越大，实现了自己的愿望，李旺才家的地全归到了他的名下。

到解放时，已是老埂坪方圆最大的地主，十对牛的庄稼，四群羊，二十多头大牲口。即使光阴过得这么大，白耀祖和儿女依旧和长工们一起下地劳作，一个灶上搅勺子。老埂坪人便看不起白耀祖，说老白是个受松，跟福有仇。天下哪有不会享福的人？白耀祖就是喜欢和长工一起劳作，和长工刁吃抢喝抬杠谝传，在土地上把自己拨弄得精疲力竭稀软如一摊泥，一觉睡起来又精神百倍。可遗憾的是还没等到李旺才给他拉长工轰隆隆地就解放了。白耀祖给定了个地主成分，他懒得去理论，心想你们想咋定就定毬子，把我辛辛苦苦置下的地全均了分了，还有啥事比这事更没道理的?！戴就戴，一顶破帽子压不死个人。随着运动越来越紧张，成分带来的问题越来越多，他才明白“地主”不是一顶破帽子。

学生上台唾反革命分子排队，是根据老埂坪大队的反革命队伍排序的。六喜就排在第一位。白耀祖有十二个男孙，十个都没念书，那时间老埂坪还没有学校，念书要到云堡山，要翻三四道沟四五架梁。老埂坪有学校后，第十一个男孙入学念书，后来要求上台唾爷，四舅便不让念书了。第十二男孙小福才五岁，还没入学门。因此，上台去唾白耀祖就非六喜莫属，他是亲外孙。在全大队一千多人的社员大会上，第一个雄赳赳气昂昂地跨上批斗台，六喜觉得很威风，很光荣。第一次上台前，社教队队长还拍着六喜说把头带好。六喜还叨空跑回家。那年过年，娘给他做了一身新衣，虽然是蓝的，不是军黄的，但是新的。他就想穿着新衣裳上台去，却被娘堵在屋里扇了一巴掌，说是唾你外爷哩，你当是赶集逛会浪亲戚吃宴席，狗日的一点良心都没有，把新衣裳锁进了箱子。六喜颇不以为然，心想外爷是坏人，就该唾。

唾唾沫是有学问的。开始六喜没经验，啜上半天也唾不出多少唾沫来，有时候口干舌燥的连润嗓子的唾沫都没有。筛子头却有经验。筛子头根正苗红，在反革命队伍中没有亲戚，坏分子张大山没有念书的亲属，筛子头就自告奋勇去唾张大山，每次唾得张大山满脸都是，胡茬头发上挂得絮絮叨叨。筛子头对六喜说你想青杏子酸疙瘩，一想牙根都往出渗涎水。六喜一试果然有效果。筛子头又说听到要开批斗会的时候，你早早就得把涎水、鼻涕攒下，上台后再想想青杏子。六喜照着筛子头的话一试，果然很爽。后来六喜都不用刻意努力，一与外爷对面，就像是见到了青杏子酸疙瘩，涎水也多了，唾沫也多了，鼻涕也多了，他只要把嘴稍稍啾一啾，就已满口都是。因为唾外爷卖力，社教队表彰了六喜，学校也给他发了奖状。

登上批斗台唾外爷让六喜觉得好不风光，可回到家就不好过了。每次开完批斗会回到家中，娘连饭都不做，就把他箍在窑里给他开批斗会，而且家里人都得在。娘戳他，拧他，掐他，骂他，眼泪和鼻涕一把一把流出来，娘就一把一把抓着往六喜脸上身上抹，像要把他唾在外爷脸上的全抹还给他。娘经常这样骂他，你个没良心的狗日的啊，你们哪个不是吃你外爷家的五谷长大的，现在你狗日的那么唾你外爷，啧啧啧，恨不得一口唾沫把你外爷淹死，你就这么回报他啊，你个喂不熟的白眼狼，你个忘恩负义的东西，没你外爷，哪有你狗日的，就算是有了你狗日的，也早就饿死了。

白巧凤显然是给气糊涂了，六喜并没吃过外爷家的粮，六喜出生时已解放好几年了。不过六喜的两个哥哥在外爷家吃过粮倒是实的，解放前她一家一直在娘家过活，解放后才分出来的。从娘家搬出来，白巧凤又生过两个，都没出月就夭亡了，后来又生下了荞荞、六喜。

面对娘的批斗，开始六喜不敢顶嘴，低眉顺眼地听着，可渐渐的他就敢顶嘴了，说要不是他，我们家是贫农哩。还说我们家是中农，是可以团结的对象，他可是大地主哩，人家要我们划清界限，啥叫划清界限知道不，就是他是他，我们是我们，互不相认，互不往来。又说这可不是我说的，广播上天天都说要划清界限，不划清界限，麻烦大着哩，全国儿子跟老子划清界限的多的是，时代不一样了。他觉得这都是响当当的理由，广播上确实也天天在说。可娘一听这话，就扑过来一指头一指头戳着他的头说你这么说话伤天害理哩，不怕雷劈了。又来拧他的耳朵，他一甩头，娘没拧住，就扑通地坐在地上，两只手拍着自己的大腿号哭起来，说你个没良心的狗日的啊，小心你舅舅听见来砸你的脚把骨。六喜头一甩说他敢，他也是地主的后代，属于黑五类，我们也要划清界限。娘这么哭骂他的时候，一家人都不说话，看热闹一样，背过娘去，齐家成、齐家全才表示对他的支持，鼓励他说你做得对，那个瞎鉋子，这是报应，不给我们吃，不给我们穿，不给我们花，留下让人家分了，人家还不感谢，台上台下斗他，活该，我们当兵连报名，人家一听到他的名字，就把资格取消了，你说把人咋害下了。对齐家成、齐家全的表现六喜很是不满，娘批斗他的时候咋不帮腔？爹则更让他失望，老是总结似的说唾是要唾的，不唾落个不积极参加革命，不愿意划清界限，对革命有抵触情绪，成分上我们跟着他本就吃过亏的，再给我们头上扣顶帽子，那可是不得了的事。还掬着他的头摇摇说你咋就这么多的唾沫嘛，吐得你外爷满脸都是，以后少唾一点，装装样子就行了，要不别人会笑话我齐来福没家教，不管他待咱们咋样，终归还是你亲外爷，毛主席也说要尊老爱幼哩。六喜心里骂软蛋，就知道和稀泥，两面派，立场不坚定，要是打仗给国民党反动派抓去，肯定就是叛徒。心里这么骂着，就觉得爹越来越像电影里的那些叛徒。后来他唾外爷的照片上了省报。筛子头把报纸拿给他看，他没敢往家里拿，知道让娘看到了又要给他开批斗会，抹他一身鼻涕唾沫。可是娘还是看到了。整个老埂坪大队一共有二十几份省报。批斗会还是没躲过，娘骂说丢人都丢到报纸上去了，看我娃能的，天下扬名哩。从那以后娘更是百般见不得他，比鸡骂狗，指桑骂槐的，骂他是连爹、哥哥、姐姐也捎带上了，端上饭来就说我喂了一窝不知好歹无情无义的猪。结果弄得一家乌烟瘴气。

对于娘又哭又骂又戳又拧六喜才不在乎。女人么就这样子，丢个鸡蛋都站在村街里三进三出地骂哩，在这么大的事上脑子都糊着哩。可是六喜在乎娘拿猪头万比对着批斗他，偏偏娘总是要以猪头万做反面教材给他开批斗会。

反革命队伍排第二的开始是张大山，国民党抓壮丁张大山被抓了，后来干到了排长。国民党失败后，又上山当过一段时间的土匪。解放军剿匪时，倒是没放一弹就缴枪了。在监狱改造过几年，回来继续接受改造。老万被押上台来不久，插队排在了第二位，因为他的罪是现行反革命，这罪重，而且他是个新反革命。老万本来出身很好，白耀祖家长工，纯正的贫农。老万的灾难完全来自于他的手艺——打编芨芨制品。芨芨叶粗杆硬，非常耐磨，是打背斗、编筐篓、扎扫帚、搓绳、编草鞋的好材料。背斗、筐篓、扫帚、草绳、草鞋这是老埂坪人日常生活中的必需品。每年白露前后，芨芨籽饱杆实，穗缨飞白，芨芨谷就像云海一样壮观，长风掠过，银浪翻滚。老万和儿子万福拨回芨芨，整日坐在窑里打编起来。村里人没钱买，经常用一只鸡或者十分工或者五斤麦子七斤糜子一篮鸡蛋去换。父子俩打编出来的东西仅老埂坪人是用不完的，因此每逢草鞋镇的集日，常看到父子俩大背斗套小背斗，大筐篓套小筐篓背着去赶集，远远看上去就像一人背着一座小塔。因为常年盘腿坐着打编，父子俩的腿都罗圈了，立定时腿裆钻过去一只狗，人们就叫了“大罗圈”和“小罗圈”。

有了这份额外收入，日子过得比别人家宽松活泛，多少比老万能的人儿子还打光棍，老万的儿子万福却娶了媳妇。父子俩就越发像一只勤劳的蜘蛛，没明没夜地编织着生活。好日子就是这么鼓舞人。日子就这么好了几年，草鞋镇的集由三天一集变成了五天一集，再由五天一集变成了十天一集，赶集的人也是越来越少，草鞋镇的集日萧条了，老万一家打编下来的东西卖出去的很少，就犯愁了。背斗筐篓草绳草鞋这些东西卖不掉就是个闲物，可茇茇年年都长出来。一个集日，老万嘬着烟盯着一堆背斗筐篓草绳草鞋发愁，一个卖猪娃的老汉过来问他的背斗换不换猪娃。老万正想捉猪娃回去喂上过年，就换了两个猪娃回家。一进村就让人从手里掴腾了去。老万开了窍，能换啥就换啥，羊羔猪娃，油盐酱醋，五谷杂粮，水果蔬菜……换下回到村里再掴腾，这样打编出来的东西就剩不下了。又一个集日，老万在集上正和人交换，就给红袖箍抓了。第二天老万被押回老埂坪开批斗大会，听到老万的罪名是投机倒把，老万婆娘鼻涕一把眼泪一把说我男人从来都不会偷东西，路上拾个东西都找着给人家送去，哪个养娃没屁眼的冤说我男人偷鸡摸狗，一家人不得好死哩。老埂坪人也都说一定是弄错给冤着了，这人忠厚老实，从不偷鸡摸狗的。押老万回来的红袖箍拍着桌子说不是偷鸡摸狗，是投机倒把，就是挖社会主义墙角。对“投机倒把”老埂坪人不甚明白，可对“挖社会主义墙角”，老埂坪人就明白多了，那可是大罪名，便再不敢长嘴了。背地还是不相信，说树叶落下来都怕砸头的人，敢做这等坏事？

老万和反革命分子一起给民兵架着土飞机押上批斗台，起初排最后一位。“挖社会主义墙角”，这是多大的罪名?！把成分弄成了这个样子，被押上了批斗台，老万知道这事有多么严重，不用跟别人比照，从老东家一家的境况他就能看明白，干一样的活挣不一样的工分，儿子不能当兵，找个对象都找不上好的。他要找人讲理，把事情扳回来。老万去公社找人家讲理，可没人跟他讲理，他说了半天，人家眼皮耷拉着看都不看他一眼。木讷人都倔，老万一急，逮住一个四个兜的干部就骂起来，说有你们这么亏人的，我挖社会主义墙角，是毛主席解放了我们这些人，让我们当家做主了，我挖社会主义墙角，那不是挖自家墙角，我瓜了苕了，我是头猪，自家拱自家的圈墙？人家不理他，他撵着人家骂，说我看你们就想把这么好的社会搞塌了，让国民党反动派回来坐江山?！从公社大院追着骂到大街上来，又从大街上骂进公社大院，结果那干部回转头吼了一声，给他定了个现行反革命，押回队上让好好改造。

老万咋能知道那是革委会主任呢？老万给押回队上来就成了现行反革命，在反革命分子队伍中从最后一位提到了第二位，就挨着白耀祖站了。而且不准离开生产队一步，老万就被圈死了，打编下的东西更卖不出去了。老万再不吵不闹了，倒不是认罪了，而是把这归到了命上，日子顺当滑溜地过了这么些年，儿媳妇娶了，孙子有了，是该有个磨难，哪有一辈子都顺当的人呢？他认命了，当老东家对着李旺才翻白眼诅咒唾唾沫骂骂咧咧的时候，当他听到老东家唉声叹气的时候，就会开导说老东家，人比人活不成，驴比马骑不成，心里不畅亮的时候你就看看我，一个给你拉长工的人，现在却跟你前脚踏后脚地并排站着哩，你难道比我还冤？白耀祖就笑了，老万也笑了。

自从老万押上批斗台，猪头万也登上批斗台。老万在反革命队伍中排了第二，猪头万就在上批斗台的学生队伍中排了第二，紧跟在六喜之后。可每次上批斗台，猪头万总是低头纳闷心事重重磨磨叽叽的，像怕把蚂蚁踏死了，往往是六喜上台走出了十几步，他才磨蹭着上了台，这就让六喜显得格外突出。

唾唾沫时，也是吞吞吐吐，最后吹一口气，唾沫星儿都没有，不仅这样，还替他爷抹去鼻涕和眼泪。黄校长在学生大会上批评猪头万，可猪头万老说他是我爷，我是在他脊背上长大的。黄校长说他现在是反革命分子。猪头万说他是反革命分子也是我爷。背后还对别人说六喜狗日的是墙缝里蹦出来的，唾他外爷就像唾别人一样。六喜又告到黄校长哪里，他想黄校长该开除猪头万，可谁知黄校长只罚猪头万头顶红宝书站了一节课就了事了。

有了猪头万这个反面教材，每次开完批斗会，六喜回到家，娘对他的批斗就变本加厉了，一下一下戳到他头上的指头劲更大了，拧耳朵时那手就像钳子，还连推带搡又踢又打的，而且娘的话也更具体了，“你看看人家红兵咋唾，对着他爷吹一口气就了了，谁不夸红兵懂事？你听听人咋拿红兵比对着笑话你娃哩，人都把你娃当瓜子、苕子、二百五、半吊子看哩。”娘还会长叹一声说：“就因为有你娃衬着，红兵可是把好名声落下了。”娘都不叫猪头万外号小名了，红兵长红兵短的，这么说的时候，六喜就还不上口了，他心里有了事，本来第一个登上批斗台是多么风光的事，可回家因为有猪头万这个反面教材就大打折扣，而且娘对他的批斗会也开得更有理更长久，六喜心里极不畅快，早就想好好收拾狗日的猪头万了。

却说六喜到葫芦坡没有偷到瓜，就向着猪头万家来了。到了猪头万家崖顶，见猪头万正在院子里滚铁环，六喜故意咳嗽了一声，猪头万抬头看见他就兴奋地大叫了一声“蔫锤”，而且扔了手中的铁环在院子里蹦着跳着“蔫锤”“蔫锤”地喊起来，手里还比画出锤子的样子。六喜不敢跳进院里去，心里怯着猪头万的奶奶，只能佯装不堪其辱，又无可奈何，做出逃避的样子掉头往梁背后走，想把猪头万诱出院子，只要诱到这山野里来，就能收拾狗日的了。猪头万果然上当，欢叫着“蔫锤”“蔫锤”从院里追出来。拐了一个弯，就是大壕沟，六喜敏捷一跃，贴着崖坡潜伏下来。只要猪头万能追到这沟沿上来，他就能制服他了。他断定猪头万一定会追到这沟沿上来的。站在沟沿上，把两只手卷成喇叭筒，吼叫着一个人的外号，这深沟大壑就像一个又大又长的传声筒，那声音在枝枝杈杈的沟谷里游走，沟谷里都是你的声音，而且吼着一个骂过你打过你欺负过你的人的外号，那多么惬意多么解气。他就经常站在沟沿上，吼那些欺负过他的人的外号，有时候他会把全村大人娃娃的外号全喊一遍，听声音串沟游山，就像队长在高音喇叭里叫工派活。

猪头万见六喜拔腿跑开了，当然开心了，一点都没多想就追到沟沿上来了。叫别人的外号是快乐的，叫“蔫锤”就更快乐了。现在，只有他敢当着六喜的面叫“蔫锤”，这是多么荣耀风光的事，何况他的外号猪头万就是六喜叫给他的。他要站在沟沿上，让“蔫锤”这个外号通过他的嘴像鸟一样顺着那沟那壑自由飞翔，灌满村庄里每一个耳朵。

猪头万站在沟沿上，一边张望六喜的去处，一边将双手卷成喇叭筒，憋足劲儿高喊：“蔫锤——”“蔫锤——”声音在沟壑里走开，就像一匹奔驰的儿马，猪头万又高喊：“蔫锤——”“蔫锤——”他要让声音续上，不能断了，那才叫有气势。正喊得兴奋，忽然一双手准确地抓住他的双脚，还没等他叫一声出来，就被扯到沟坡上去了。猪头万晕头转向才爬起来，被六喜一个摆脚打倒，六喜一纵，骑在猪头万身上，提在手里的鞋底就煽在了猪头万的脸上。猪头万大声嚎叫，六喜嘿嘿一笑说：“你狗日的想嚎叫把你娘引来，把你爹引来，把你爷引来，把你那些泼妇一样的姐姐们招来，小心打死你个狗日的，他们远着里，听不到。”

六喜把积攒的仇恨全部发泄了出来，那鞋底轮得风吼。猪头万和六喜同岁，却比六喜矮一头，短胳膊细腿的，被六喜抓住就只有挨揍的份了。直到猪头万的鼻子、嘴巴都流出血来，六喜才住了手，他在烈日暴晒的地方画了一个圈，让猪头万站在里面，自己坐在阴凉下盯着猪头万。正午，太阳毒得像蜜蜂的刺，没有一丝风，就像蒸笼，沟壕一点气都不透，猪头万感觉自己就像馒头，汗水一层一层往外渗。

猪头万偷偷观察地形想逃，但发现没有可能，因为六喜把住了唯一的出口，其余三面全是高坎悬壁，无路可走。猪头万口干舌燥，给太阳烤得发晕，往下一坐，六喜大吼一声，他只能乖乖地站起来。崖壁每斜出一点阴凉来苫盖在猪头万身上，六喜就立刻命令猪头万往阳光下挪。六喜扳着坷垃一下一下砸着猪头万说："你狗日的声音很洪亮嘛，继续叫，叫几声'蔫锤'出来给老子听听噻，看在这沟里能传多久。"

六喜把猪头万箍在沟壕里晒了整整一个正午，自己也是又渴又饿，肚子饿得像装了无数个屁，咕儿咕儿地直叫唤。他在等高音喇叭唱响《社会主义好》。《社会主义好》高音喇叭唱过两遍，陶世宽就会派活，社员就该下地去了，他就可以放了猪头万。等黄昏散工回来，一个下午猪头万肿起来的脸就会消了，青一块紫一坨的伤痕也淡了，夜里灯光暗弱，不细心就看不出来。六喜当然怕猪头万的娘陈四花，这个疯婆娘是个为了儿子命都豁得出去的难缠角色，她不但会骂大街，还会寻死要挟。老公鸡打破了猪头万的头，陈四花闹上门去，用头撞墙，一下一下撞，撞得墙上泥皮往下一块一块掉，头上的血哗哗地往外直冒，声称要撞死在老公鸡家，老公鸡可给他爹打惨了，指头胖的鞭杆都打折了。鸠山打破了猪头万的鼻子，说起来他们还是表兄弟，陈四花照样不放过，提着镰刀追了几架梁，那镰刀就在鸠山身后抡得风吼，不是鸠山跑得快，脚筋准给放断了。

看看崖影儿都扑过来老长一截，可是高音喇叭却迟迟不见响起，爬上沟沿几趟，还不见人们下地去，六喜不知道出啥事了，再等下去他也熬不住了，就决定放了猪头万。他并不知道今儿是立夏。

六喜踢了一个小土包一脚，一个正在打洞的骚甲虫滚出来，他踢到猪头万面前，一脚踩上去，“咔嚓”一声脆响，一股骚味扑鼻而来。六喜又煽了猪头万两个嘴巴说：“再叫老子‘蔫锤’，老子就捉一堆骚甲虫让你狗日的一个一个给老子吃进去，老子说话算话，听见了没?”猪头万不说话，六喜说：“你狗日的不信就再试试看?!”又命令猪头万将脸上的血痂搓尽，说：“狗日的要给你家人告了，你知道啥后果。”这么说着，猛然一推，猪头万就踩到了崖边上，吓得大叫一声“妈呀”，却又被六喜一把扯了回来。六喜踢了猪头万一脚说：“老子就把你从这崖上推下去。”

陈四花正在纳鞋底，儿子回来了，她站起来迎上去。从中午到现在，她一直惦记着儿子，中午吃饭没见着，叫不应，寻不见，连饭也没吃，后来想今儿是星期天，儿子八九不离十是去了他大姐家。大女儿嫁到了梁庄，翻山就到，儿子有时候放学去姐姐家也是常事。

陈四花说你野到哪里去了，饿都不知了？猪头万没有回答娘的提问，直接进了窑洞，陈四花跟了进去，猪头万却又躲了出去，陈四花又跟了出来，说你去哪里，娘给你炒的肉片扣在锅里哩。猪头万不说话，面对着墙站着，抠墙上的泥皮。这种情况儿子必是受了欺负。陈四花走到跟前，看见胳膊有几道血痕，一把把儿子扳转过身来，问咋了。儿子还是不说话，陈四花双手掬起儿子脸一看，那脸红肿得像紫茄子，拉起衫子再看，是青一块紫一坨的。知道儿子被人打了，问是谁。猪头万不回答，又把头扭到一边。不用思谋，陈四花就圈定在两个人身上，不是筛子头，就是六喜。村里除了这两个土匪娃，再没人敢对她的儿子下毒手。她判断筛子头的可能性更大，这个土匪娃仗着他爹是大队支书坏得头顶生疮脚底流脓，老是欺负石头。说不定还是这两个坏种一起干的。可一再逼问儿子，儿子就是不说。她就说我这就去找他狗日的，别人怕他陶世宽，老娘不怕他，他把老娘捆了算他本事大，老娘不揭发控诉他狗日的才怪。她其实是在诈儿子。这种方式她试过好多次，很管用。果然儿子“哇”的一声哭出声来，边哭边说不是筛子头，是六喜。

是六喜干的。陈四花兴奋起来了。不怕陶世宽，那不过是说给儿子听的，这世上谁不怕陶世宽？她哪里敢和陶世宽弄事，要是筛子头，她也只能咽了这口气。是六喜她想都不用多想，扯着儿子沿村街一路无所顾忌大张旗鼓地骂将过来。当然她没忘记双手在锅底上捞一把，往脸上一抹，立刻就像唱大戏里的包公。骂大街，号哭是必需的前奏，一方面能先声夺人，让自己处于被同情的地位，让别人以为你吃了多大亏受了多大委屈；一方面能把人集合起来，会让骂大街更有效果。骂大街就是要歪使狠，围观的人越多，那才越解气，越过瘾，也越顶事。因此，陈四花扯破嗓门的号哭声随着跨出大门的一刻在村街里就传将开来。大队部正在过秤的人们立刻撂了大秤，涌到村街里来了。

白巧凤正教荞荞在枕套边儿上翻花，这是针线里很艺术的活儿，既要描画的功夫，又要调线的技巧。就听到了陈四花的骂声，侧耳屏息听过两句，知道六喜又生了事端，心里骂了句这个不省油的祖宗啊。遂就整理了一下心绪，顾不上收拾儿子，只是咬牙说在院里待着，不叫你外面出了啥事都不要出来。白巧凤不生事，但遇了事她从不怯阵慌乱。

因为猪头万，陈四花已经蹬着门槛耍过两回歪了，她都忍了。当然忍了，不是因为怕陈四花，而是老万给家里拉长工多年，人很忠厚，万福几乎是在她家长大的，一起玩耍，她念这一份情，再说陈四花脑子不清干，她看不上和陈四花生事，觉得掉价。可有个再一再二，没个再三再四，忍了两次也显得她把事做得够长了，这次她不想再忍了，也不能再忍了，要再忍了过去，不要说是陈四花，就是整个老埂坪的人以后也不会把她当回事，把他们一家也不当回事，都会来要欺头。人就是这么势利，墙倒众人推，鼓破众人捶。再说陈四花是个得寸进尺不知进退的女人，把骂大街当本事来显摆，不好好地臊上一回，会以为她好欺负，为了鸡毛蒜皮的事西瓜皮擦屁股没完没了地上门来叫骂。因此，她迎出来时，显得有些斗志昂扬。

白巧凤刚到街门口，陈四花正要冲进来，白巧凤往街门中间一站，将陈四花拦在了街门外，这样就把战场摆在了村街里。既然要弄事，她就要把战场摆在村街里弄，她要窝一窝陈四花的尖，让陈四花明白你可以在别人家里三进五出地骂大街，在她白巧凤家不行，到她家要欺头该掂量掂量。她知道陈四花一时半会儿不会住嘴，就顺手拿了一双鞋底在手里。

陈四花双手卡腰就吼开了。白巧凤纳着鞋底，冷静地斜倚大门一站，没有还口，就像是听陈四花骂别人一样。白巧凤从心里看不上和陈四花这样的人生事，更不会像许多女人顶着你一句我一句骂大街，她要让陈四花骂上一阵，等时机成熟再开言收拾陈四花，她太了解陈四花骂人的路数了。

陈四花还是老套路，骂了六喜几句就跑题了，把齐福来、白巧凤、六喜的爷爷、齐家先人骂了个遍，白巧凤没理会。齐福来的爹和齐家先人已经黄土掩了，骂了死人死人不知，但造下的罪却是活人的，还会遭讲理的人笑话，等于自己丢丑。骂齐福来和她白巧凤骂去，骂了少不了肉，掉不了膘，骂过头了还添福哩。白巧凤知道陈四花骂完齐家，下个阶段就会骂到她娘家了。而骂她娘家，就得了革命的势，许多人现在都是这招数，两家人闹事也往革命上靠，给自己添威壮势。她在等陈四花骂到下个阶段。

果然陈四花骂完齐家，又骂到了白家，地主阶级，反革命分子，打倒在地，踩上一万只脚，永世不得翻身，口顺得就像开批斗会喊口号，最后什么白耀祖屎毛上捋着吃虮子之类的恶心话都骂了出来。虽然爹没让他们兄弟姐妹享上福，却让他们兄弟姐妹背负了不好的成分，可爹让他们兄弟姊妹在人面前活得尊严，活得风光，走在人前都是光彩熠熠的。白巧凤觉得不能再由着这个没脑子猪吼骂下去了，再骂下去不知骂出啥话来。对付陈四花这种人，白巧凤的脑子绰绰有余，虽然地主女儿这个成分压得她连口气也都喘不过来，可她并不畏谁，很会在理上骂人，村里人都怯于和她生事。

陈四花嘴角堆着白沫，声音都嘶哑了。荞荞挑了一担水正要进门，白巧凤说进去送一马勺水出来。荞荞送一马勺水出来递给了陈四花。陈四花接过来咕咚咕咚地灌了起来。白巧凤心里冷笑说没脑子猪，就这还跑到人家门上大张旗鼓地争狠哩。在陈四花喝水的当口，白巧凤扫了一眼拥满村街的人，她开口了。

“他、婶、儿，你、骂、够、了、吧!”

白巧凤的声音虽然不是吼出来，却带了十分的牙劲，一个字一个字蹦出来的，惊得陈四花大瞪着眼睛看着白巧凤，上几回白巧凤可是一句话都没说。

“他婶儿，人怕人在心里哩，人怕鬼在脸上，为一个娃娃生事，你也用不着抓上两把锅灰把脸抹得像个敬德秦琼一样。你是多厉害的人，威名在外，老埂坪庄前庄后的人，谁不知道？脱了裤子追得公公跳崖，薅住婆婆的头发像薅草，威名在外哩，往我们这些人跟前一走，我们都怯乎乎的。”

这分明是揭短了。对付陈四花这种人，当然要揭短。自生了儿子，就有权有势了一样，和公公婆婆三天一架两天一仗，在村街里薅住婆婆的头发拉得像驴推磨更是家常便饭了。有一回，不知为啥陈四花和公公老万闹起来，骂着骂着她一把就把自己的裤子脱了提在手里扑向公公，老万被臊得跑得比风还快。

“他婶儿，不用你三番五次地提醒，我们知道自己的成分不好，现在轮不到你幸灾乐祸了，你还当你还是贫农啊。你家成分好的时候，有共产党给你撑着腰哩，可现在咱们都是一样的人了，打倒我爹，踏上一万只脚，永世不得翻身，可现在那一万只脚既能踩到我爹身上，也会踩在你万家人的身上，老鸹站到猪身上了，谁也不要臭谁黑，咱们都在下风子站着哩，别以为你尿上一泡拉下一堆就会只臭到我们！”

白巧凤声不高，音不大，软绵绵，轻飘飘，没一个脏字儿，听上去像在抬举你，然而却是在骂你、臊你、羞你、辱你，煽你的嘴巴，踢你的沟子，每句话都在揭短，都在打脸，每句话都绵里藏针。

“他婶儿，碟儿打了说碟儿，碗打了说碗儿，六喜是齐家的种，跟白家有啥干系？我爹就是再不好，也没吃到你家，睡到你家，尿到你家，屙到你家，他是欺了你家男还是霸了你家女，是在你家生下一男半女？我爹再坏，也轮不到你来说三道四，娶你的时候，还是我爹给你家装了一口袋麦子一口袋糜子待的客，你娶过来在我家住了多少年？不要说是给你一孔箍窑住，就是给你一个猪圈，那也还是我们白家给你打的，没忘吧，他婶儿，我爹都七十的人了，你捎带他干啥？骂他事小，折你的寿事大哩。”

荞荞端出来一勺水是刚从井里打回来的，夏日的井水，冰得拔牙，陈四花灌了一马勺，便“咯吠”“咯吠”接连不断打出冷嗝儿来。陈四花每打一个嗝出来，人们就发出一阵笑声，就像是对白巧凤的一种应和。老埂坪人不习惯鼓掌，可这笑声远比鼓掌更有效果，更有意义。

“他婶儿，蹬谁家的门槛要歪使狠，你得掂量掂量够不够斤两，值不值得你蹬着门槛寻衅弄事，要歪争狠，你寻我们这些人闹仗能给你增啥势？我们现在活得个啥人，蹬着我们这些茶胀人家门槛要歪使唤狠，没人高看你一眼，我们倒没啥，死猪不怕开水烫，死驴不怕狼扯，咽得下这口气，可那会失了你的威风，落了你的身价哩。”

陈四花和人骂过的仗连她自己都记不清了，仗骂起来，她喜欢别人和她跳起来对着骂，丢了主题地乱骂，互相唾着唾沫骂，含着“日”、“屎”、“毛”、“怂”、“受活”、“驴”、“猪”之类字语地骂，把爹娘先人都带出来骂，那才是真正的骂仗，那样才能够骂出气势来，骂出许多经典的话语来，比如“驴日的，马下的，骡子群里长大的”、“屎打喷嚏怂腥气”之类，不用动脑子，那词儿就自己往出蹦。这样骂她是能够占上风的，能骂败人的，而且能够掌握骂的节奏，引导骂的方向，控制骂的场面，把仗骂得跌宕起伏高潮不断。可是，白巧凤不跟她对骂，你骂的时候，她一声不吭，像听你骂别人一样，可她一旦开口了，你就别妄想插上嘴。陈四花站在那里只能“咯呔”“咯呔”接连不断打出冷嗝来。而随着她的冷嗝，人们发出一阵一阵“哗哗”的笑声，就像河水扑打着河岸。

“他婶儿，在老埂坪齐家白家是人多势众，合起来吹口气，天河谷里就起大风，可是现在都在下坡子站着哩，吹不起土，扬不起灰，也值不得你这么兴师动众地上门来要欺头，你也抖不起啥威风。”

这虽然听上去软，却又分明是在摆势。摆给陈四花，也摆给所有围观的人。她是在羞辱陈四花，同时也是在给所有的人传音儿。她很少跟人生事，生一回事，她就要让所有人充分感受到她的分量。

“他婶儿，咱们都是可怜人，让你二两麻，你别认不得秤。掂量别人也掂量掂量自己。”

遇到这样的骂阵，陈四花就懵了，一句话都还不上，连嘴都插不上。村巷里人是越围越多，都在笑，加上又“咯儿”“呔儿”地不断打嗝，就觉得十分的败兴和臊毛，陈四花第一次有了想草草了骂的想法。往时她可不是这样，别人都进家门了，她还要对着人家家门骂上一阵的。

可白巧凤却不轻易放弃这次机会，既然摆了战场，咋就能轻易收兵。这些年她就像一个被人摁进很深的水底的人，快要憋死了，她太需要从水底凫上来透一口气。她一定要高高扬起头，大口大口地喘，大声大声地喘。六喜很匪，伙上筛子头惹得庄子上猪嫌狗不爱的，可终究还是个娃娃，一个才知道饭香屁臭的娃娃，哪个不匪，翻墙上树就像走平路，打捶骂架就跟吃饭放屁一样。可有些人就拿儿子做文章，就像六喜的匪是家里成分造成的，骂六喜时捎话带语的，人走下坡路了，有个磕磕碰碰，谁都想从你身上讨点便宜，仿佛不占你的便宜自己就吃了亏一样。

“他婶儿，我那儿不是个省油的灯，别看五六岁了才说话，可记仇记得深哩。根根和他打了架。娃娃打了娃娃，多大点事噻，李成给了他一个砍脖儿，从那以后他见了根根就追，硬把根根追到沟里去了，十几丈深的沟，多亏刚刚下过雨，沟底塌了许多软土，要不然你说还能活着上来？李成来下话，都给他跪下了。现在根根和六喜一照面早早就闪了。”

这白巧凤一点都没夸张，李成给六喜下跪那事老埂坪尽人皆知。她之所以把这事点出来，就是要臊臊李成女人。李成女人放出话来，要把那奇耻大辱的事儿扳回去，还挑拨说他狗日的这么坏，就是仗着他那大地主外爷的势。白巧凤是在挑事，李成的女人就在人群中，她希望她能够跳出来。

“他婶儿，我身子贱，给齐家生了三个儿，瞎子养儿——图数哩，养多了有个闪失担当得起，你身子金贵，就给万家生了一个金疙瘩，闪失得起？有个三长两短万家可就绝后了，不孝有三，无后为大，到了那世是要下地狱的。可要好好看着你的石头，叫了石头，命不见得比石头硬，六喜还是个娃娃，万一出了啥事，公家也抓不了他，娃娃无罪，我娘家成分不好，可他家是中农，毛主席说是团结的对象哩。”

陈四花几次张嘴，却不知如何插话进去，又给这话一吓，两只眼越鼓越大，“咯儿”“呔儿”的越打越响，人们的笑声也越来越响。

“他婶儿，提起这娃我都愁得睡不着，天不怕，地不怕的，我管得了他白天，管不了他晚上，管得了他在家里，管不得他出门在外，谁知道他日后闯下啥惊天动地的大祸来。”

白巧凤这么说着，陈四花的眼珠子就乱翻开了，白巧凤心里冷笑着，觉得够了，就说：“他婶儿，我那碎先人就在院里，我叫他出来你想咋处置就处置，我白巧凤不会蹬着你家门槛耍歪使唤狠。”这么说着，就回头喊，“六喜，你狗日的还不出来，要我提着吆驴的鞭子进去吆你啊。”

六喜坐在院里磨镰刀，娘的话他是听得清清楚楚，就很佩服娘，听娘喊叫，就提着镰刀出来了，双目圆睁，大口呼气，手里的镰刀明光闪亮。娘一把拧了他的耳朵，扯到陈四花跟前说：“他婶儿，世下这么个不争气的东西，我是一点法子都没了，要骂要打随你。”白巧凤盯了陈四花一眼，眼梢瞟着村街，嘴角上挑，挂满了蔑视与冷笑。

陈四花往后退了几步，白巧凤说：“你别怕，我这儿跟了他外爷，长了个大个儿，可终归还是个娃娃，和石头同年生的，石头干巴精瘦长得小气，打不过他，你人高马大的打得过，想咋处置就咋处置，谁让咱在下风子活着呢。”白巧凤把六喜往陈四花跟前一推。

忽然，猪头万挣脱被娘攥着的手跑开了，才跑出两步，踩在一块瓷片上，跌了个马趴，脸上搓掉了一块皮，号哭起来。

围观的人群依然发出一阵哄笑。六喜也笑了，他斜了娘一眼，娘却没笑，目光冷冷的。

陈四花头扯起儿子来，边拍土边说："以后可不敢惹那狗日的，那狗日的苕着哩，瓜着哩，是个没心没肺有人养无人教的东西，你看他唾他外爷那架势，就像唾别人，恨不得一口唾沫把他外爷淹死，那狗日的心里恶着哩，无情无义，是墙缝里蹦出来的，吃野粮食长大的，啥事都做得出来。记住以后见了那狗日的躲着走，不跟他狗日的耍，不跟他狗日的说话。"

这话并不是陈四花骂大街的内容，而是在给儿子安顿。可她骂大街骂出的粗大嗓门，让这话灌进了村街里每个人的耳朵里，在许多人听来，却不是说给儿子听的，还是在骂大街。

英姿飒爽的白巧凤像一朵盛开的花朵忽然遭遇严霜的袭击，一下子蔫头耷拉灰塌塌的，明亮的眼睛一下子黯弱了，一直高仰着的头垂落下来，长长叹出一口气，忽然一甩手，给了他一个耳光，扭身进院去了。这耳光重了，六喜耳朵嗡的一声，眼前金花乱冒，头甩了又甩，许久了耳门还嗡嗡的。

人们陆续散了，村街就剩下六喜和筛子头，他们听到经过他们身边的大人们说猪头万"仁义""懂事"。

“唉，猪头万这狗日的，不唾他爷倒把好名声挣下了。”筛子头说。

六喜靠着自家街门站着，听到娘在院里呜呜咽咽地抽泣。六喜一脚一脚踢着那块绊到猪头万的瓷片往前走了。征服猪头万带来的快乐一点都没了。娘从来没真打过他，可今天真下手了，这么重。

星期一，黄校长通知学生第二天带锹上山描标语。老埂坪周围的几座山冈上，都铲着标语。这是陶世宽从外面取回来的经。陶世宽刚当大队长那一年，到外省参加了一次会，回来就带着社员在周围的几座山上铲了标语。小龙山青云岗正对着老埂坪大队，左侧铲的是“毛主席万岁”，右侧铲的是“共产党万岁”，中间铲了一个大“忠”字。天柱峰雄伟高大，正面左侧铲的是“农业学大寨，工业学大庆”，右侧铲的是“大干快上，多快好省”，中间也铲了一个大“忠”字。老埂岭老鹰嘴左侧铲的是“社会主义好共产党好”，右侧铲的是“千万不要忘记阶级斗争”。这得到了县上的表彰，省报上还登了好大的照片。自从山头上铲了标语，年年总得修描两回，因为牛踩羊踏，杂草掩盖，标语就不显眼了，每年描标语就成了学生的功课，三月一次，九月一次。可这时间修描标语还是第一回。

六喜说标语描了才两个月还新新的，又描？黄世仁脑子让门夹了。筛子头说天柱峰要修梯田，县上都来人哩，标语当然要描得显眼些。六喜说天柱峰那么陡修梯田？筛子头说可天柱峰高呀，修了梯田远远的人就能看得见。六喜说修梯田是要种地哩，又不是给人看的。筛子头说我爹说公社、县上都很重视，开工那天县里的头头脑脑都要来，方满堂亲自带队哩。六喜说方满堂？筛子头说就是见过毛主席，和毛主席握手、照相的方满堂，你咋连他都忘记了。

六喜当然没忘记，“远学大寨，近学方庄”，这个口号谁不知道，村里墙上还写着哩。方满堂是方庄的支书。他把方庄所有的山都修成了梯田，从山坡下一直修到了山顶。六喜还知道方满堂和毛主席握手、照相回来之后，不洗手，不换衣服，从那以后，方庄人就只睡四个小时了。方庄的山全修成了梯田后，又开始修马大山，那是在方圆任何地方都能看到的一座山。方庄人中午都不回家，饭送到工地上吃。六喜大姑嫁到了方庄，和方满堂屋前屋后住着，他去大姑家几次想见方满堂都没见到，方满堂带着社员一直在山上修梯田。有一次六喜对大姑说想见方满堂，大姑斜了他一眼说你见他干啥？六喜就说大姑，他见过毛主席，和毛主席握过手哩。大姑却说你当他是个神仙，骨头架子肉人，不是钢打铁做的，照样得蹲着拉屎，站下尿尿，吃饭放屁。大姑口气像是和谁生气。他和筛子头专门去看方满堂，也没看上，方满堂去县上了。

描完标语，六喜和筛子头坐在山梁上，筛子头掏出烟来一人点了一支烟。筛子头的爹吃的是纸烟，而且是“大前门”。有个顺口溜他们也知道：县里干部香喷喷（牡丹牌，掺有香精的）；公社干部两边分（大前门牌，门是可以两边分开分合的）；大队干部四脚奔（飞马牌，马有四条腿）；生产队干部角四分（大铁桥牌，一角四分一包）；社员上秤称（旱烟，不论支，用旱烟袋装）；没钱的地下蹲（捡别人香烟屁股，剥开来放进旱烟锅里抽）。筛子头会偷烟，他给六喜传授过偷烟的经验。拿一盒烟出来，从烟盒的旁边撕开，取出几根烟后，抹点糨糊粘上，再晃荡晃荡，就又像一整盒烟了。一盒烟取三根烟最保险。可六喜没烟可偷，他爹吃的是喇叭筒。

筛子头狠咂了一口，从鼻口悠悠喷出来，忽然说：“咱们去北京吧。”

北京，伟大的首都，祖国的心脏，毛主席生活和工作的地方，谁不想去？

可北京有多远啊。但是六喜想筛子头不是胡吹冒料，老埂坪第一个去北京的，最有可能的就是筛子头，筛子头跟着他爹已去过县上，去过地区，去过省上。他还没去过县上哩。

“咱们去北京见毛主席。”筛子头又说。

毛主席，中国的红太阳，人民的大救星，可是谁想见就能见的?

筛子头说：“我爹说现在外面的学生不上课搞串联，都去北京见毛主席哩，坐火车、坐汽车都不要钱，到哪里都管吃喝管住店，只要套个红袖箍就成。”

这话六喜也听人说过，就说：“毛主席是随便就能见上的?”

筛子头说：“毛主席天天都站在天安门上接见红卫兵哩。”

六喜说：“那毛主席不累啊。”

筛子头说：“累也没办法，毛主席是人民的大救星，全国那么多人都想见毛主席，再累总不能不见吧，毛主席最喜欢和人民群众见面握手了。”

两人从坡上下来，忽然，筛子头说：“快看，快看。”六喜已经看到了，表哥白正东和翠芳两个倚在一棵树下。

这是一棵柳树，树冠像一个巨大的伞盖，纷披下来的枝子一拂一拂，就像帘子罩着他们。

筛子头说：“两个人手拉手哩。”

六喜说：“他们找对象，当然拉手哩。”

两人潜伏过去，隐在塄坎后面。

白正东说："人要是像鸟一样多好，要飞向哪里就飞向哪里。"翠芳说："那咱们就飞到没人的地方去。"白正东说："翠芳，你别担心，我一定能把成分改过来。"翠芳说："不易哩，你咋改?"白正东说："只要能立功，就能把成分改过来，我一定要争取立功。"翠芳说你："当不了兵，上不了战场，你咋能立功?"白正东说："他们说修梯田大会战也能立功，天柱峰修梯田大会战我一定要好好表现，争取立功。"翠芳说："那些成分不好的人，不也照样活人过日子？你心里别泼烦，要是说成分，人家就不跟你好哩，改过来改不过来我都跟你。"白正东忽然头擩在翠芳的怀里就哭起来。翠芳抚摸着白正东的头说："你想哭就放开声哭吧，硬憋会把人憋出毛病的。"白正东就放声号哭起来，结果翠芳也嘤嘤嗡嗡啜泣起来。

不像那些城里来的知青娃搂住亲口口，还婆娘一样哭哭啼啼的。筛子头说："你表哥说胡话哩，只有上了战场才能立功哩，像董存瑞、邱少云、黄继光。"六喜说："雷锋没上战场也立功哩。"筛子头说："雷锋没上战场，可是他当兵哩，不当兵咋能立功?"六喜说："人都说我表哥长得像敬爱的周总理，你说像不像?"筛子头说："像是像，可像也没用，改不了成分。"六喜跳起来就走，说："我又没说像周总理就能改成分。"筛子头追上来说："你表哥要是娶了翠芳，我们就成了挑担了，咱们就成了亲戚了?”六喜头都没回说:“咋,不想当亲戚?”筛子头说:“不是,你们齐家是老埂坪大户,当亲戚当然好。”六喜说:“那你说这是啥意思?”筛子头说:“你表哥家可是地主成分,你说这不会影响我们家的成分吧?”六喜瞪大了眼睛看着筛子头,筛子头说:“你别这么看着我,这是大事中的大事哩。”六喜不理筛子头,往前走了。筛子头站在那里半晌,追了上来说:“你表哥娶不了翠芳。”六喜说:“为啥?”筛子头说:“翠香家是啥成分?你表哥家啥成分?肯定不会同意的。”六喜说:“你啥脑子,要是同意他们俩还会抱在一起哭啊。”筛子头说:“对对对,你脑子好使,吓我一身冷汗。”六喜说:“你就那么肯定你能娶了翠香?”筛子头说:“等我当兵回来就娶翠香,一定能娶翠香!这还有麻达?”又说,“我爹说了让我十六岁就当兵,再有两年我就能当兵了。”六喜说:“人家十八岁才能当兵哩。”筛子头说:“我爹说了,户口能改,他跟那些干部都熟,说好了的事。”六喜走远了,筛子头回头看看,见白正东和翠芳还在那树后站着,说:“等等,看他们还干啥。”六喜说:“他们都哭哩,还能干个屁。”

小福来叫六喜。六喜说啥事?小福瞥了他一眼说写字。六喜问写啥字?小福没有回答就走了。自从唾外爷以后,小福见了他就这姿势。六喜知道外爷要写身份牌。其实表哥还有舅舅哩！能写个身份牌的人还是有，可外爷就要他写，说他的字写得好。他心里说写个身份牌，还要字好看，当这是啥光彩的事。六喜的字是受过培训的。那年来了个老右，就住在六喜家箍窑哩。一个很老的老头，上锅盘灶的，白巧凤觉得可怜，就让在家里一起吃喝。老右很感动，说我无以回报，就给六喜教教写字吧。多年以后，六喜才知道那是个老有名气的书法家。受过老右的指点，六喜的字写得不比年年写对子的老秀才差，社员都说能写标语了。有一回黄校长就让他写过标语。外爷的身份牌一直是他写。自从唾外爷以来他见了外爷远远就躲开了，更别说去外爷家，可外爷的身份牌他还是要写的，押上批斗台多少人看得见。

进了院子，六喜觉得有些别扭，看到外爷正在用推铇推一块板子。旁边是纸板子做的身份牌，已经烂成几牙了。六喜明白，外爷是要用木头做身份牌。反革命分子胸前挂的身份牌得自己做，都是从纸箱子剪下一块写的。可纸箱子剪下的牌子经不住革命专政的折腾，有时一场批斗会就烂了。而纸箱子不容易得到，以前小卖店还能找上，现在人家要卖钱。

白耀祖摸了摸六喜的头，从口袋里掏出两颗糖来塞进六喜手里，嘿嘿一笑说秀才，你可要把字给外爷写得漂漂亮亮的。六喜想想把一颗糖给了小福，小福却绷了他一眼，没接。六喜就自己剥了一个糖含在嘴里。白耀祖眯着一只眼睛把木牌扫了又扫，用唱大戏的口吻说小福笔墨伺候。小福拿了毛笔和墨汁出来，白耀祖说就写大地主白耀祖。六喜说地主白耀祖就行了，他们的牌子都写反革命分子谁谁谁，不用写“大”字，写了“大”字就说明罪恶更重了。六喜给好几个反革命写过牌子。白耀祖又摸了六喜的头一下说“大”字还要写上，爷爷在地主里是最大的，爷是大拇指，他们连小拇指都不是，风光着哩。六喜开始写字，白耀祖说小福过来，学你哥写字，字是一个人的门面。小福呸了一口说向他学？学他唾爷，攒那么大一口唾沫恨不能把爷淹死。小福掉头就走了。六喜写好牌子，名字上还要打一个大叉，白耀祖拿过毛笔说这爷爷会打，你别打，你打了造罪哩。白耀祖逮笔就像逮了条蛇在手里，抖得划出来两条线就像蚯蚓弯弯曲曲。外爷趴在那里描了又描，边描边说六喜呀，你一定要好好念书，爷就是吃了没读下书的亏啊。

天柱峰修梯田大会战开工那天，召开了批斗大会。后来，六喜想就像古代军队出征要祭旗，批斗大会就是祭旗的一种形式。漫山遍野插了几十面红旗，迎风招展，哗啦啦的。反革命队伍被押上了天柱峰半山腰的台子上，列好了阵势，学生也整好了队跟在后面，等待着参加开工仪式的领导。

直到小晌午，车队扬起一道土龙来了。一下子就来了五辆北京吉普，三辆大班车。天柱峰立马锣鼓震天，口号震天。方满堂头上裹着一条羊肚子白毛巾。六喜说："这么热的天，他头上还裹羊肚毛巾？"筛子头说："他在学陈永贵哩。"课本里有《三战狼窝掌》就是写陈永贵。黄校长讲那课时，拿了好几张有陈永贵照片的报纸给他们看，陈永贵头上都裹着一条羊肚子白毛巾。六喜说："他学陈永贵不一定能学成。"筛子头说："咋学不成？陈永贵就是修梯田修上去的，说不定他下次见毛主席，毛主席拉着他的手说满堂同志呀，你到北京来干吧，方满堂不就和陈永贵一样了。"六喜说："他现在才是个大队支书，陈永贵都是中央人了。"筛子头说："方满堂不是队上的人了，是县里的官，吃公家粮，拿公家钱，月月都有个麦子黄，跟县长一样大哩，我爹说的。"六喜说："你爹和方满堂一样都是支书，毛主席咋就不接见你爹？"筛子头说："方满堂干了多少年，我爹才干了几年。"六喜说："你爹要把天柱峰修成梯田就是学方满堂吧？"筛子头说："不，应该说是学陈永贵哩。"六喜说："方满堂学陈永贵，你爹学方满堂。"筛子头就不高兴了，说：“你咋老是和我抬杠，咱们可是一辈子的朋友哩。”

要说老埂坪和六喜最好的，就算筛子头了，两人学大人在庙里拈了香，发誓一辈子做兄弟。筛子头生了一头疮，别人娃都怕传染，六喜不会说话，老是别人捉弄的对象，他们就走到一起了，好得跟弟兄一样。两个人端着碗在街巷里蹴在一起吃，经常换饭吃，你把碗撂过来吃几口，我把碗撂过去吃几口。尤月梅不让儿子筛子头和六喜换碗吃，她觉得儿子吃亏，她家的饭要比六喜家的好，她男人是支书不说，她家只有三口人，她只生了筛子头一个就再也没生育，六喜家人口多，成分也不好。可筛子头不听她的，还说六喜家饭香。白巧凤也不愿意让六喜和筛子头搅和在一起，这娃太日懒，树杈上也屙屎上风头放屁，偷了鸡追十几里地找货郎换装着豆豆糖的塑料枪，可见六喜和筛子头在一起有说有笑，和别的娃娃不合群，即使混在一起，一句话也没有，怕又憋成了哑巴。娃娃的事大人管不了，越管越拧，也就由他们去了。

批斗会的程序是一样的，到了上台唾反革命的时候，六喜看到猪头万不但没唾他爷，还往他爷口里塞了个糖。外爷把头低下来，脸迎了上来，六喜没唾，也对着外爷吹了一下气跑下台去了。

下午到学校，六喜就被黄校长叫到办公室去了。黄校长说："今天你咋了？表现得不咋样。"六喜垂着头说："万红兵没唾他爷，还给他爷喂糖吃哩。"黄校长拍着桌子说："你咋能跟他比，你是全县表彰过的又红又专的学生，跟他比啥？没个比的了。"六喜就不说话了，黄校长说："你这思想可有些掉队，你是班长，又是又红又专的学生，这么下去咋行？"六喜不说话，黄校长说："现在就这么个形势，再说就是唾口唾沫的事，大形势，不遭罪。以后可不能像今天这样，你要好好表现，今年学校还要推荐你到县上比赛开会。"拿出期中考试成绩单，说，"你看看，门门第一，天生就是念书的料，这么念下去以后会把你推荐上大学的，可不敢自己耽误了前程。"

放学后，六喜和筛子头到了葫芦坡，依然没有偷上瓜，老不死拉来了两只大狗，他们被狗追上了山坡。两人头朝下倒挂在山坡上，就像葫芦一样。

天上有些云朵，阳光被阻隔，投到地上东一坨西一坨，于是就这山明那山暗的。门门拿了第一，可六喜高兴不起来。筛子头掏出两根烟来，噙在嘴里点了，递给六喜一根。

六喜深深地吸了一口，悠悠吐出来，说："我不想念书了。"

"咋了，在县里竞赛都拿了第一名，人都叫你秀才哩，你不念书了?!”筛子头觉得六喜在说假话糊弄他，跳起来就走，到远处又说，“有不念书的想法，还门门考第一?!”

六喜吼着说：“可要念书我就得唾我外爷!”

又喊：“要是你，你唾不唾?”

“五一”过后，老埂坪来了工作队。半个月后，老埂坪发生了一件惊天动地的大事。大队支书陶世宽被捉在了劁匠媳妇红莲的炕上，押上了批斗台。红莲是地主乔上官的女儿，嫁到老埂坪来。世事就是这么无常。开会的时候，工作队曹队长指示说陶世宽犯的错误就不是作风问题，而且是思想路线问题，这是阶级斗争的新动向。四队小队长王改说陶世宽没当大队支书前他俩就好着哩。曹队长说所以我说这不是作风问题，是思想路线问题嘛，批斗会要天天开，要集中在一段时间内批倒批臭，消除其恶劣影响。

为了不冲淡批斗会的主题，其余的反革命分子就押在台下，台上只有陶世宽和红莲。陶世宽胸前挂了现行反革命的牌子，脸让人抹得红一道黑一道的。红莲的胸前挂着自己的鞋和一串干辣椒。两个人就像唱大戏的。干辣椒散发出刺鼻的辛辣气味，刺激得红莲一个喷嚏接着一个喷嚏打，打得眼泪汪汪的。批斗程序进行到唾唾沫时，安排先由筛子头上台去唾，唾完，学生再排着队一个一个上去唾。筛子头上了台，站在他爹的面前上上下下左左右右看了又看，忽然一扭头将鼻涕、涎水搅和成浓浓的唾沫唾在了红莲的脸上，又狠狠地踢打起红莲来。陶世宽大吼一声："你个狗日的还不给我下去。"扑着要踢筛子头，被民兵死死扭住。筛子头被两个民兵拉到陶世宽跟前来了，可他就是不唾，高叫着说："我不会唾我爹的，你们打错算盘了。"黄校长急了，扑过来抱住筛子头，说："你怎么能这样，你唾别人时咋唾得那么美!"筛子头跳着蹦子吼着说："滚开，滚开，想让我唾我爹，门儿都没有!"甩开黄校长走了。

第二日的批斗会，筛子头连台都没上，黄校长被陈连山叫去训斥了一顿。陈连山是老埂坪大队的大队长，就是他组织人捉陶世宽的奸。陶世宽被拿下后，陈连山就成了大队支书。陈连山说："陶世宽对你不错，给你加了不少工分，我看你还在念他的好。"黄校长虽然是校长，还是民办老师，得靠工分吃饭。黄校长回到学校，就把筛子头叫到办公室，拍着桌子说："你不唾你爹是说不过去的。"筛子头高仰着头说："我唾不出来。"黄校长继续拍着桌子说："你得有革命觉悟，唾别人咋能唾出来，唾你爹就唾不出来了？这明显的是思想有问题!"筛子头昂着头不说话。别的学生，挨骂时会把头低下去，看自己的脚尖，低眉顺眼地捏自己的衣角，筛子头不，他把头高高昂起，眼睛绷得圆圆的，有时候盯着你看，有时候盯着屋顶看。“你看齐家旺，每次唾他外爷都是唾得多么彻底，唾得满腔仇恨，就像是在唾阶级敌人。你好好想想，这么下去是绝对不行的，你爹已经不是原来的你爹了，你要想清楚。”筛子头还是那样站着，不看黄校长一眼，黄校长说：“你给我做个保证，明天批斗会一定唾你爹。”叹口气又说，“按年龄你到了能自己想事的时候，你咋就不明白不唾你爹是不行的？你爹这辈子完了，这是你现在必须面对的现实。”这句话厉害，筛子头一直昂着的头垂了下来。

第三日的批斗会，筛子头连个人影儿都没见。黄校长从工作队那里出来，再次找筛子头谈话。黄校长蜷曲着手指敲击着桌子，说：“你这娃咋不听话，该懂事了，还看不出形势来？这是大势所趋，就像大家都叫你筛子头，你爹是大队支书也没办法让大家叫你豹子头一样啊，有些事情是不可抗拒的。”停顿了一下又说，“就说我放过你，可人家工作组也不会放过你，除非、除非你不念书，你不是学生了，就没人强迫你上台去唾你爹了。要还想念书，就必须上台去唾你爹！”筛子头走后，黄校长把六喜叫来，说：“你是班长，给他好好做做思想工作。”六喜说：“他比我有思想，我咋给他做思想工作？”黄校长说："用你的例子教育他，把你唾你外爷的想法告诉他。"六喜抬起头盯了黄校长一眼，说："我没想法。"黄校长愣了一下说："我给工作队拿了这个校长做了保证，表了决心的，明天的批斗会陶永红一定会上台唾他爹，这保证是随便做的？"六喜又盯了黄校长一眼，转身走了。"明天开批斗大会要是不见他人，我处理你。"六喜都出了校门了，黄校长又追出来说。

第四日的批斗会，筛子头还是没参加。批斗会结束，学生回到学校，筛子头却出现在教室里。黄校长把筛子头叫进办公室头都没抬说："红小兵大队长你不要当了，你也再不是红小兵了，副班长、劳动委员也免了，你出去吧。"黄校长这么说完，连看都没看筛子头一眼。筛子头站在那里没动，黄校长看都没看他一眼说："让你走没听见?!"筛子头说："我等你看我一眼。"黄校长抬起头来看了筛子头一眼，筛子头"哐"的一声甩门而去了。

第五日，学生整好了队后，黄校长一看，见筛子头站在第一个，惊喜地说："这就对了，万事开头难，这就对了嘛，谁让你爹把自己弄成这样了呢？现在就这么个事，谁家的人谁唾!"在走向批斗台的过程中，怕筛子头临阵脱逃，黄校长紧攥着筛子头的手，显得关系格外亲密，颇像一对父子。陶世宽和红莲还没押上台，黄校长扯着筛子头先上了台，器宇轩昂，大气凛然。谁也没想到筛子头会把准备得那么充分的一口唾沫唾在黄校长的脸上，而且连唾了三口。黄校长没有丝毫的防备，筛子头那口攒在嘴里咕嘟半个上午的唾沫喷在黄校长亮晶晶的额头，之后很快就覆盖了整张脸。筛子头站在台子上，挥臂高呼："我宣布，我开除学校，开除黄校长黄世仁！"喊着把两只手往上举了举，又举了举，就像平日喊口号一样。台下有些社员以为是喊口号，也跟着高呼起来。会场上一阵慌乱，民兵扑上台去，连拉带拽将筛子头弄下台去。

晚上吃饭的时候，白巧凤说："墙头拉屎，树上尿尿，上风子放屁，鸡沟子里掏蛋无活不做的娃娃，没想到这样有刚性，就是不唾他爹，看不出来有这样的出息，将来也不是平地里卧的兔。"尽管娘说得轻声慢语，说的时候看都没看六喜一眼，可六喜明白娘就是说给他听，每个字就像一块石头落在他的心上。人最怕有比较，平时头挨到枕头上就呼呼大睡的六喜，这个晚上失眠了。如果一开始站在台上的不是外爷，而是爹，他能不能像筛子头一样呢？这个问题纠缠了六喜一个晚上。

第二天，六喜一到学校，黄校长就让他去找筛子头。六喜说："还找他干吗？"黄校长说："召开全校学生大会，宣布开除他！"六喜说："他都宣布开除学校了！"放学后，六喜爬上老鹰嘴，筛子头点着一堆干蒿子正烧鸟蛋。筛子头说：“你说个心里话，要是你，你会唾你爹吗?”六喜抱着头说：“我不知道，真的不知道。”筛子头说：“肯定不会的，这咋还能不知道?!”六喜非常痛苦地说：“可我连亲亲的外爷都唾了，还得了工作队、学校的奖状。他是我娘亲亲的爹。”筛子头摆摆手说：“不说这些烂事了，我要走了。”六喜说：“你要走了？去哪里?”筛子头说：“北京天安门，见毛主席，再去看南京长江大桥，还要去韶山、井冈山，我要出去好好看看。”六喜说：“咱们一起走吧。”筛子头说：“你不想念书了?”六喜说：“我不想念书了。”筛子头摆摆手说：“你要好好念书哩，你能念出大出息来，我爹说了，不管啥时候还是读书人厉害，你看毛主席就是大秀才，中央那些头头子都是念了好多书的，被打倒的那些人也都是读书人，我爹就让我向你学习哩，说当了兵有文化提得快，唉，现在一切都白了。”

陈四花满山遍野叫魂一样呼唤筛子头，六喜才知道筛子头真的走了。六喜以为筛子头只是说说，可筛子头真走了。六喜自言自语地说还是拈香弟兄哩，这么大的事也不给人说一声，我咋也得送送你。

上工的时候，白巧凤对齐福来说身体不舒服，让给她请假。齐福来走后，白巧凤却将镜子摆在窗台上坐在窗前打扮起来，先是捋脸。捋完脸，又捋眉毛，捋完眉毛，擦了根火柴，等燃了一阵，吹灭，用烧焦的火柴把儿描了眉毛。白巧凤做完这一切将粉盒、镜子和线收拾好，换好衣服，才发现六喜站在门口看着，脸红了一下，说你没上学？六喜说今天是星期天。白巧凤说给娘捉只大公鸡。六喜捉住大公鸡，抽了两根冰草把鸡腿子捆绑起来，白巧凤提着公鸡看看六喜就走了。

六喜觉得娘有些鬼祟，远远地尾随着，见娘进了外爷家。六喜溜到院墙墙根，就听见外爷和娘吵了起来。

“你来做啥，回去，回去!”

“爹，你……”

“回去，回去!”

“爹，你甭生气，六喜是个娃娃，你跟个吃屎的娃娃见啥怪呀。”

“哎呀，我没生气，你快回去。”

“娃也没办法，不唾连书都念不成了，娃书又念得这么好。”

“哎呀，我没生气，你咋就不明白呀，自己的孙子唾我光荣着哩。”

“爹，呜——呜——”

六喜听到大舅妈哽咽着说：“爹，你不要生气了，巧凤也不容易，这社会就这样，都难着哩。”

外爷说：“哎呀，你们胡哭啥嘛，我还没死哩，这是哭丧啊。”

娘的哭声却越来越大了，“哇呜哇呜”地哭。

“你们别哭了，要让人听到了还以为咱们对新社会不满，对毛主席不满哩。你们咋这么不醒事，我这么大的一把年龄了，啥事不比你们明白？唉，看上一眼就行了，还过啥七十大寿，早死早脱孽了。”

六喜听明白了，今天是外爷的七十大寿。人活七十古来稀，七十是人的大限。人活到七十不容易，就是个讨吃，也得想法子过寿的。

“六喜要来我没让来。”

“不让来对着哩，六喜是个人才，书念得好，将来有大出息哩。赶紧回去，你以后别来了，划清界限，别把娃的前途耽误了。”

“六喜是个大坏蛋，六喜是个大坏蛋。”小福喊起来。

“小福，不许这么说哥哥。”

“他就是个大坏蛋。”

“你马上就要念书了，一念书就知道你哥哥多有出息，他以后要当状元哩。”

“我不稀罕念书，我才不唾爷哩。”

“唾就唾，你不唾别人就得唾，让我孙儿唾总比让外人唾好。”

“不！谁唾爷爷我就往谁脸上唾。”小福说着就呸呸呸地唾了几口。

“小福，你六喜哥也是给逼得，他不唾爷没办法，你要听爷的话，向你六喜哥哥学习，一定要好好念书，将来当状元，给爷增光，给咱白家光宗耀祖，你不念书，爷就不喜欢你了。”

六喜踅回家来，捉了只大红公鸡。大红公鸡是领群的，它正给一只母鸡踩蛋，六喜一个扑子上去就摁住了。他把背斗取过来，往背斗里装的时候，公鸡爪子乱抓嘴乱啄，把他手上的皮啄掉了一块。六喜火了，扳下鞋，抽了两鞋底，公鸡老实了。他将公鸡腿用两根冰草扎捆在一起，用一根冰草把鸡嘴也捆住了。然后在上面苫盖了把草，背着往外爷家来了。

到外爷家门口，六喜却有些不好意思进去，心也狂跳得不行，便隐在墙根往里面探看。

“六喜，你咋不进去?”

背后猛然传来的声音把六喜吓了一跳，回头一看是小舅，结巴着说：“我、我怕狗咬。”

小舅说：“院子里又是大队部，又是学校，人来人往的，狗都不知道叫了。”

六喜当然是知道的。解放后外爷家的院子被劈成了三瓣儿，一瓣儿留给了外爷家，一瓣儿大队部，一瓣儿做了学校。

一进院子，小福扑上来拦着六喜，说：“不许你到我家来，你滚，滚。”

六喜没理会小福的纠缠，将背斗放下来，弯腰掏鸡的时候，小福扑过来将一口唾沫就唾在六喜脸上。小舅扑过来就给了小福一个嘴巴，吼着说：“捶头大的人，哪里学下唾人的坏毛病。”小福“哇”地哭了，白耀祖一把将孙子扯进怀里说：“你打他做啥，才五六岁的一个娃娃，知道个饭香屁臭呀。”

六喜觉得小舅那一巴掌扇在自己的脸上，脸上火辣辣的。六喜想走，可怕外爷多心。小舅一巴掌太实成，小福的鼻子烂了，血流出来。六喜忙从墙头上掰了块沙坷垃下来，掰成两小块，往小福的鼻孔里塞，小福却又唾了他一口唾沫。小舅一把扯过小福在屁股上给了两巴掌，小福哇哇大叫起来，小舅妈从窑里出来把小福抱走了。

白耀祖搂住六喜往起抱了一下，说：“这么沉，成大小伙子了，这个头儿蹿得，将来能长成老埂坪最高的人。”

白巧凤从伙窑里出来，看到儿子很高兴，过来拉着儿子的手，边抹眼泪边摸儿子的头。六喜拿掉背斗上面苫着的草，将公鸡抱了出来。他感到一滴冰凉的东西就落在了他的额头上，之后流到他的嘴他来了，咸咸的，他知道那是外爷的泪，没抬起头来。

白耀祖拉着六喜的手进了自己住的窑洞。一阵欻拉欻拉的声音过后，白耀祖拿出一块银圆塞进六喜手里，说："书要好好念哩，当了状元，外爷脸上有光哩。"六喜说："状元是要考哩，不是当的。"白耀祖说："六喜一定能考上。记住爷的话，一定要好好念书，做个文化人，有了文化就能把这世事看透了，爷就是吃了没文化的亏了，活在这世上把你们都祸害得。下次上台，一定要好好唾爷，唾上又不疼，你想，你不唾爷，就没人唾爷了？他们照样要唾，排队上来唾哩，咱老埂坪有多少人有多少张口，一人一口就像下雨哩，脸上、身上到处都是，你才能唾多少?！你不唾爷，人家就不让念书，爷这孽就造大了。"六喜说："这一学期结束了，我到草鞋镇读书就再不用唾外爷了。"外爷双手搁着他的头扭扭，说："只要他们要你唾，你就唾，要比以前更卖力。要是老天爷觉得这有罪，那也是他们有罪，灾难一点也降不到你身上。"

找了个机会六喜就走了，他实在不想和外爷面对。六喜上了堡子山。堡子山有一个堡子，就像一个城堡，老埂坪的人都能装下。那是外爷修筑的，土匪来了，人们就全进了堡子。现在太平了，堡子就成了羊圈。

六喜在堡子墙上走来走去，筛子头走了，他的日子就孤单了。天上有几朵云，也孤孤的，不过云会自己变着花样解闷，一会儿狗一会儿猪一会儿山一会儿岭地变幻着。

很晚了六喜才回来，娘端上来一个老碗，揭开，是一碗鸡肉、猪肉，娘说快点吃，还热着哩。你外爷喊魂一样到处喊你吃饭哩，你野到哪里去了？六喜把那个银圆掏出来递给娘，娘接过去说："千万不能给别人说，说出去就是祸。记下了？千人万马搜了多少遍没搜出来。"六喜绷了娘一眼说："我又不是苕子？"娘就摸了摸头说："不要说外孙子，就是家孙子你外爷也没给过，只给你一个给了，你看你外爷多看重你。娘给你收着，等你娶媳妇时，娘就给你。"

"七一"是党的生日，开批斗大会是每年庆祝"七一"的主要形式之一。在排山倒海的口号声中，反革命分子被押上台来。批斗会进行到唾唾沫这一项时，黄校长这才发现领头的六喜不见了，派学生四处去找，也没找见。六喜其实没走多远，他就在批斗台边的一棵老榆树树杈上架着，浓密的树叶遮住了他。

批斗会照常进行，六喜看到外爷被两个民兵架着过趟儿，“呼”过来了，“呼”过去了，稀疏灰白的头发和胡须连在一起，像一把纷乱衰枯的索草飞起来。外爷是老埂坪最高的人，过了一米九，两个民兵哪里架得起，因此，外爷几乎是被拖着来来去去。过了两趟，然后就穿马夹了。那绳子左三右四一扎一捆，外爷就被搐成一个圈像马车轮胎，头都快触地了。

轰轰烈烈的批斗会开了一个上午，终于散场了，反革命分子一个个解了绳索。反革命分子多数年岁都大了，捆绑的时间长，胳膊、腿和腰身都僵固了，麻木了，被绳子扎着还好，解了绳索，一个个就像被抽了筋一样瘫坐在批斗台上，横七竖八地躺着，就像战争电影上到处横陈的尸体。六喜从来没有关注过这个场景，每次唾完外爷之后，他就和筛子头疯去了，野去了。六喜看到外爷努力往起站了几次，没有站起来，最后也躺了下去，仰面朝天，双目紧闭，就像死去了一般一动不动。外爷脸色苍白得就像一张纸，上面浮着一层皮，仿佛黏着一层麸子。干瘦的身子，显出整个骨架。颧骨高龇着，眼窝深陷下去，一层一层又深又密的皱纹使整个头颅就像棵干透了的核桃。六喜从来没有这么细致地端详过外爷，恍惚觉得与外爷有多年没见了。小福跑到台上去叫着爷爷拽着胳膊往起一下一下地拽。在小福的帮助下，外爷终于坐起来，小福蹲下去试图将爷爷背起来，然而，他太小了。六喜从树上溜下来，来到外爷跟前，小福却怒目以对，说你来干啥，滚开，大坏蛋。六喜迟疑了一下，他看到外爷努力想说出话来，可只说出了“小福”两个字，便再没气力说下去。六喜来到外爷身边，小福却把他往一边扑，不让他靠近。这时间表哥白正东上台来了，背起爷爷走了，小福就像断后的，张开两条胳膊，阻止着六喜跟上来。六喜眼睛模糊了，泪水止再也不住，大颗大颗的泪滴掉下来，打在鞋面上，发出“喷喷”的声响。他一扭头往梁上走去，他不想有人看见他哭了。

第二日，六喜一进校院，就被黄校长拦住了。还不等黄校长说话，六喜说：“校长，你开除我吧。”黄校长叹了口气掉头走了。

天柱峰的梯田一圈一道显出层次来，可一场白雨，天河谷真就成了天河，洪水大江大河地泛滥了几天。天柱峰本就又高又陡，如今被老埂坪大队的精壮劳力伤筋动骨一番修理，又给这雨水一泡，终于撑不住了，一屁股坐了下来，已经出了形的梯田的轮廓模糊了，又恢复了原来的样子，两个多月就这么白干了。全县农业学大寨修梯田现场会日子定在国庆节，公社革委会荀主任亲自下来督导修梯田。为了赶进度，调来炸药炸山松土。于是，老埂坪天天炮声隆隆。

这一天，炸药响过，苟主任就迫不及待催赶着人开始推土，谁知一炮炸迟了，碾子被埋了。人埋在下面是死是活，总不能不顾不管。被炮炸松的土崖悬乎乎吊着，随时都有可能塌下来，谁也不敢过去往出掏人。苟主任发话了，说谁去掏人就给谁立功评先进。没人动，苟主任又说立功评先进就能改成分。这么说着，他就在成分不好的人面前走来走去。白正东就站出来，说立功评先进真能改成分？苟主任说我说话算话。白正东就去了，刚刚挖了几锹，整个崖就扑了下来。白正东给刨出来，面目全非，鼻口嘴巴全是血，咕嘟嘟冒着血泡。

又落起锥子雨，靛青色雨雾绸带般缠绕着黛色的山峦，天地都湿乎乎的。

白正东属于伤亡鬼，又没翻人身（结婚），不能进村子停放，只能停放在村口的一个塌窑里。白耀祖让人把自己的老房子（棺材）抬来。这老房子造下已经有二十多年了。六喜是熟悉的，就像一件家具一样在外爷的窑里，每年六月外爷都要把这老房子抬出来摆在院子里晒一晒，擦拭打扫。

白耀祖四十二岁那年，得了一场大病，一日瘦似一日，人都说骨头吃肉哩。眼看着瘦成了一把骨头，家里人着急，偏方用尽了，最后一着就是冲喜。冲喜有两种，一种是以喜冲喜，一种是以丧冲喜。以喜冲喜就是娶女人，以丧冲喜就是做老房子。白耀祖只有出来的气没有进来的气，就以丧冲喜，也算是一事两办，冲好了则皆大欢喜，冲不好了背老房子就走了。老房子做成，白耀祖一日好似一日。

白耀祖将老房子旮旯角角仔仔细细掏着扫了一遍又一遍，抱出被褥铺得整整爽爽，将孙子装进去。然后趴在老房子上抽了几锅烟，说盖了吧。

白正东是二儿子的儿子。二儿子从天河口水利工地赶回来拦住说他哪能背你的老房子。白耀祖扬起长鞭杆抡在儿子的头上，儿子头上立刻流出血来。

白正东属于伤亡鬼，又没翻过人身，按规矩进不了祖坟，只能埋于荒山野岭，就在祖坟茔地外埋了。平地起了个土鼓堆，湿湿的，散发着新土馨香。

埋葬白正东的过程是隆重的，学生也参加了。这是根据荀主任的要求安排的。白正东是有功之臣，是共产主义战士，荀主任说了一大堆，就像是致悼词。

人都陆续散光了，只剩下白家和亲戚们还蹴在那里，没一个人动。白耀祖两手一扬一扬像赶鸡圈羊一样说回呀，回呀，让他睡吧睡吧！这多好，安了静了。最后是连踢带打，人群这才陆续都往回走了。六喜没有回，走过来坐在外爷的身边。白耀祖摸着六喜的头说："你给你大舅说，爷死了不进祖坟，就埋在你正东哥身边，给你正东哥做伴儿，要记着。"六喜说："爷胡说哩，爷要活一百岁哩。"白耀祖说："活一百岁也得死啊。"外爷手抖得连烟叶也装不进烟锅，六喜拿过烟锅给外爷装好了烟，点着火，白耀祖说："六喜呀，谁坐江山啊都得用有文化的人哩，书念下了咋都是没坏处的，一定要把自己念成个明白人。"六喜说："现在都没状元了。"白耀祖说："不是没了，是叫法不一样了，中了状元，一定要来外爷的坟上给外爷奠杯酒说一声。"白耀祖抓了两把土，撒在坟堆上，说："正东啊，人吃土地一辈子，土地只吃人一口啊，迟早的事儿，这世道不活也好，到那世咱爷俩享福去。"

雨一停，梯田又开始修了，齐福来找到苟主任说："你不是说立功改成分吗？人都死了，还不能立功？你应该宣布立功，宣布改成分。"苟主任说："宣布立功，宣布改成分，我有那么大权力？只能向上面一级一级争取，你当是一句话的事？"齐福来跺着脚说："你说这种不负责任的话害死人呢！"苟主任看看齐福来没说话走了。齐福来说："没那么大权力就不要吹牛说大话！"

吃过午饭，白耀祖出现批斗台上。这批斗台是他建的。那年，他原本打算盖房，一次撖起八间青砖瓦房，堵堵那些笑话他不会享福的人的嘴。木料砖石都备齐了，到动工的时候，忽然就盖了座戏楼。不要说许多人想不通，连他自己也想不通。他给家里解释说是先人托了个梦，只说了一句话，不盖家屋盖戏堂。他是个戏迷，这老埂坪人都是知道的，可老埂坪谁不是戏迷呢。还没担上光阴的时候，他曾追着一个戏班子走过半年。老埂坪人还笑话他看上了一个戏子，跟着戏子跑了。这戏楼盖得阔气，中间是五开间的主堂，屋顶有两个高起的戳角，中间是歇山顶的形式。两侧有两个稍间，是乐器班子和演员换衣之所，一边写着“出将”，一边写着“入相”。房屋的两侧是带马头墙的硬山式墙面。鼓石垫柱，青砖砌墙，青石为基，自有了这个戏台，逢年过节都要唱几场大戏，一年下来也唱个二十台的大戏。那时候他咋也没想到这戏台有一天会成为批斗台，他被押上押下，就像戏里的人一样。他不能不想起那戏子说过的一句话：人这一辈子就是一场戏！

白耀祖摇着一截竹棍，捋须、扬眉、甩袖、正帽、抖袍、提足、跨马、耍耳翅，一系列动作之后，“啊呀呀”一声大喝，吼开了：

五台山困住了杨老将，罢了杨五郎，五郎儿，哎，五郎儿啊！思想起国家事痛断肝肠，我心中可恼宋皇上，信谗言困我在五台山庙堂，我曾命五郎儿去见圣上，却怎么不见儿转回山冈，出的山门将儿望，望儿不见细思量，汉高祖当年把业创，他凭的韩信和张良，登基后未央宫中斩韩信，立逼的张良归山冈，汉刘秀中兴凭的邓禹姚琪马武将，登基后也是杀忠良，贬邓禹斩了姚家将，马武将碰死午门上，把这些能杀会战的忠臣良将如同雕梁画柱一个一个一个一个俱遭恶火丧，把忠臣死的莫下场，君坐江山臣家创，臣好比牛吃青草蚕吃桑，老牛力尽刀尖亡，蚕把丝吐尽在滚汤里亡，吃牛肉不知牛受苦，穿绫罗怎知蚕遭殃，实可恨先朝的昏王坐了江山先杀我忠臣和良将，更可恼昏君良心似豺狼，一个个都把良心丧，把忠臣好比瓦上霜，这才是伴君如同羊伴虎，虎回头反把羊来伤……

白耀祖吼秦腔把人都召唤了来，男男女女老老少少涌来，比开批斗大会人还来得浩荡。白耀祖吼着，配以动作，那一招一式，仿佛他此刻头戴龙冠，身着龙袍，脚蹬龙靴，胯下火焰驹。台下面喝彩声山呼海啸。

吼过《金沙滩》，白耀祖又吼《二进宫》：

哎，千岁呀！千岁进宫休要忙，听为臣与你讲比方。西汉驾前几员将，英布彭越汉张良。那张良背剑把信访，访来了韩信扶高皇。他都于高祖爷把业创，在九里山前排战场。大战场，小战场，九人九马九根枪。立逼的霸王乌江丧，才扶刘邦坐咸阳。南门外筑台曾拜将，把将军官封三齐王。他朝里有个萧何丞相，后宫有个吕娘娘。萧何相，吕娘娘，二人定计害忠良。天上使的漫天网，地下芦席铺几张。他朝里无有斩信将，后宫转来女陈仓。九月十三韩信丧，天降鹅毛下浓霜。长安城百姓都乱嚷，为国忠良无下场。老千岁你去臣不往，臣恐怕学了三齐王，（千岁）臣我无有下场。

戏台旁边就是大队部。王成仁进了大队支书办公室，向陈连山汇报说："形势有些不对劲，要不要把狗日的捆起来?"陈连山说："他骂毛主席了?"王成仁说："没。"陈连山说："他骂共产党了?"王成仁说："没。"陈连山说："他喊打倒新中国了?"王成仁说："没。"陈连山说："他咒社会主义了?"王成仁说："也没。"陈连山说："那你为啥捆起来?"王成仁说："他唱的全是古戏里的词儿，是四旧哩。"陈连山说："狗逮老鼠，操逑闲心。"王成仁灰塌塌地站在那里，陈连山说："要不想听戏，没事干就挼尿去。"这王成仁是陈连山姑姑的儿子。

《斩李广》《游龟山》《三滴血》《火焰驹》《回荆州》《周仁回府》《辕门斩子》《游西湖》《下河东》《恩仇记》《夺锦楼》《清风亭》《赵氏孤儿》《屠夫状元》……竟然还唱了《柜中缘》里的女腔，都没想到老白还能咿咿呀呀唱女腔，身段忸怩作态更像个女娃，掌声就更热烈了。

一折接一折，有悲有喜，有怨有怒，有苦有甜。这是一场秦腔折子戏专场，白耀祖吼得字正腔圆，声震四野，大家听得情真意切，酣畅淋漓。都说这老汉，戏唱得这么好。

忽然白耀祖一甩头，双掌蒙脸，往开一抹，两眼窝两团白，鼻梁上一道白，一个丑角形象活生生地出现了，人们一阵叫好。白耀祖哇哈哈一阵狂笑过后，滑稽地说起了《拾黄金》中的那段著名的"板歌"来：

开口说咱们陕西省，有一个县名叫扶风。东扶风、西扶风，两个扶风加武功。武功有个玲珑塔，塔上边坐了个喇眯僧。头上顶了个烂补衬，身上穿的千补丁。教了六个大弟子，个个弟子有名声。大弟子名叫啪吥愣瞪叭，二弟子名叫叭吥愣瞪啪，三弟子名叫腾吥愣瞪獭，四弟子名叫獭吥愣瞪腾，五弟子名叫红吥愣瞪面，六弟子名叫面吥愣瞪红。啪吥愣瞪叭会种瓜，叭吥愣瞪啪会敲磬；腾吥愣瞪獭会种花，獭吥愣瞪腾会拧绳；红吥愣瞪面会种蒜，面吥愣瞪红会捏龙；啪吥愣瞪叭他要敲叭吥愣瞪啪的磬，叭吥愣瞪啪他要种啪吥愣瞪叭的瓜，腾吥愣瞪獭他要拧獭吥愣瞪腾的绳，獭吥愣瞪腾他要种腾吥愣瞪獭的花，面吥愣瞪红他要种红吥愣瞪面的蒜，红吥愣瞪面他要捏面吥愣瞪红的龙，啪吥愣瞪叭敲不了叭吥愣瞪啪的磬，叭吥愣瞪啪种不了啪吥愣瞪叭的瓜，腾吥愣瞪獭拧不了獭吥愣瞪腾的绳，獭吥愣瞪腾种不了腾吥愣瞪獭的花，面吥愣瞪红种不了红吥愣瞪面的蒜，红吥愣瞪面捏不了面吥愣瞪红的龙，啪吥愣瞪叭原种瓜，叭吥愣瞪啪原敲磬；腾吥愣瞪獭原种花，獭吥愣瞪腾原拧绳，红吥愣瞪面原种蒜，面吥愣瞪红原捏龙……

这让娃娃们大为惊喜，欢呼雀跃。

这台戏在白耀祖一声“哇呀呀”的长吼中结束了。白耀祖像戏子一样谢幕，一遍遍鞠躬，就像牛犊子拜八方一样，转着圈圈一遍遍鞠躬。那躬鞠得实诚，头都快挨到地上。人们又是叫好，又是哄笑。又想到才埋了孙子，却能唱这么一台戏，都知道白耀祖心里的苦，上了年岁的人不免落下泪来。小福提着水壶跌跌撞撞上台去，举着水壶让爷喝水。白耀祖又抱着小福给大家鞠躬。这次躬鞠得许多人都不敢看，台下就有了唏嘘声。

在以后的岁月里，六喜每想及外爷，就是站在戏台上有姿有势有板有眼吼秦腔形象，那粗犷悠扬的秦腔就如那汹涌澎湃的山洪，在那山那沟那谷那壕中奔涌……

走下戏台，白耀祖就像平日一样，提着羊鞭上了堡子山。然而，他没有赶羊出山，而是把自己挂在堡子外一棵老榆树上，那榆树是他栽下的。白耀祖从堡子山抬回来，人们才忽然明白白耀祖在戏台上像牛犊子拜八方一样一遍遍转着圈圈鞠躬，不是在逗笑，而是真正在鞠躬，是在谢世。

几十年的老房子让孙子背走了，总不能席子卷了白耀祖。白耀祖门前有一棵老榆树，却还不能随便放了，只能去请示陈连长，陈连长又请示工作组，曹队长却没批。老万和儿子万福抬着棺材来了。老万说："这房子虽是柳木的，可结实，活也做得不懒，让老东家背了吧。"白耀祖的几个儿子扑通扑通都跪在老万的膝下，一片哭声。六喜想起外爷的话，才明白外爷那天就已经把要走的路想好了，就对大舅说外爷说了死后要埋在表哥身边。大舅说不进祖坟咋行，胡说。

村子里一些人唏嘘着说原来想着老白百年了要背柏木大材，八丈黄缎，要做上七天七夜的道场的，谁能想到他走得这样凄惶，哎，人世上的事谁都不知道自己前面的路啊。

图书在版编目（CIP）数据

黑夜长于白天 / 季栋梁著. — 北京：作家出版社，2015.9
（名家小说集）
ISBN 978-7-5063-8296-0

Ⅰ. ①黑… Ⅱ. ①季… Ⅲ. ①中篇小说－小说集－中国－当代
②短篇小说－小说集－中国－当代 Ⅳ. ①I247.7

中国版本图书馆 CIP 数据核字（2015）第 218834 号

黑夜长于白天

作　　者： 季栋梁
策 划 人： 杨晓升　罗　英
责任编辑： 张　平
装帧设计： 薛冰焰
出版发行： 作家出版社
社　　址： 北京农展馆南里 10 号　　**邮　　编：** 100125
电话传真： 86-10-65930756（出版发行部）
86-10-65004079（总编室）
86-10-65015116（邮购部）
E-mail：zuojia@zuojia. net. cn
http：//www. haozuojia. com（作家在线）
印　　刷： 北京市玖仁伟业印刷有限公司
成品尺寸： 130×185
字　　数： 148 千
印　　张： 9.25
版　　次： 2016 年 1 月第 1 版
印　　次： 2016 年 1 月第 1 次印刷
ISBN 978-7-5063-8296-0
定　　价： 29.00 元